單雲情歌

기린 新무협 판타지 소설
EXCITING ORIENTAL FANTASY

단운정가

단운정가 5권

기린 新무협 판타지 소설

초판 1쇄 찍은 날 § 2008년 8월 21일
초판 1쇄 펴낸 날 § 2008년 9월 1일

지은이 § 기린
펴낸이 § 서경석

편집장 § 문혜영
편집책임 § 이재권
편집 § 서지현

펴낸곳 § 도서출판 청어람
등록번호 § 제1081-1-89호
등록일자 § 1999. 5. 31
어람번호 § 제2-1566호

주소 § 경기도 부천시 원미구 심곡1동 350-1 남성B/D 3F (우) 420-011
전화 § 032-656-4452 팩스 § 032-656-4453
http://www.chungeoram.com
E-mail § eoram99@chollian.net

ISBN 978-89-251-1451-4 04810
ISBN 978-89-251-0952-7 (세트)

BLUE BOOK

도서출판 청어람

단운정가

武陵情歌

기린 新무협 판타지 소설

EXCITING ORIENTAL FANTASY

완결 5

目次

제1장 음모   7

제2장 사도련의 결정   37

제3장 이한명   67

제4장 원정대의 생환   97

제5장 천마성 탈환   125

제6장 증거   155

제7장 원상진경   201

제8장 혈영신교전   243

제9장 천마성으로   283

제10장 악신   323

第一章
음모

　운정은 구무현이 말했던 옛 사도련을 떠올렸다.

　사람의 발길이 뜸한 이런 깊은 산중에 너무도 크고 고풍스러운 건물이 존재했다.

　그 자체만으로도 기이한데 건물 안에서 생활하는 인물들의 면모를 살펴보면 그보다 더욱 기이했다.

　현 강호를 대표하는 무인들을 우내십존이라 한다.

　그들은 인간의 한계를 벗어난 무위를 지니고 있는 자들로 여간해선 만나기 힘들다.

　한데 이 건물엔 그 우내십존에 버금가는 고수가 한 명도 아니고 두 명이나 있었다.

아직 건물 안을 모두 살펴본 것이 아니라 이들 외에 어떤 고수들이 더 머물고 있을지 알 수 없지만, 건물의 규모와 두 고수의 이름만으로도 이곳을 옛 사도련 고수들의 은신처로 의심하기에 충분했다.

운정은 두 고수의 정체를 확인한 순간 서둘러 건물을 빠져나가야겠다고 생각했다.

은신과 매복을 전문으로 하는 무인일지라도 이들의 이목에서 자유롭긴 힘들 것이다. 그런데 자신과 독비객은 은신술을 전문적으로 배우지 않았다.

그런 자신들이 아직 들키지 않았다는 것은 기적에 가까운 일이었다.

"독 형, 더 이상 머물렀다간 저들에게 들킬 듯하니 서둘러 빠져나갑시다."

운정이 이만 건물을 빠져나가자고 독비객에게 전음을 보냈다. 하지만 독비객에게선 대답이 없었다. 대신 허공에서 생경한 목소리가 들려왔다.

"구경은 잘했느냐?"

오 장 밖에서 유유히 건물 사이를 가로지르던 만천일이 어느새 몸을 날렸는지 운정 앞으로 뚝 떨어져 내리며 물었다.

만천일은 운정 앞에 내려서기 무섭게 양장(兩掌)을 뻗어 운정을 제압하려 했다.

"헛!"

운정은 만천일의 손을 피하기 위해 급히 은신을 풀고 보법을 밟았다.

"호, 어린놈이 제법이구나."

만천일은 운정이 자신의 손을 가볍게 흘려내고 뒤로 피하자 놀랍다는 표정을 지었다.

운정이 만천일의 공격을 피해 몸을 뒤로 빼며 고개를 돌려 보니, 독비객도 어느새 다가온 도괴 공낙충의 공격을 막느라 정신이 없었다.

"감히 한눈을 팔 여유가 있단 말이냐?"

만천일은 자신을 앞에 두고 운정이 독비객을 바라보자 어이가 없다는 듯 냉소를 치며 다시 한 번 신형을 날렸다.

파팡!

운정을 향해 내뻗는 만천일의 손이 허공을 가르자 가죽부대 터지는 소리와 함께 공기가 일렁였다.

"오해가 있는 것 같습니다!"

"오해?"

"저는 정일학의 수하가 아닙니다!"

"헛소리!"

운정은 자신이 무림맹 소속으로 이곳을 찾았지만 정일학의 수하가 아님을 밝히고 싶었다.

"이곳은 옛 사도련 고수들이 모여 있는 곳 아닙니까?"

운정이 만천일의 손바닥에서 쏟아지는 장력을 피하며 소

리쳤다.

"옛 사도련? 어떤 놈이 감히 그딴 헛소리를 지껄이더냐! 중원 천지에 사도련은 이곳 한곳뿐이거늘 어떤 빌어먹을 종자가 옛 사도련이라 한단 말이냐!"

옛 사도련이란 말은 구무현과 운정이 대화를 나누다, 정일학이 조직한 지금의 사도련과 구분 짓기 위해 만들어낸 말이었다.

운정의 옛 사도련이란 말에 만천일은 진정 화가 났는지 쏟아내는 장력에 살기까지 비쳤다. 이로 인해 만천일과 대화하기가 더욱 힘들어졌지만, 대신 이곳이 자신의 예상대로 사도련 임은 확인할 수 있었다.

"잠시만 공격을 멈춰주십시오!"

운정이 만천일의 장력을 가까스로 피해내며 소리쳤다.

적의 적은 아군이라 했다.

운정은 구무현을 통해 무림맹과 사도련의 관계를 잘 알고 있었다. 그래서 이들과 척을 지고 싶지 않았다. 오히려 기회가 된다면 이들에게 정일학의 음모를 밝혀 힘을 얻고 싶었다. 하지만 만천일과 공낙충은 운정의 말에 전혀 관심이 없는 듯 공격의 고삐를 늦추지 않았다.

"헐, 쥐새끼처럼 남의 집 담장을 넘은 놈이 들키고 나니 살려달라는 것이냐?"

"담장을 넘은 건 이유가 있습니다!"

"당연히 이유가 있겠지. 정가 놈이 이곳을 찾기 위해 쥐새끼들을 여러 차례 보내더니 이번에야 제대로 찾았구나. 하지만 애석하게도 네놈들은 이곳을 살아서 빠져나갈 수가 없다. 밖에 있는 네놈 동료들도 마찬가지다."

운정은 만천일의 말을 듣고서야 이들이 처음부터 원정대의 접근을 눈치 채고 있었음을 알 수 있었다.

"잠시만 제 말을 들어주십시오!"

운정이 다시 한 번 청했지만, 만천일에게선 더 이상 대답이 없었다. 대신 더욱 강력해진 장력이 연거푸 쏟아졌다.

파파파팡!

만천일과 운정의 손이 허공에서 격렬히 부딪쳤다.

운정은 이들이 자신과 독비객을 정일학이 보낸 수하로 점찍고 아무런 이야기도 들으려 하지 않자, 더 이상의 하소연은 소용없다고 생각했다.

'전혀 이야기를 들으려 하지 않는구나…….'

운정은 더 이상 자신의 이야기를 들어달라고 해봤자 돌아오는 대답은 같을 것이기에 전력을 다해 부딪치기로 했다. 자신의 실력이 만천일에게 얼마나 통할지 알 수 없지만, 이야기를 들으려 하지 않는다면 억지로라도 대화를 할 수 있는 입장을 만들어야겠다고 생각했다.

운정은 생각을 정리하기 무섭게 음양종선공을 끌어올려 양 주먹으로 보냈다.

후웅!

순간 운정의 양손으로 음양종선공이 몰려들더니 무색의 강기를 만들어냈다.

음양종선공의 성취가 일단공일 땐 눈부신 백색 강기를 형성했는데, 이단공에 이르자 형체가 전혀 없는 무색의 강기로 변했다.

운정의 양 주먹으로 엄청난 기운이 모여들자 무표정하던 만천일의 눈썹이 꿈틀거렸다.

"쥐새끼인 줄 알았더니 호랑이 새끼였구나."

만천일이 감탄인지 비꼼인지 알 수 없는 말을 뱉어내더니 이내 자신의 등 뒤에 매달려 있던 도를 빼 들었다.

음양종선공을 끌어 모은 운정의 기도는 만천일이라 해도 가볍게 생각할 수 없게 만드는 수준이었다.

만천일이 도를 꺼내 들자 이제까지와 다른 엄청난 기운이 뿜어져 나왔다.

지금껏 만천일이 가볍게 쏘아낸 장력도 무시 못할 수준이었는데, 성명절기인 도를 들자 숨이 막힐 정도의 압박감이 느껴졌다.

만천일의 애병(愛兵)이자 별호로 유명한 벽력도엔 두 자 길이가 넘는 도강이 뻗어 나와 있었다.

운정은 다시 한 번 음양종선공을 끌어올려 온몸을 옥죄어 오는 만천일의 기운에 대항했다.

그 순간 만천일의 도가 빠른 속도로 허공을 갈랐다.

운정은 너무도 빠른 만천일의 공격에 감히 피할 엄두를 내지 못하고 강기를 머금은 양손을 합장하듯 앞으로 내밀었다.

콰아앙!

운정의 강기를 머금은 주먹과 만천일의 도가 충돌하자 폭탄이 터지는 굉음이 울리며 주위의 공기가 요동쳤다.

그 같은 충격에 독비객의 마혈을 제압하고 사혈을 짚으려던 공낙충이 놀라 운정과 만천일을 바라봤다.

그리곤 운정의 모습에 놀라 눈을 치켜떴다.

자신도 감히 도강을 씌운 벽력도를 맨손으로 받아칠 자신이 없거늘, 어디서 듣도 보도 못한 어린놈이 그런 벽력도를 맨손으로 받아내고 있었기 때문이다.

이제껏 벽력도를 맨손으로 받아내려 한 자가 아주 없었던 건 아니다.

일차 정마대전이 일어나기 몇 해 전 강호에 권왕이란 별호로 불리던 금남송이란 자가 있었다.

용진권법(龍嗔拳法)이란 생소한 권법으로 느닷없이 강호에 등장해 팔 년이란 짧은 시간에 권왕이란 별호를 얻고, 그 이듬해 벽력도에 도전해 왔다.

그때 금남송이 지금 눈앞의 애송이처럼 벽력도를 맨손으로 받아내려 했었다.

결과는 두말할 필요도 없이 두 팔이 잘려 강호에서 소리 소문 없이 사라져야만 했다.

당시 강호십대고수에 근접해 있던 권왕조차 하지 못한 일을 눈앞의 애송이가 해내자, 지금 자신이 보고 있는 게 헛것이 아닌지 의심이 들 정도였다.

공낙충이 이런 생각을 하는 동안, 운정은 만천일의 도를 옆으로 흘려내고 양손 가득 음양종선공의 기운을 모아 반격을 가했다.

만천일은 눈앞의 애송이가 자신의 도를 막아냈다는 사실만으로도 놀라운데, 반격까지 가하자 화들짝 놀라 뒤로 물러섰다.

만천일의 도를 운정이 막아내며 일단의 소음이 일자, 이제껏 보이지 않던 건물 안 사도련 고수들이 무슨 일인가 싶어 하나둘 주변으로 몰려들기 시작했다.

"놈! 어떻게 벽력도를 막아낸 것이냐?"

만천일이 묻는 것은 어떻게 맨손으로 도강을 막아냈느냐고 묻는 것이다.

만천일뿐만 아니라 강호의 모든 무인들이 강기로 베지 못할 것은 없고, 강기를 막을 수 있는 유일한 것은 강기뿐이라 믿고 있었다.

한데, 권기조차 형성하지 않은 젊은이가 자신의 도를 맨손으로 막아냈으니 기가 차는 한편 믿어지지가 않았다.

운정의 양손엔 음양종선공에 의한 강기가 형성되어 있었

지만 눈에 보이지 않는 까닭에, 만천일이나 공낙충 모두 운정이 권기도 뽑아내지 않은 맨손으로 막아냈다고 생각한 것이다.

운정이 양손으로 음양종선공을 모을 때 상당한 기운이 몰려드는 걸 느끼긴 했지만, 설마 권왕도 이루지 못한 권강일 것이라곤 생각지 못했다.

"눈에 보이지 않겠지만 제 양손엔 엄연히 권강이 씌워져 있습니다."

운정은 만천일의 표정으로 그가 무슨 생각을 하고 있는지 알 것 같았다. 그래서 별것 아니라는 듯 대답했다.

한데 그런 운정의 대답이 가져온 여파는 상상 이상의 것이었다.

주위에 몰려든 사도련 고수들이 크게 술렁인 건 말할 필요도 없고, 운정을 상대했던 만천일과 지켜보던 공낙충의 얼굴까지 놀람으로 물들었다.

무공의 고하를 나누긴 힘들지만, 한곳에 머물지 않고 흩어지는 내공의 특성상 인체보단 병장기에 기운을 모으는 게 훨씬 수월했다. 강기도 마찬가지인데, 형성한 강기를 장시간 유지하는 것도 인체보단 병장기가 훨씬 용이해, 강호에서 이름깨나 알린다는 고수들은 대부분이 병장기를 사용하는 무인들이었다.

권각술의 본가라 할 수 있는 소림조차 강기를 이룬 병장기에 권각술로 상대하기 힘들다는 이유로, 권각술을 무공 입문 초기에 기초로 익히고 어느 정도 경지에 이르면 십팔반 병기로 넘어가는 형편이었다.

그러다 보니 강호에 권각술을 성명절기로 하는 무인의 수가 줄고, 권기밖에 형성하지 못하는 금남송이 감히 권왕이란 과분한 별호를 지닐 수 있었던 것이다.

한데, 눈앞의 젊은이가 권강을 이뤘다니, 강호에 새로운 권왕이 출현한 것이나 다름없었다.

"권… 강이라고?"

만천일은 자신의 도를 운정이 손으로 받아내는 것을 보았지만 쉽게 믿어지지가 않았다.

"형태가 없어 믿기 힘들겠지만 강기임에 틀림없습니다."

운정이 양손을 가볍게 떨쳐 내며 답했다.

"한때 소림이 큰 화를 입은 후 강호에 권각으로 일어선 자가 없었는데, 이렇게 권강을 이룬 자를 만나게 되었으니 말년에 운수대통이로구나."

만천일의 입은 운수대통이라 했지만 표정은 심상치가 않았다.

오랫동안 외면 받았던 권각술에 새로운 고수가 나타났으니 강호의 선배로서 반갑기도 했지만, 아직 운정을 정일학의 수하로 생각하고 있는 만천일의 입장에선 그만큼 적이 강하다는 뜻이기도 했기 때문이다.

'아니다. 운이 좋은 것이다. 이렇게 젊은 나이에 권강을 이뤘으니 이대로 몇 년이 지나면 얼마나 더 성장할지 알 수가 없다. 아직 덜 여문 지금, 이놈이 내 앞에 나타났다는 건 하늘이 우리를 버리지 않았다는 뜻이다.'

만천일은 운정이 권강을 이뤘다는 사실에 적잖이 놀랐지만, 그보다 이제 갓 약관이나 지났음직한 어린 나이에 그 같은 경지에 이르렀다는 사실이 더욱 놀라웠다.

만천일은 오늘 이곳에서 운정을 만난 게 하늘의 뜻이라 생각하며 후에 큰 화근이 될지도 모를 그를 반드시 오늘 이 자리에서 죽여야겠다고 생각했다.

운정을 바라보는 만천일의 표정이 굳어지며 이제까지 반쯤 장난 같던 모습은 온데간데없이 사라지고 진득한 살기가 넘쳐 나기 시작했다.

만천일의 온몸에서 가공할 기세와 함께 살기가 터져 나오자 운정은 바짝 긴장하기 시작했다. 현재 만천일이 어떤 생각을 하는지 알 수는 없지만 이제부터가 진짜란 생각이 들었다.

"너를 이곳으로 보낸 정일학을 원망하거라!"

뜻 모를 말을 뱉어낸 만천일의 신형이 허공으로 날아오르더니 이내 운정의 정수리를 향해 벼락처럼 떨어져 내렸다.

만천일을 사도 무림계 최고수 반열에 오르게 한 벽력도법(霹靂刀法)이었다.

꽈르르릉!

운정의 머리 위로 떨어져 내리는 벽력도는 진정 이름 그대로 벽력같았다.

시퍼렇게 솟아난 도강과 공기를 찢어발길 듯한 천둥소리는 운정의 심신을 사정없이 흔들어댔다.

운정은 마음을 단단히 먹고 모든 내력을 양 주먹으로 모아 벽력도를 쳐내기 시작했다.

꽈르르르릉!

콰쾅! 콰쾅!

운정의 주먹과 벽력도가 맞부딪칠 때마다 천둥소리와 함께 폭음이 터지며 주위의 공기가 파도치듯 흔들렸다.

그때마다 공낙충을 비롯한 사도련 고수들은 충격을 피해 분분히 뒤로 물러서야 했다.

운정은 거의 모든 내력을 쏟아 붓 듯 끌어올려 가까스로 벽력도를 쳐내고 있었다.

'이놈······.'

만천일은 다시 한 번 운정에게 놀랐다.

이전엔 운정의 어린 모습에 다소 경시하는 마음이 없지 않아 있었다. 하지만 지금은 자신의 성명절기인 벽력도법을 펼치고 있었다. 상대를 죽여야 한다는 생각에 전력을 다하고 있는 것이다.

그런데 눈앞의 애송이가 끈질기게 자신의 도법에 맞서고 있으니 기가 막힐 지경이었다. 만천일뿐 아니라 공낙충과 주변의 사도련 고수들까지도 그런 운정의 모습에 놀라고 있었다.

하지만 정작 벽력도법을 상대하고 있는 운정은 곤혹스러움을 감추지 못하고 있었다.

빠른 속도로 내공을 모으고, 소모한 기운들을 효과적으로 회수할 수 있는 음양종선공의 묘용으로 벽력도를 어떻게 막고는 있지만, 이제 막 초절정의 벽을 깬 자신과 한 시대를 풍미했던 만천일과의 수준 차는 무시할 수가 없는 것이었다. 그로 인해 시간이 지날수록 힘겨워지고 있었다.

가랑비에 옷이 젖듯 조금씩, 조금씩 내부에 충격이 쌓이고 있었다.

그런 만천일의 일방적인 공격이 오십 초를 넘어서자 한계에 부딪쳤다.

'이대로 방어만 했다간 더 이상 견딜 수가 없다!'

운정은 더 이상 방어만 하고 있을 수 없다는 생각에 이제껏 생사지로에 놓이지 않는 한 절대 쓰지 않겠다 생각한 방법을 사용하기로 했다.

'옥능소와 정일학을 만나지 않는 한 쓰지 않겠다고 생각했지만, 당장 쓰지 않으면 그럴 기회조차 없을 것 같으니 어쩔 수 없구나……'

운정은 자신의 가슴을 향해 날아오는 벽력도를 받아치기 무섭게 극성으로 마영신보를 시전해 뒤로 물러서며 양손에 모았던 음양종선공을 단전으로 되돌려 보냈다.

운정이 몸을 뒤로 빼는 순간 빈틈이 드러났다.

만천일은 그 틈을 놓치지 않고 도를 내밀다 멈칫거렸다. 알 수 없는 위화감이 전신을 휘감았기 때문이다.

'놈은 이미 한계에 와 있다. 한데 이 위화감은 뭐란 말인가……'

만천일은 이제 끝났다고 생각한 상대에게서 일어나는 알 수 없는 위화감에 선뜻 공격을 할 수가 없었다.

그때 만천일은 운정의 눈을 보았다. 무언가 결심을 굳힌 듯한 눈빛이었다.

'호, 숨겨둔 한 수가 있단 말이렷다.'

운정의 비장한 눈빛이 만천일의 흥을 돋웠다.

처음엔 도를 들 필요도 없는 애송이라 생각했다. 한데 자신의 장력을 피하는 모습을 보니 아주 형편 없는 놈은 아니었다. 그래서 도를 들고 상대해 보니 애송이가 아니라 호랑이 새끼였다.

호랑이 새끼가 언제 대호로 돌변해 자신을 물지 알 수 없어 진지하게 상대했다. 그렇게 발톱을 하나둘 부숴 나가며 숨통을 끊으려는데, 이놈이 감춰뒀던 이를 드러내려 하지 않는가.

만천일은 상처받은 짐승을 얼마나 조심해야 되는지 잘 알고 있었다. 하지만 한편으론 그런 짐승의 한 수가 어떤 것인지 받아보고 싶은 욕구가 일었다.

'네놈이 감춰둔 패를 보이려 한다면 나 또한 그에 걸맞는 패를 보여주도록 하마!'

만천일은 행여나 상처 입은 짐승에게 물리는 일이 없도록 하기 위해 벽력도법 최후의 초식인 대력벽해(大靂霹海)를 준비했다.

그 순간 운정이 뛰쳐나왔다.

만천일도 기다렸다는 듯 마주 달리며 하늘로 향했던 도를 빠르게 뻗었다.

콰르르르르릉!

만천일이 뻗은 도에서 시퍼런 불꽃과 함께 천지를 울릴 듯한 굉음이 터져 나왔다.

"대력벽해다!"

주위에서 구경하던 사도련 무인들이 벽력도에서 튀어나온 시퍼런 불꽃을 보고 곳곳에서 소리쳤다.

그 순간 운정을 향해 뻗은 만천일의 도에서 믿지 못할 일이 일어났다.

지금까지는 뇌성(雷聲)이 울려도 도에서 강기만이 뻗어 나왔다. 한데 지금은 마른하늘에서 느닷없이 벼락이 떨어져 내려 검을 타고 운정을 향해 뻗어 나오는 게 아닌가.

진정 이름 그대로 벽력이 치는 도법이었다.

운정은 도를 통해 벼락을 쏘아내는 믿지 못할 광경을 봤지만 조금도 동요하지 않았다.

자신은 이보다 더 믿기 힘든 일들도 이미 수차례 겪어봤기 때문이다.

운정이 머리 위로 손을 올렸다.

그 순간 정수리에서 백색 광휘에 휩싸인 뿔이 솟아 나오기 시작했다.

다름 아닌 음양종선검이었다.

운정은 머리 위로 음양종선검이 튀어나오기 무섭게 날아오는 벼락을 향해 쏘아 보냈다.

벽력도에서 쏘아진 푸른빛의 벼락과 운정의 정수리에서 솟아 나온 눈부신 백색 검이 허공을 가르며 서로에게 부딪쳐 갔다.

쉬이이익!

쿠콰콰콰쾅!

천지가 울린다는 말을 이럴 때 쓰는 것일까?

벽력도를 타고 쏘아진 벼락과 운정의 정수리에서 솟아난 음양종선검이 충돌하자 하늘과 땅이 뒤집히는 듯한 충격과 함께 고막이 터져 나갈 듯한 큰 폭음이 일었다.

벼락과 음양종선검의 충돌로 인해 사방 오 장의 땅이 대지진을 만난 것처럼 황폐화되고, 주변에서 구경하던 몇 명의 사도련 무인들이 귀와 코에서 검게 죽은피를 흘리며 바닥에 주저앉았다.

만천일이 대력벽해를 시전할 때만 해도 운정이 당장 벼락에 맞아 시커먼 재로 변할 것이라 생각했는데 상황은 전혀 생각지 못한 방향으로 흘렀다.

이제껏 일방적으로 공격을 해댔던 만천일은 운정이 쏘아낸 음양종선검과 자신이 쏘아낸 벼락이 폭발하며 일으킨 충격을 정면으로 받고 연신 뒷걸음질을 쳤다.

"으음……."

만천일은 단 한 번의 충돌로 인한 충격으로 내부가 진탕됨을 느꼈다. 애써 태연한 척 가장하고 있지만 당장이라도 울컥 쏟아질 것 같은 피를 삼키느라 등 뒤로 식은땀을 흘리고 있었다.

운정도 음양종선검을 운용하느라 무리를 한데다 워낙 지척간에서 벼락과 음양종선검의 충돌이 있었던 터라 무사하지 못했다.

하지만 만천일보단 나은 상황이었다.

음양종선검이 만천일이 쏘아낸 벼락을 소멸시키며 충격의 대부분을 흡수했기 때문이다.

반대로 만천일은 벼락이 소멸되는 바람에 그 충격을 고스란히 몸으로 받아야만 했다.

다행히 벼락이 소멸되는 순간 호신강기를 둘러 생명에 지장은 없었지만, 조금만 늦었더라도 생명을 장담할 수 없었을 것이다.

한데 더욱 놀라운 것은 벼락을 소멸시킨 음양종선검이 조금도 상처 입지 않은 모습으로 허공에 떠 있다는 것이다.

그런 음양종선검을 바라보는 만천일의 눈빛이 심하게 흔들리고 있었다.

"이건… 뭐라고 부르는 것이냐?"

만천일이 힘겹게 죽은피를 삼키며 물었다.

만천일의 눈이 허공에 떠 있는 음양종선검을 향해 있었다.

"음양종선검이라고 합니다."

"음양종선검……."

그 말을 끝으로 만천일은 다리에 힘이 풀렸는지 바닥에 주저앉고 말았다. 그 모습을 바라보던 모든 사도인들이 경악했다.

사도련 최고수 중 한 명인 만천일이 무명의 젊은 청년에게 정면 대결로 패했기 때문이다.

"하… 나도 이제 늙었단 말인가……."

만천일이 허공에 떠 있는 음양종선검과 운정을 바라보며 중얼거렸다.

만천일이 바닥에 주저앉자 주변에 알 수 없는 정적이 흘렀다.

독비객을 사로잡고 있던 공낙충도, 조금 전까지만 해도 운정을 주제 모르는 애송이로 바라보던 사도련 무인들도 모두 알 수 없는 정적에 휩싸였다.

그들의 눈은 한결같이 허공에 떠 있는 음양종선검에 못 박혀 있었다.

우내십존에 필적할 만한 고수인 만천일이 이제 약관이나 지났을 법한 젊은이에게 정면 승부로 패했다는 사실도 놀라웠지만, 벼락을 소멸시키고도 오연한 모습으로 허공에 떠 있는 정체불명의 백색 검은 더욱 놀라운 것이었다.

장내의 인물들이 모두 음양종선검의 모습에 넋을 놓고 있을 때 운정은 급히 검을 회수했다.

아직 음양종선검을 소환하는 일이 익숙지 않은 운정에게 장시간 검을 소환하는 일은 몸에 무리가 갈 정도로 힘든 일이었기 때문이다.

검을 회수한 운정이 만천일을 보며 말했다.

"다시 한 번 밝히지만 저는 정일학의 수하도 아니고, 정일학이 보내서 온 것도 아닙니다."

무거운 정적을 깨며 운정이 말했다.

운정의 말에 낭패한 모습으로 바닥에 앉아 있던 만천일이 고개를 들었다.

"무슨 말을 하는 겐가?"

"저는……."

"지금 자네는 무림맹 소속의 무사가 아니라고 말하는 겐가?"

만천일이 이미 다 알고 있다는 듯 말했다.

운정이 무림맹 소속 원정대로 이곳에 온 것이니 그렇게 생각하는 게 당연했다.

"사정이 있습니다. 조금 복잡하지만 제 얘기를 듣고 나면 자초지종을 알게 되실 겁니다."

운정이 재차 자신의 이야기를 들어주길 청하자 만천일이 힘겹게 자리에서 일어나며 말했다.

"자네가 나를 이겼으니 패자로서 이야기 정도는 들어주는 게 도리겠지."

"제가 이겼다니요? 어찌 제가 이겼다고 할 수 있겠습니까? 어르신이 주신 한 번의 기회로 약간의 이득을 본 것뿐입니다."

만천일은 위화감으로 인해 빈틈을 노리지 않은 것인데, 운정은 자신에게 기회를 준 것이라 생각했다.

"애써 예를 차리지 않아도 되네. 그래, 하려던 말이 뭔가?"

운정은 만천일이 별로 개의치 않는 듯하자 더 이상 승부에 대해선 말하지 않기로 했다.

"제가 이들과 함께 원정대원으로 이곳에 온 것은 부인하지 않겠습니다. 하지만 제가 이곳에 온 진정한 이유는 도계산에 위치한 화선지교를 살펴보기 위함입니다."

운정의 입에서 화선지교란 말이 나오자 떨떠름한 표정을 짓고 있던 만천일의 눈빛이 변했다.

"화선지교?"

운정의 입에서 뜻밖에 화선지교란 말이 나오자 만천일뿐

아니라 공낙충과 주변의 몇몇 사도련 무인들의 표정까지 묘해졌다.

이곳뿐만 아니라 중원 전역에 화선지교가 퍼져 있지만 대부분의 사람들은 그저 흔한 종교 집단이라 생각하고 별다른 관심을 가지지 않았다.

하지만 공낙충을 비롯한 이곳의 무인들은 인근에 위치한 화선지교가 어떤 곳인지 잘 알고 있었다.

"계속해 보게."

"저는 최근 중원 전역에서 발발하는 어린이 실종 사건의 범인을 화선지교로 생각하고 있습니다."

이어진 운정의 말에 만천일의 표정은 눈에 띄게 변했다.

"그렇게 생각하는 이유는?"

"화선지교의 주인이 정일학이기 때문입니다."

이번엔 만천일뿐 아니라 주변에 모여 있던 모든 무인들의 표정이 놀람으로 변했다.

"자네 말은 현 무림맹의 맹주인 정일학이 화선지교란 종교 단체를 이용해 어린아이들을 납치하고 있단 말인가?"

"그렇습니다."

"어찌 그리 생각하는가?"

운정은 만천일이 화선지교와 정일학의 관계엔 의문을 표하지 않고, 정일학을 어린이 실종 사건의 주범으로 보는 이유만을 묻자, 이들이 정일학과 화선지교의 관계는 이미 알고 있음을 알 수 있었다.

잠시 주변에 모여 있는 사도련 무인들을 둘러보던 운정이 이내 구무현과 자신이 나눴던 대화들을 천천히 들려주기 시작했다.

그 과정에 구무현의 정체는 밝히지 않는 게 좋을 것 같아 그저 구 대인이라 칭했다.

운정의 이야기가 계속될수록 만천일을 비롯한 이곳 무인들의 표정이 시시각각 변하기 시작했다.

운정의 이야기는 자신들이 이미 아는 사실들도 있었지만 모르는 이야기가 더 많았기 때문이다.

"자네 말은 화선지교… 아니, 정일학이 어린아이들을 납치해 그들의 정기를 빨아 고수들을 양성하고 있단 말인가?"

"아직 확인은 하지 못했지만 그렇게 추측하고 있습니다."

만천일을 비롯한 이곳의 무인들도 화선지교가 정일학의 본가인 홍선문의 하부 세력이고 어린아이들을 납치하고 있다는 사실은 이미 알고 있었다.

하지만, 그들이 아이들을 납치하는 이유에 대해선 알지 못했었다.

한데 오늘 자신을 영운이라 밝힌 눈앞의 청년은 그들이 아이들을 납치한 이유가 정기를 흡수해 단기간에 고수를 양성하기 위함이라고 말하고 있는 것이다.

그뿐 아니라 그렇게 양성한 고수들로 현재 강호에 자신들과 같은 사도련이란 이름의 조직을 만들었다고 했다.

"음……."

운정의 말을 듣고 만천일은 한참을 생각에 잠겼다.

그렇게 생각에 잠겨 있던 만천일이 운정에게 물었다.

"그런데 자네는 도계산에 있는 화선지교를 살피러 왔다고 했는데, 어떻게 이곳 석림장(石林場)까지 오게 된 것인가?"

만천일의 말을 통해 이 건물의 이름이 석림장임을 알게 됐다.

"원정대 오조가 납치범이 이곳으로 향하는 걸 목격했다고 보고를 했습니다."

운정의 대답에 만천일뿐 아니라 주변에 몰려 있던 무인들 모두 어이없다는 표정을 지었다.

"자네는 우리가 어린아이들을 납치했을 것 같은가?"

운정은 처음 석림장을 발견했을 때만 해도 화선지교가 어린아이들을 가둬두기 위해 몰래 지어놓은 건물이라 생각했었다.

한데 건물에 들어선 후 이곳이 옛 사도련의 생존자들이 모여 있는 곳임을 알게 된 이후엔 그런 생각을 하지 않게 되었다.

"그렇게 생각하지 않습니다."

"그럼 그 오조란 놈들이 본 납치범은 뭐란 말인가?"

"그게……."

만천일의 물음에 운정은 답할 말이 없었다.

"말하지 않아도 되네. 그 오조란 놈들을 불러 직접 물어보면 될 테니 말일세."

만천일이 운정에게 말하며 근처에 있던 사내 한 명을 불렀다.

"혹시, 원정대를 데려오려는 것입니까?"

"당연한 것 아닌가?"

"좋은 생각이 아닌 것 같습니다."

운정은 원정대를 이곳으로 불러온다는 말이 달갑지 않았다.

자신과 이곳 사도련의 무인들은 무림맹주란 허울 뒤에 감춰진 정일학의 진면목을 오래전부터 알아왔기에 큰 거부감 없이 사실을 받아들일 수 있었다.

하지만, 원정대는 사전에 아무런 정보가 없었기에 분명 거부감을 느낄 것이기 때문이다.

원정대는 소수의 낭인 출신 대원도 있지만, 대부분이 오조 대원들처럼 정도의 인물들이다.

그런 원정대원들에게 갑작스레 무림맹주의 진면목을 밝힌다면 솔직히 받아들이기 힘들 것이다.

그뿐 아니라 이곳을 어린아이 납치범들의 소굴로 알고 있는 원정대를 억지로 끌고 오려 했다간 분명 마찰이 빚어질 것이다.

"원정대를 건물로 들이는 것보다 어르신과 제가 밖으로 나가는 게 더 나을 듯싶습니다. 원정대가 이곳을 납치범들의 소굴로 오해하고 있으니 억지로 데려오려다간 괜한 마찰이 생길 겁니다."

운정의 말이 일리가 있는지라 만천일은 그러기로 했다.

"그런데 그 어르신이란 말 그만 쓰면 안 되겠나? 내 나이가 얼마나 된다고 벌써 어르신인가? 내 이름이 만천일이니 그냥 만 선배라 부르게. 그리고 저놈은… 그냥 공가라 부르면 될 걸세."

잠시 공낙충을 바라보고 있던 만천일이 말했다.

"뭐! 공가?"

만천일의 말에 공낙충이 화를 냈지만 늘상 있는 일인 듯 만천일은 무시했다.

"공가야, 알았으니까 그쯤하고, 옆에 있는 놈이나 풀어주거라."

공낙충은 만천일의 말을 듣고서야 그간 잊고 있던 독비객의 존재를 생각해 냈다.

"짧은 시간 정신이 없던 터라 잠시 너를 잊고 있었구나. 너무 야속해하지 말거라."

공낙충이 아혈까지도 점해놨는지 독비객은 그동안 신음 소리 한 번 내지 못하고 식은땀만 흘리고 있었다.

공낙충은 독비객의 어깨를 가볍게 두드리며 혈을 풀어주

었다.

"음……."

독비객은 어깨와 등에서 느껴지는 묵직한 고통에 짧은 신음을 흘렸다.

굳어 있던 몸이 풀리자 독비객이 공낙충 앞으로 걸어가 갑자기 포권을 취하며 허리를 깊이 숙였다.

"뭐 하는 것이냐?"

공낙충은 갑자기 독비객이 자신에게 인사를 하자 이해할 수 없다는 표정으로 물었다.

공낙충이 묻자 독비객은 품에서 무언가를 꺼내어 앞으로 내밀었다.

독비객이 품에서 꺼내 건넨 것은 조그만 양피지에 말린 한 통의 서신이었다.

"이것을……."

공낙충은 독비객이 품에서 서신을 꺼내 자신에게 건네자 더욱 의아한 표정을 지었다.

"이게 무엇이냐?"

"읽어보시면 알게 되실 겁니다."

의아한 표정을 짓고 있는 공낙충에게 재차 서신을 건네며 독비객이 말했다.

독비객이 건넨 서신을 받아 무표정하게 읽어 내려가던 공낙충의 눈이 한순간 커졌다.

"자넨?"

서신과 독비객의 얼굴을 번갈아 보던 공낙충이 물었다.

"독영기입니다."

독비객의 본명은 독영기였다.

"네가 진정 중명의 아들 영기란 말이냐!"

공낙충이 믿기 힘들다는 듯 물었다.

"인사가 늦었습니다. 상황이 상황인지라 예를 다하지 못함을 용서해 주십시오. 사현문(邪泫門)의 십사대 문주를 맡게 된 독영기라 합니다."

"십사대 문주…… 그렇다면?"

"선친께선 작년에 돌아가셨습니다."

"허헛……."

독영기의 대답에 공낙충은 헛웃음을 흘렸다.

옆에서 지켜보고 있던 만천일과 주변의 무인들도 공낙충과 비슷한 표정을 짓고 있었다.

이곳 여동에 사도련의 고수들이 숨어 있듯, 일차 정마대전 이후 사도련 소속 무인들은 뿔뿔이 흩어져 신분을 속이고 중원 곳곳으로 숨어들었다.

독비객이란 가명으로 천하무림대회에 출전한 독영기도 당시 무림맹의 눈을 피해 귀주성(貴州省) 홍인(興仁) 인근으로 숨어들었던 사현문의 후예였다.

독영기의 부친이자 당시 사현문의 문주였던 독중명은 공

낙충의 의제(義弟)이기도 했다.

"네가 중명의 자식이라면 나에게 조카가 되는구나. 그런데 어떻게 무림맹 떨거지들과 함께 이곳에 온 것이냐?"

"이야기하자면 깁니다."

독영기의 말에 공낙충이 운정과 만천일을 바라봤다.

"이야기 정도는 듣고 가도 문제없겠지?"

공낙충의 물음에 만천일과 운정은 괜찮다는 듯 고개를 끄덕였다.

"말해보거라."

공낙충의 말에 독비객은 천천히 이야기를 시작했다.

第二章
사도련의 결정

　"선친께선 일차 정마대전이 끝난 후 홍인에 정착해 사현문을 재건하기 시작했습니다. 문파를 재건하며 숙부님의 행방을 찾았지만 도저히 찾을 방법이 없었습니다. 무림맹의 눈을 피해 음지로 숨어든 옛 동료들과 숙부님의 소식을 들려오는 풍문에 의지해 찾기란 애초부터 불가능한 일이었으니 말입니다. 당시 본 문도 무림맹의 눈을 피해야 할 처지였기에 대외 활동을 자제하고 문파의 기반을 닦는데 신경을 써야 할 입장이었습니다. 선친께선 당장이라도 강호로 나가 숙부님과 헤어진 동료들의 행방을 찾아보고 싶어하셨지만, 상황이 여의치 않아 그 후 문파를 안정시키는데 전념했습니다. 그렇게 십여 년이 지나 문파의 기반이 어느 정도 잡히자 모든 일을 저에게 맡기고 숙부님의 행방을 찾아 강호를 떠돌기 시작했습니다. 그렇게 십 년 가까운 세월 동안 강호를 떠돌았지만 숙부님과 옛 동료들의 행방은 찾을 길이 없었습니다. 그러던 어느날 무림맹 소속 무인들이 저희 사현문 일대를 살피고 간 일이 있었습니다. 그때 일로 선친께선 무림맹이 아직도 사도련 출신 무인들을 찾아다니고 있다는 걸 알게 되셨고, 그날 이후 숙부님의 소식을 무림맹을 통해 살피기 시작했습니다. 무림맹의 뒤를 쫓다 보면 자연스레 옛 동료들을 만나게 될 것이고, 그들을 통해 숙부님의 소식을 접할 수 있을지도 모른다는 기대 때문이었습니다."

독영기의 이야기를 듣고 있던 공낙충의 표정이 상기되어 있었다.

자신의 의제가 이십 년이란 세월 동안 자신을 찾아다녔을 것이라곤 생각지 못했기 때문이다. 그와 함께 자신을 찾지 못한 게 이해가 되기도 했다.

자신의 의제가 무림맹도 이십 년 동안 찾지 못했던 자신들을 찾기란 애초에 불가능한 일이기 때문이다. 하지만 한편으론 자신이 의제를 찾으려 했다면 어렵지 않게 찾았을 것이란 안타까움이 남았다.

공낙충은 애써 치솟는 감정을 추스르며 독영기의 말에 귀를 기울였다.

"그렇게 무림맹의 뒤를 쫓다 보니 선친께선 지금껏 알지 못했던 여러 사실들을 알게 되셨습니다. 화선지교와 홍선문의 관계도 알게 되셨고, 그들이 이십 년 동안 사도련의 련주이신 진무황(眞武黃) 어르신을 찾아다녔다는 사실도 알게 되셨습니다. 선친께선 숙부님이 련주와 함께 있음을 알아내셨고, 그 후 련주가 계신 이곳을 찾으려 부단히 노력했습니다. 그러다 너무 깊숙이 발을 들여 놈들에게 들키고 말았습니다. 어떻게 놈들의 추적을 뿌리치긴 했지만 당시 도주 중 벌어진 몇 번의 격돌로 인해 선친께선 돌이킬 수 없는 부상을 입고 말았습니다. 그렇게 문으로 돌아오신 선친께선 정일학의 정체를 말씀해 주시며 이번 천하무림대회에 참가해 원정대원이 되라 하셨습니다. 숙부님과 련주께서 이곳 여동에 계신 걸 알았다면 군이 원정대에 소속될 필요가 없었겠지만, 놈들에게 들키는 바람에 이곳의 위치까진 알아내지 못하셨습니다. 그나마 다행인 건 무림맹이 원정대를 구성해 련주가 계신 곳으로 향할 것이란 정보를 입수하셨던 터라, 저에게 원정대원이 돼 이곳을 찾으라 하셨습니다. 원정대에 소속되지 않고 그들의 뒤를 밟을까도 생각했지만 그들의 이목을 속이는 게 쉽지 않은데다가, 이곳에 도착한 후 원정대의 일을 방해하려면 그들과 섞이는 게 좋을 것 같아 원정대 소속으로 이곳을 찾게 된 것입니다."

독영기의 말을 조용히 듣고 있던 공낙충이 짧게 한숨을 내

쉬었다.

공낙충과 동료 무인들은 사도련의 존립을 위해 무림맹의
눈을 피해야 했다. 그래서 그동안 외부와의 연락을 최대한 자
제해 왔던 것이다.

사도련을 일으키기 위해선 무림맹의 눈을 피해 힘을 모을
시간이 필요했기 때문이다.

하지만 자신의 의제가 죽어가던 그 순간까지 자신을 찾아
다녔고, 이제는 만나고 싶어도 만날 수 없는 몸이 되었단 사
실을 알게 되자 왠지 모를 미안함과 서글픔이 가슴을 채웠다.

"미안하구나……."

공낙충이 독영기에게 해줄 말은 이것밖에 없었다.

원정대로 가려던 운정은 뜻밖에 독비객의 정체를 알게 되
면서 혼란스러움을 느끼고 있었다.

'원정대가 이곳으로 향할 걸 미리 알고 있었다고……?'

운정에게 혼란을 준 부분은 독영기의 선친이 원정대가 사
도련 련주가 은신해 있는 이곳 석림장으로 향할 것이란 걸 미
리 알고 있었다는 점이다.

그 말은 원정대의 행로가 이미 이곳으로 결정되어 있었고,
그동안 여동에서 벌인 일은 모두 눈속임이었단 뜻이다.

그뿐 아니라 자신과 함께 이곳으로 온 원정대원 중 누군가
는 이곳이 사도련의 은신처임을 이미 알고 있었다는 뜻이기
도 했다.

즉, 정일학 또는 홍선문과 관계가 있는 자가 원정대에 포함되어 있다는 뜻이었다.

'오조!'

도계산을 한참 지난 이름도 모를 깊은 숲으로 원정대를 이끈 것은 다름 아닌 오조 대원들이었다.

오조 대원 중 누군가 어린이 납치범을 봤다고 보고했고, 원정대는 당연히 이곳이 납치범들의 소굴인 줄 알고 찾아왔다.

운정은 오조 대원들을 하나둘 떠올려 봤다.

오조 대원 이십 명 중 대주인 방상영을 제외한 모두가 정도무림 명문가의 자제거나 제자들이었다. 그들 모두가 정일학과 연계되었을 수도 있고, 그중 일부가 연계되었을 가능성도 있었다.

"아무래도 자네와 함께 온 이들 중에 쥐새끼가 숨어 있는 모양이네."

만천일도 운정과 같은 생각을 했는지 오조를 빗대 말했다.

"그런 듯합니다."

운정이 수긍하며 고개를 끄덕이자 만천일이 다시 운정에게 말했다.

"그럼 이제 어떻게 하려는가?"

만천일의 물음에 운정은 잠시 고민했다.

"독 형, 납치범을 발견했다는 오조 대원이 누군지 혹시 알고 있나요?"

"내 나름대로 알아보려 했지만 알 수가 없었네. 자네도 알다시피 맹을 출발한 이후 오조는 우리와 따로 행동했지 않나? 나는 오조 대원 중 일부가 정일학과 관계를 가졌다 생각지 않네. 그들 대부분이 무림맹의 중추를 이루고 있는 구대문파와 육대세가의 제자들이니 그들 전체가 정일학과 관계가 있다고 생각하네."

독영기는 원정대 오조 전원이 정일학과 한패이며, 이곳이 사도련임을 알면서도 자신들을 이곳으로 유인해 왔다고 생각했다.

독영기 생각대로라면 정일학의 사주를 받은 게 누군지 살펴볼 필요가 없으니 당장 오조 대원 전원을 잡으면 될 것이다. 하지만 만약 그들 중 자신들처럼 아무것도 모르는 자가 있다면 후에 큰 낭패를 당하게 될 것이다.

그들은 다른 누구도 아닌 정도 무림을 대표한다는 구대문파와 육대세가의 제자들이기 때문이다.

그런 명문대파의 제자들이 이곳에서 죽기라도 한다면 후에 정일학과 싸워야 될 운정이나 이곳 사도련 입장은 상당히 난처해진다.

운정이 원정대와 이곳 사도련에 대해 생각하고 있는데 한쪽에서 다급한 발자국 소리가 들렸다.

"무슨 일이냐?"

공낙충이 다급한 걸음으로 달려오는 사내를 보고 물었다.

"공 장로님, 도계산 인근에 정체를 알 수 없는 무인들이 몰려들고 있다는 보고가 들어왔습니다."

"정체를 알 수 없는 무인들? 인원은 어느 정도나 되느냐?"

"현재 도계산에 인근에 모인 인원은 약 칠백여 명인데 그 수가 빠르게 늘어나고 있다고 합니다."

"정체를 알 수 없는 무인들이 칠백 명이나 모여 있고, 계속 늘고 있단 말이냐?"

"그렇습니다."

"그들이 도계산에 모인 이유는 확인했느냐?"

"아직 그 부분까진 확인하지 못했습니다. 만에 하나 그들이 이곳으로 향할지도 모르기에 선보고를 드리는 것입니다."

사내의 보고에 공낙충은 고개를 끄덕이며 말했다.

"너는 즉시 련주께 이 사실을 알리고, 정찰조에 연락해 그들의 정체를 밝히는데 최선을 다하라 전하거라."

"존명!"

사도련이 이십 년 동안 무림맹의 눈을 피해 숨어 있을 수 있었던 건, 지금과 같은 상황에 발 빠르게 대처했기 때문이다.

사내가 떠나고 만천일과 공낙충은 잠시 말이 없었다.

운정은 정체불명의 무인들이 도계산 인근에 몰려들고 있다는 말을 듣자 문득 머릿속을 스치는 생각이 있었다.

'정체불명의 무인들…… 그리고 구대문파와 육대세가!'

생각에 잠겨 있던 운정의 고개가 번쩍 들렸다.

"만 선배님, 공 선배님!"

운정이 만천일과 공낙충을 불렀다.

갑작스런 운정의 부름에 만천일과 공낙충이 의아한 표정을 지었다.

"도계산에 무인들이 몰려들고 있다니, 지금은 오조 대원 중 누가 정일학과 관계를 맺고 있는지를 밝히는 건 중요한 게 아닌 것 같습니다. 그보다 왜 원정대를 이곳으로 데려왔고, 도계산으로 몰려드는 무인들의 정체가 무엇인지가 더 중요한 것 같습니다."

"그 말은 도계산으로 몰려드는 무인들의 정체를 자네가 알고 있다는 말인가?"

"확실치는 않지만 짐작 가는 게 있습니다. 그래서 묻겠습니다."

"물어보게."

"사도련의 무인들이 이곳 석림장에 계신 분들이 다입니까? 아니면 근처에 더 있습니까?"

운정의 질문에 만천일은 선뜻 대답하기 곤란하다는 표정을 지었다.

"위치까지 알려달라는 게 아닙니다. 그저 이 근방에 다른 사도련의 무인들이 더 있는지를 알아야 합니다."

운정이 물었지만 만천일은 대답하지 않았다. 그러자 옆에 있던 공낙충이 대신 대답했다.

"더 있네. 일차 정마대전 이후 사현문처럼 따로 떨어져 나간 이들도 있지만 당시 무림맹의 눈을 피해 흩어졌던 사도련 전력의 삼 할 정도가 이 근방에 은신해 있네."

"삼 할이라면 어느 정도의 규모입니까?"

"천오백 명 정도 되네."

공낙충의 대답에 운정의 표정은 더욱 어두워졌다. 자신의 예상이 점점 맞아가고 있었기 때문이다.

"서둘러야 할 것 같습니다."

운정이 뜬금없이 서둘러야 한다고 말했다.

"무슨 말인가?"

"좀 전에도 말했다시피 오조 대원 대부분이 구대문파와 육대세가의 제자나 자제들로 이루어져 있습니다. 만약 그들이 이곳에서 의문의 죽음을 당한다면 그들이 소속된 문파에서 어떻게 할 것 같습니까?"

"당연히 진상을 밝혀 복수를 하려 들겠지."

운정의 물음에 공낙충은 생각할 필요도 없다는 듯 대답했다.

"그것이 문제입니다."

"뭐가 문제란 말인가? 아직 저들이 죽은 것도 아닌데."

"이미 죽었다면요?"

"음? 그게 무슨 말인가?"

"저들은 아직 살아 있지만, 그들 문파엔 이미 죽은 자로 보고되어 있다면 어떻겠습니까?"

"그게 무슨……."

반문을 하려던 공낙충도 무언가 느끼는 게 있었는지 눈을 크게 떴다.

"자네 말은……?"

공낙충이 운정을 돌아보자 운정이 고개를 크게 끄덕였다.

"도대체 뭐가 어떻게 됐다는 말인가?"

옆에 서 있던 만천일은 아직 이해가 되지 않는지 운정에게 물었다.

"상황이 급해 간단하게 설명해 드리겠습니다. 이미 오조 대원들은 그들 문파에 죽은 것으로 보고가 올라가 있을 것입니다. 당연히 저들의 시체를 회수하고, 사건의 진상을 조사하기 위해 구대문파와 육대세가 즉 무림맹에서 무인들을 이곳으로 파견할 것인데, 현재 도계산으로 몰려들고 있는 무인들이 바로 그들입니다."

"도계산으로 몰려들고 있는 무인들이 무림맹의 무인들이라고? 자네가 그걸 어떻게 아는가?"

"저는 이곳으로 향하는 내내 정일학이 화선지교를 이용해 납치를 벌이고 있는 지역에 왜 원정대를 파견하는지가 궁금했습니다. 한데 오늘 오조가 원정대를 이곳으로 유인하고, 도계산에 정체불명의 무인들이 몰려들고 있다는 말을 듣고 보니 전후사정을 파악할 수 있게 됐습니다."

"그게 무엇인가?"

"제가 앞서 말했던 구대인이란 분이 말씀하시길, 현재 무림맹에서 맹주의 권위가 과히 황제에 비견될 정도로 막강하다고 했습니다. 그래서 저는 무림맹의 모든 대소사를 맹주가 결정하고 처리하는 줄 알았습니다. 한데 원정대와 함께하다 보니 현실은 오히려 반대라는 걸 알게 됐습니다. 그가 맹주로 있는 곳이 다름 아닌 무림맹이기 때문입니다. 무림맹은 전통의 명문대파인 구파와 육대세가를 주축으로 이루어진 곳입니다. 그런 곳에 홍선문이란 조그만 문파 출신의 무인이 맹주가 돼 황제와 같은 권력을 누리니 기존의 세력들이 반발하지 않을 수 없었던 것입니다. 겉으론 마교란 거대한 세력과 전쟁을 벌여야 할 상황이니 맹주를 중심으로 결속을 다지는 듯하지만 그 외의 일엔 철저히 견제를 하는 겁니다. 그래서 정일학은 그런 견제를 약하게 만들기 위해 이 같은 음모를 꾸민 겁니다."

"음모?"

"네. 음모입니다. 독 형의 말로 미루어보아 정일학은 이곳 석림장의 위치를 이미 오래전에 파악하고 있었던 듯싶습니다. 그런데도 이곳에 병력을 보내지 못했던 이유가 무엇이겠습니까? 바로 구대문파와 육대세가의 견제 때문입니다. 마교와의 전쟁을 앞두고 사도련과 전쟁을 치른다면 필시 병력에 손실이 생길 겁니다. 이미 이차정마대전을 겪으며 구파와 육대세가는 음지에 숨어 있는 사도련이 자신들에게 큰 위협요소가 되지 않음을 잘 알고 있었습니다. 그런데도 정일학이 구태여 사도련을 치려 하니 누가 말해주지 않아도 견제하는 자신들의 세력을 약화시키려는 생각임을 알았던 것입니다. 오히려 마교와 전쟁이 끝난 후 사도련을 치는 게 자신들의 입장에선 훨씬 나은 수순이니 말입니다. 그런데 사도련이 먼저 자신들을 공격한다면 어떻게 되겠습니까? 이전엔 사도련이 큰 위협이 아니라 생각했지만 선공을 당한다면 그 인식이 변하게 될 것입니다. 마교와 전쟁을 치르기 전에 사도련 문제를 해결하지 않으면 정잰 중 언제 뒤통수를 맞을지도 모른다는 생각이 들 테니 말입니다. 해서 정일학은 구대문파와 육대세가가 나설 수밖에 없는 상황을 만든 것입니다."

"그럼 그 상황이라는 게……?"

공낙충의 물음에 운정이 고개를 끄덕이며 말했다.

"원정대를 이곳으로 보낸 후, 원정대원들이 소속된 각 문파에 사도련의 공격을 받아 전멸했다는 거짓 보고를 보냈을 겁니다. 마침 강소성 인근에 납치범들을 잡기 위해 구파와 육대세가 무인들이 파견되어 있으니 사실 확인을 위해 나서는 건 어렵지 않을 겁니다. 그뿐 아니라 납치범을 잡기 위해 강소성으로 병력이 파견되었으니, 무림맹을 감시하고 있던 이곳 사도련의 눈을 속이는 것도 어렵지 않았을 겁니다."

운정의 말을 듣고 보니 확실히 그랬다.

현재 강소성에 파견 나와 있는 무림맹의 무인들이 이천여 명이다.

그 정도의 병력이 강소성으로 파견 나왔다면 사도련은 진작 근거지를 다른 곳으로 옮겼을 것이다.

하지만 그들이 파견 나온 이유가 어린아이 납치범을 잡기 위함이니, 사도련은 그들이 강소성으로 들어선 후에도 크게 신경 쓰지 않았다.

도계산에 몰려든 무인의 수가 칠백 명이 넘었다니. 이곳 강소성으로 파견 나온 무림맹의 무인들 모두가 몰려올지도 모를 일이다.

운정이 만천일에게 석림장 인근에 사도련 무인들이 더 있냐고 물었던 건 그 부분을 확인하고 싶어서였다.

이곳의 무인들이 석림장에 머물고 있는 무인 모두라면 자신의 예상이 틀렸을 것이다. 하지만 인근 지역에 사도련 전력의 삼 할인 천오백여 명이 모여 있다니 자신의 생각에 확신을 더해줬다.

무림맹의 병력은 이천 명이다.

사도련은 그들보다 적지만 천오백 명의 병력을 가지고 있다. 크다면 크고, 작다면 작은 병력 차이지만, 무림맹이 이곳에 발을 들인다면 사도련은 피하지 않고 이십 년 묵은 한을 풀려 할 것이다.

그렇게 되면 양쪽 진영 모두 큰 타격을 입게 될 것이고, 정일학은 더 이상 맹주란 가면을 쓰고 있을 이유가 사라지게 된다.

그때부터 당당히 자신이 거느린 화선지교와 화선지교를 이용해 만든 사도련으로 중원무림을 자신의 의지대로 움직이려 할 것이다.

지금이라도 알아낸 게 다행이라면 다행이지만 너무 늦은 게 아닐지 걱정스러웠다. 게다가 원정대원들도 위험했다.

분명 구파와 육대세가는 제자들의 시체를 찾으려 할 것이다. 정일학은 그들의 시체를 구대문파와 육대세가에 보이기 위해서라도 이곳에 파견된 원정대를 가장 먼저 죽이려 들 것이다.

원정대가 위험하단 생각이 들자 마음이 급해졌다.

운정이 서둘러 원정대로 돌아가려는데, 정찰조에서 다른 보고가 들어왔다.

"현재 도계산에 모인 무인들이 이곳으로 향하고 있습니다."

"인원은 어느 정도나 되느냐?"

"정확하진 않지만 천여 명 정도라고 보고되었습니다."

예상 보다 병력의 수가 적지만 운정의 예상이 사실이 되는 순간이었다.

"그리고 울령곡(鬱嶺谷) 쪽으로 또 한 무리의 무인들이 접근하고 있다고 보고되었습니다."

"도계산에 모인 놈들 말고 또 있단 말이냐?"

"그렇습니다."

"그놈들의 수는 얼마나 되느냐?"

"삼백여 명 정도인데 모두 흑의를 입고 있는데다, 워낙 빠른 속도로 이동을 하고 있어 정체를 파악하지 못했다 합니다."

사내는 흑의인들의 정체를 파악하지 못했다고 했지만 운정은 알 것 같았다.

"아마 그들은 정일학이 화선지교를 이용해 만든 가짜 사도련일 겁니다."

운정이 만천일에게 말했다.

"가짜 사도련이라고?"

"무림맹이 원정대를 발견하기 전에 미리 처리하기 위해 보냈을 겁니다."

운정의 말을 듣고 잠시 생각하던 만천일이 전서구를 준비했다.

"전서를 보내실 겁니까?"

"당연한 것 아닌가. 무림맹 떨거지들이 지금 쳐들어오고 있다니 당장 전투 준비하라고 알려야 할 것 아닌가. 자네 덕에 적의 기습을 미리 알았으니 이번 전투에 우리가 승리한다면 자네 공이 적지 않을 걸세."

운정은 당연히 주변 사도련 무인들에게 자리를 피하라는 전서를 보낼 줄 알았다. 한데 오히려 전투를 치르겠다니 답답한 기분이 들었다.

지금 사도련은 무림맹과 싸울 때가 아니고 피해야 할 때였다. 이십 년 전 당한 한이 있어 싸움을 피한다는 게 쉽진 않겠지만, 정일학의 음모에 당하지 않으려면 사도련의 전력을 무슨 일이 있어도 유지해야 했다.

"안 됩니다. 이번 전투는 피해야 합니다!"

운정이 사도련의 전력을 유지하기 위해선 전투를 피해야 한다고 말했지만 만천일의 답변은 부정적이었다.

"어쩌면 우리에겐 이번 일이 잘된 것일지도 모르네. 우리의 전력으론 현재의 무림맹과 정면 승부를 벌일 힘이 되지 못하네. 한데, 무림맹의 일부 병력과 우리를 사칭하고 다니는 가짜 사도련이 이곳으로 오고 있다니, 놈들을 한꺼번에 해치울 수 있는 절호의 기회라 할 수 있네. 놈들 모두 합쳐 봤자 천삼백 명 정도니 충분히 붙어볼 만하지 않은가? 이번의 전투로 그동안 불균형을 이루던 정사지간의 균형이 다시 제자리를 찾을지도 모를 일 일야."

만천일은 오히려 이번 전투를 상당히 기대하는 듯한 표정을 지었다.

하지만 만천일의 생각은 오산이었다.

어부지리(漁夫之利)라는 고사성어처럼 맹주인 정일학은 어부의 입장이 돼 박 터지게 싸울 황새와 조개를 바라보고 있을 것이다.

만천일은 이번 전투로 한쪽으로 치우친 균형을 바로잡겠다는 기대를 품고 있지만, 균형을 잡기도 전에 정일학이 보낸 가짜 사도련이 모든 걸 잡아채 갈 것이다.

현재 보고된 가짜 사도련의 수가 삼백 명이라지만, 후에 그 수가 얼마나 늘지 알 수가 없다.

이런 상황에 무림맹과 전투를 치르겠다는 건 너무도 어리석은 생각이었다.

"만 선배님, 무림맹과 사도련이 맞붙으면 가장 좋아할 사람은 정일학입니다. 이십 년 동안 쌓였던 한을 풀지 못하는 게 원통하겠지만 놈의 계획에 끌려가지 않으려면 지금은 즉시 자리를 피해야 합니다."

이십 년 동안 쌓인 한을 풀려는 만천일에게 운정의 호소는 공허한 메아리 같았다.

'이런 시벌! 이 영감탱이 무림맹과 일전을 치르게 됐다니 완전 신이 났구나.'

운정은 가뜩이나 원정대 일로 마음이 급한데, 만천일이 이번 일을 계기로 정도 무인들과 한바탕 격전을 치르려 하니 답답함을 금치 못했다.

만천일의 생각을 어떻게 바꿔야 할지 고민을 해봤지만 딱히 방법이 생각나지 않았다.

그때 건물 중앙 쪽에서 사람들의 웅성거림이 들리기 시작했다.

운정이 무슨 일인가 싶어 쳐다보니 건장한 장정 네 명이 거대한 가마를 메고 걸어오고 있었다.

주변에 흩어져 있던 사도련의 무인들은 가마가 보이기 무섭게 한쪽으로 몰려가 도열하기 시작했다.

갑자기 사람들이 한쪽으로 움직이는 바람에 운정 혼자 가운데 덩그러니 남게 됐다.

자신도 한쪽으로 움직여야 할지, 이대로 가만히 있어야 할지 생각하는 사이 어느새 가마가 다가와 섰다.

운정은 가마가 자신 앞에 서자 의아함을 느꼈다.

그때 가마의 휘장이 걷혔다.

가마 안엔 백발이 성성한 노인 한 명이 강렬한 안광을 빛내며 앉아 있었다.

운정은 누가 설명하지 않았는데도 이 노인이 이곳 사도련의 련주인 진무황이란 걸 알 수가 있었다.

운정은 저도 모르게 진무황과 눈을 맞췄다.

진무황은 아무 말 없이 조용히 바라봤다.

진무황의 눈빛은 상당히 강렬했는데, 자세히 들여다보면 그 속에 묘한 부드러움이 있었다.

"반갑네. 내가 이곳의 련주인 진무황일세."

잠시 운정을 들여다보고 있던 진무황이 자신을 소개했다.

"소속된 곳 없이 떠도는 낭인 영운이라 합니다."

운정이 포권을 취하며 자신을 소개했다.

"공 장로에게 들었는데, 지금 무림맹의 무인들이 이곳으로 향하고 있다고 하더군?"

진무황의 말을 듣고 고개를 들어보니 가마 뒤쪽에 공낙충이 서 있었다. 그리고 그 옆에서 만천일이 눈을 부라리며 무언가를 열심히 말하고 있었다.

만천일은 정일학의 음모를 감수하고서라도 한을 풀기 위해 무림맹과 일전을 치르겠다는 생각이었지만, 공낙충은 운정과 같은 생각을 하고 있는 듯했다.

그래서 운정과 만천일이 전투를 벌일 것인지, 자리를 피할 것인지를 놓고 의견대립을 하고 있는 사이 련주를 불러온 것이다.

만천일이 흥분해 전투를 준비하고 있지만 엄연히 이곳 사도련의 주인은 련주인 진무황이었고, 전투를 하든, 도망을 치든 모두 련주가 결정할 사항이었다.

"밖이 조용한 걸 봐선 아직 도착하지 않은 듯하지만 조만간 무림맹의 병력이 이곳에 도착할 것입니다. 시간이 많지 않습니다. 공 선배님이 련주님께 어디까지 이야기했는지 알 수 없지만 정일학의 음모에 말려들지 않으려면 자존심을 꺾고 이 자리를 피해야 합니다. 오늘의 굴욕을 이겨낸다면 후에 분명 정일학과 정도 무림에 이십 년 한을 모두 풀 수 있는 기회가 올 것입니다."

"련주님! 우리가 그동안 얼마나 참아왔습니까? 지금이 기회입니다. 무림맹의 병력과 정일학의 수하 놈들을 다 합쳐도 천 명 내외일 겁니다. 그 정도의 병력이라면 충분히 승산이 있습니다. 자그마치 이십 년 동안 참고 기다려왔지 않습니까! 지금이 놈들에게 우리가 아직 살아 있음을 보일 절호의 기회입니다!"

만천일은 복수할 생각에 이성이 마비되었는지, 뭐든지 유리할 것으로만 생각하고 있었다. 그 속엔 그동안 갈고닦은 자신들의 무공에 대한 자신감도 있었다.

"무림맹의 천 명이란 병력은 최소 병력을 예상한 겁니다. 이곳으로 향하고 있는 병력이 얼마나 더 있을지 알 수 없습니다. 그뿐 아니라 화선지교로 양성한 가짜 사도련도 근처에 있습니다. 정일학이 이곳의 위치를 사전에 파악했다면 인근에 위치한 다른 거처와 병력의 수까지 이미 파악해 준비했다고 봐야 됩니다. 이런 상황에 무림맹과 일전을 치른다는 건 너무 어리석은 생각입니다!"

운정의 말에 만천일이 즉각 반박했다.

"놈이 미리 우리의 위치와 병력을 파악했다면 진즉 쳐들어왔겠지. 분명 최근에야 발견해서 부랴부랴 계략을 꾸며 쳐들어오는 것이다!"

운정은 만천일의 말을 들으며 과연 그가 종가휘의 기억과 소문 그대로의 사람임을 통감했다.

　종가휘의 기억과 소문에 의하면 만천일은 무공 실력으론 사도 무림계에서도 손에 꼽히는 강자지만, 성격이 폭급하고 지나치게 호전적인 성격이라, 실력으로 절대 지지 않을 자에게도 간혹 낭패를 당하는 경우가 있다고 했다.

　오늘 보니 정말 소문 그대의 성격을 가지고 있었다.

　"저는 이곳 사도련의 인물이 아닙니다. 오늘 당장 사도련이 무림맹에 패해 중원무림에서 사라진다 해도 아무런 상관이 없습니다. 그런 제가 이렇듯 호소하는 이유는 정일학의 음모에서 자유로운 유일한 집단이 바로 이곳 사도련이기 때문입니다. 이미 알고 계시겠지만 혹도 무림도 이미 정일학에 의해 와해되어 사라졌습니다. 녹림도 예전 같지 않습니다. 이미 정일학의 손아귀에 들어갔다 생각해도 무방할 겁니다. 이곳 사도련이 무림맹에 패해 사라진다면 더 이상 강호에 정일학을 견제할 세력이 없게 됩니다. 그뿐 아니라 구대문파와 육대세가의 견제 세력까지 덩달아 약화될 것입니다. 제가 무엇을 말하고 있는지 아시겠습니까?"

　운정의 격정적인 말에 잠시 장내가 조용해졌다.

　"감히 제가 낄 자리는 아니지만 저 또한 여기 영 소협과 같은 생각입니다."

　조용한 가운데 독영기가 한 발 앞으로 나서 운정 옆에 섰다. 갑작스런 독영기의 등장에 진무황은 '너는 누구냐' 란 표정을 지었다.

"사현문의 십삼대 문주인 독영기라 합니다."

"네가 중명의 아들인 영기로구나."

진무황이 독영기를 보며 고개를 끄덕였다.

"놈! 감히 네가 끼일 자리더냐!"

만천일이 갑자기 끼어든 독영기에게 호통을 쳤다.

그러자 진무황이 손을 들어 만천일을 제지했다. 그리곤 운정을 보며 말했다.

"소협의 얘기는 잘 들었네."

운정은 제발 련주가 자신의 마음을 헤아려 주길 바랐다.

이제 련주의 결정으로 모든 게 결정될 것이다.

그가 오늘 전투를 치르겠다면, 오늘 무림맹과 사도련은 이십 년 동안 미뤄왔던 은원을 청산하려 치열한 전투를 펼칠 것이다.

반대로 그가 전투를 포기한다면 다시 한 번 이십 년 전의 굴욕을 느낄 것이다. 하지만 그 굴욕은 다음의 큰 승리를 위한 밑받침이 될 것이다.

장내의 인물들이 모두 진무황에게 시선을 모았다.

가마에 앉아 있던 진무황이 잠시 주변의 인물들을 돌아보더니 이내 자리에서 일어나기 시작했다.

"려, 련주님!"

그 모습에 가마를 끌던 장정뿐 아니라 근처에 있던 무인들까지 놀라 부축하려 했다.

진무황은 다가오는 장정들을 물리치며 천천히 자리에서 일어났다.

가마에 앉아만 있었을 땐 몰랐는데 진무황은 다리가 불편한지 혼자 일어서는데 상당히 애를 먹고 있었다.

이윽고 진무황이 자리에서 완전히 일어나자 모든 사도인들이 놀란 표정을 지었다.

"려, 련주님 다 나으신 겁니까?"

만천일이 놀라 말까지 더듬었다.

"작은 깨달음이 있었다. 그 후 움직이지 않던 다리가 이렇게 회복되기 시작했다."

"련주님, 경축드립니다."

"련주님 만세!"

운정은 련주가 일어선 것만으로 모든 사도인들이 흥분을 감추지 못하자 이해할 수가 없었다.

"아버님께 들었는데, 련주님은 이십 년 전 무림맹 고수들의 협공을 받아 기혈이 엉키고 다리를 심하게 다치셨다고 했었네. 한데 오늘 보니 엉킨 기혈이 풀리고 다리도 회복되고 있는 모양일세."

독영기의 전음을 듣고서야 운정은 전후 사정을 알 수 있었다.

흥분한 사도인들의 소동이 줄어들자 련주는 비장한 목소

리로 말했다.

"오늘, 석림장을 버린다."

"련주님!"

진무황의 발언에 살짝 들떠 있던 사도련 무인들의 분위기가 급격히 추락했다.

석림장을 버린다는 말은 전투를 포기하겠다는 말이었다.

운정은 련주의 그 같은 말에 안도했지만 만천일과 몇 사도인들은 받아들이지 못했다. 그들이 이런 깊은 산중에 처박혀 이십 년간 무공을 갈고닦은 이유는 오로지 정도 무림에 복수하겠다는 일념 때문이었다.

이십 년간의 숙원을 풀 기회가 바로 코앞에 다가왔는데, 살던 곳까지 버리고 도망가겠다니, 자존심 하나로 산다는 무인들이 받아들이기 힘든 게 너무도 당연했다.

"련주님! 어찌 외부인의 말을 들어 이십 년간의 숙원을 버리려 하십니까?"

만천일이 절규하듯 물었다.

"또다시 너희들에게 이 같은 일을 시켜 미안하구나. 하지만 난 완전한 복수를 하고 싶다. 겨우 무림맹의 잔챙이들을 상대로 귀중한 너희들의 생명을 잃고 싶지 않다. 내가 살아있는 동안 너희들이 죽을 수 있는 최고의 전장을 만들어주겠다. 나 또한 몸을 회복해 최고의 전장에서 복수를 하고 싶다. 우리가 이십 년간 꿈꿔왔던 복수의 장이 이런 초라한 무대라면 말이 안 되지 않느냐? 한 번, 이번 한 번만 참아라. 다시는 오늘 같은 일이 없을 것이다. 그리고 이곳을 버리고 떠난다고 부끄러워하지 마라. 우리는 놈들에게서 달아나는 게 아니다. 오늘부로 사도련의 강호 활동을 선포하고 중원 각지에 흩어져 있는 사도인을 모을 것이다. 모든 사도인을 모아, 제대로 힘을 모아 진정 정도 무림과 건곤일척의 승부를 펼쳐 볼 것이다."

진무황이 허리춤에 매달려 있던 사도련 련주를 증명하는 사령옥(邪領玉)을 들자 모든 무인들이 고개를 숙였다.

사파의 기둥이라 할 수 있는 사도련은 마교에 버금갈 정도로 련주의 권위가 막강했다.

사도의 무인들은 거칠기 짝이 없다. 그런 거친 무인들을 다루려면 그만큼 조직의 상하관계가 철저해야 했다.

그만큼 강력한 권위를 가진 련주가 사령옥을 꺼내 들었으니 모든 사건은 이미 결정된 것이었다.

련주가 이곳 석림장을 버린다고 말한 순간 사도 무인들은 이곳을 벗어날 준비를 하기 시작했다.

운정은 사도련이 이곳을 피하기로 결정을 내리기 무섭게 간단한 인사를 건넨 후 바로 원정대를 향해 뛰었다.

언제 무림맹의 무인들이 들이닥칠지 알 수 없지만 사도련이 후퇴하기로 결정했으니 더 이상 머물 이유가 없었다.

지금 운정에게 중요한 건 원정대의 안전이었다.

운정이 석림장을 빠져나가는 모습을 보고 있던 진무황이 독영기를 불렀다.

"사현문이 홍인에 있다고 했느냐?"

"네, 사현문은 홍인에 터를 잡았습니다."

독영기의 대답을 듣고 련주는 소매 안에서 무언가를 꺼내 건넸다.

"이건……."

"세옥(勢玉)이다."

세옥은 련주를 대신해 명을 수행하는 자가 지니게 되는 신물이다.

"이걸 왜……?"

"너는 이 길로 저 아이를 따라가 그를 돕고, 귀주로 돌아가 대사를 치르는 그날까지 그곳의 사도인들을 모으도록 하거라."

"네, 아니, 존명!"

독영기는 설마 련주가 세옥까지 하사하며 자신에게 이런 중요한 일을 시킬 것이라 생각지 못했기에 당황해 말까지 더듬었다.

대사를 치른다는 말은 중원 전역에 흩어져 있는 사도인들을 모아 무림맹에 대항하겠다는 뜻이다.

선친이 살아 있을 때 그토록 바라던 일을 자신이 하게 됐으니 독영기는 흥분을 감추지 못했다.

런주가 독영기에게 운정을 돕도록 명한 이유는 사도련에 무림맹의 습격을 미리 전해준 빚을 갚고자 함도 있었지만 한 가지 임무를 더 수행하기 위해서였다.

독영기는 런주의 명을 수행하기 위해 운정을 따라 석림장을 빠져나갔다.

第三章
이한명

천마성을 빠져나온 옥능소는 신원(新源)에 들러 전서구를
날렸다.

천마성에 상주하고 있던 마인들은 모두 혈교에 의해 몰살
을 당했다. 이제 옥능소가 기댈 수 있는 건 중원 곳곳에 퍼져
있는 비밀분교의 마인들밖에 없었다.

마교를 너무도 잘 아는 적 선생이, 적으로 돌아섬으로 인해
비밀분교가 위험했다.

만에 하나 적 선생이 비밀분교의 위치와 정보를 무림맹에
흘린다면, 그나마 남아 있는 수하들마저 모두 잃을 수 있기
때문이다.

그러니 서둘러 비밀분교의 위치를 옮겨야 했다.

옥능소는 전서구를 날리기 무섭게 말을 두 마리 구해 밤낮 없이 달렸다.

비밀분교 중 천마성에서 가장 가까운 곳에 위치한 서녕으로 가기 위함이었다.

천마성에서 가장 가깝다고는 해도 밤낮없이 말을 달려도 두 달이 넘게 걸리는 거리였다.

그래서 서녕의 비밀분교에는 청해성 중간 지점인 격이목(格爾木)에서 만나자고 전서를 보냈다.

천마성을 빠져나온 옥능소는 잠도 줄여가며 밤낮없이 말을 달려 한 달 만에 격이목에 도착할 수 있었다.

도착해 보니 비밀분교의 분교주가 마중을 나와 있었다.

"교주님, 이쪽입니다."

옥능소는 한 달간 제대로 씻지도 못하고 달려왔는지라 몰골이 말이 아니었다.

"근처에 장원을 하나 구해놓았습니다. 그곳에서 휴식을 취하며 혈교를 상대할 방도를 구상하는 게 좋겠습니다."

옥능소는 지칠 대로 지쳐 있었기에 대답도 없이 분교주를 따라 장원으로 향했다.

장원에 들어선 옥능소는 씻지도 않고 내리 이틀간 잠만 잤다.

이틀 후에 일어난 옥능소는 그제야 몸을 씻고 간단한 식사를 했다.

식사를 마친 옥능소는 자신을 기다리고 있는 팔십여 명의 분교원을 만났다.

천마성에서 이만 명에 가까운 수하들을 거느리고 있던 자신이, 모두 잃고 도망쳐 나와 겨우 팔십 명 남짓한 분교원을 보고 있자니 울컥 화가 치밀었다.

잠시 심호흡을 통해 마음을 진정시킨 옥능소는 천마성에서 탈출에 성공한 사천 명의 마인과 중원 각지에 흩어져 있는 비밀분교의 모든 마인을 한곳으로 모을 계획을 준비했다.

천마성에서 도주에 성공한 마인의 수가 사천, 중원 각지에 퍼져 있는 비밀분교의 마인 수가 대략 이천 명 정도 된다. 모두 합치면 육천여 명이지만 옥능소는 충분히 혈교를 상대할 수 있을 것이라 생각했다.

옥능소의 머릿속에 필승의 전략이 하나 있었기 때문이다.

*   *   *

사천에 있는 아안문도 옥능소의 전서를 받았다.

적 선생은 염휘란에게 아안문에 머물며 성명절기인 우혈비도(雨血飛刀)를 이용해 명성을 올리라 했다.

그런 명을 내린 이유는 종가휘를 유도하기 위함이었다.

종가휘는 옥능소와 마찬가지로 염휘란이 어린 시절 야도

에서 죽었다고 알고 있었다. 하지만 염휘란이란 이름을 가진 이십대 초반의 여자가 우혈비도를 성명절기로 명성을 얻게 된다면 찾아오지 않을 수가 없게 된다.

우혈비도는 비도 염무극의 성명절기였고, 그의 딸 이름이 염휘란이기 때문이다.

혹, 옥능소의 함정이라 생각할 수도 있지만 사실 확인을 위해서라도 분명 나타날 것이라 생각했다.

그래서 염휘란이 아안문에 도착한 첫날 사천 인근의 중소 문파들을 모아놓고 마교에 세작으로 보냈었다는 헛소문까지 낸 것이다.

하지만 염휘란은 아안문에 머물던 지난 이 년 동안 운정과 종가휘를 만나지 못했다.

당연한 것이 운정은 지난 이 년 동안 화신동에 갇혀 세상과 단절되어 있었기 때문이다. 한데 그러한 사실을 전혀 몰랐던 염휘란은 자신의 명성이 모자라 그들이 찾아오지 않았다고 생각했다. 그래서 더욱 노력을 했고, 최근엔 명문정파가 세 곳이나 모여 있는 이곳 사천성에서 상당한 명성을 얻고 있었다.

사천성에 아미파가 있음에도 불구하고, 사천성 후기지수들 중 가장 강한 여고수는 염휘란이란 소문이 돌 정도였다.

그렇게 운정이 찾아오길 기다리던 그녀에게 청천벽력 같은 소식이 들렸다.

천마성이 혈교에게 넘어갔고, 자신을 이곳으로 보낸 적 선생은 적이 되어버렸다는 것이다.

자신은 적 선생의 명에 의해 이곳에서 운정을 기다리고 있는데, 적 선생이 적이 되어버렸으니 임무를 계속 수행해야 할지 그만둬야 할지 알 수가 없었다.

"란아, 너무 고민하지 말거라. 교주님의 소집령이 떨어졌으니, 교주님을 만나면 어떻게 해야 할지 알려주실 게다."

아안문의 문주인 염대총은 마교에서의 서열은 염휘란 보다 낮았지만, 이곳에서 이 년이 넘는 시간 동안 염휘란의 아버지 노릇을 하다 보니 최근엔 자신이 진짜 염휘란의 친아버지가 된 듯한 기분을 느끼고 있었다.

염휘란도 천마성에선 상하관계가 엄격했기에 자신의 신분에 맞는 행동했지만, 비밀분교에선 서열보다 분교원으로서의 임무 수행이 우선이었기에 철저히 부녀 관계로 행동해 왔다. 그런 시간이 이 년이 넘다 보니 스스로도 염대총이 진짜 아버지 같은 기분이 들었다.

아주 어린 시절 부모와 헤어져 야도에서 수련하느라 십오 년이 넘는 시간을 부모 정 모르고 살아왔는데, 최근엔 염대총으로 인해 그러한 정을 다시 배워가고 있었다.

염휘란의 성격도 천마성에 있을 땐 벼려진 칼처럼 날카롭고 차가웠는데, 비밀분교에서 안정된 생활에 익숙해지다 보니 많이 부드러워져 있었다.

"란아, 오늘 밤 출발해야 하니 미리 준비해 놓거라."

"네, 아버지."

염휘란은 긴 여행을 떠나야 했기에 여행 준비를 위해 자신의 방으로 향했다.

                    *   *   *

운정이 석림장을 나와 원정대가 은신해 있는 숲으로 향하는데, 한쪽에서 무림맹의 무인들이 다가오는 게 보였다.

'벌써 몰려오는구나!'

아직 사도련 무인들은 석림장을 빠져나갈 준비도 제대로 마치지 못했는데 적들은 벌써 몰려오고 있었다.

련주가 석림장을 버리기로 결정하기까지 시간을 너무 허비했기 때문이다.

'조금만 결정을 빨리했더라면 사도련이나 무림맹 모두 충돌을 피하고 전력을 유지할 수 있었을 것을⋯⋯.'

안타까웠지만 자신이 할 수 있는 일은 아무것도 없었다. 이제 사도련이 무림맹과 충돌을 하든, 이곳을 무사히 빠져나가든 모두 그들에게 달린 문제였다.

운정은 그저 두 집단 모두 피해가 최소화되기만을 바랐다.

운정은 자신의 손에서 벗어난 석림장에서 눈을 돌려 인근 숲으로 향했다.

원정대가 은신해 있는 숲이었다.

운정이 원정대가 은신해 있던 숲으로 들어서 보니, 원정대는 보이지 않고 곳곳에 시체들이 널브러져 있었다.

우려했던 대로 원정대가 흑의무인들에게 공격을 받은 것이다.

운정은 바닥에 널려 있는 시체들을 하나씩 살피기 시작했다. 혹, 이 시체들 속에 청천문 제자들이 있을 수도 있기 때문이다.

'원정대원은 없다.'

다행히 시체들 속에 원정대원은 없었다.

운정은 시체에서 눈을 떼고 주변을 살피기 시작했다.

원정대를 쫓을 만한 흔적을 찾기 위함이었다.

어두운 숲이었지만 어렵지 않게 흔적을 찾을 수 있었다. 곳곳에 전투의 흔적과 많은 수의 사람들이 이동했던 흔적들이 남아 있었기 때문이다.

운정은 숲 곳곳에 남겨진 흔적을 쫓아 원정대를 찾아 나서기 시작했다.

"헉헉……."

송문도의 입에서 거친 숨소리가 새어 나왔다.

"도대체 이놈들의 정체가 뭐란 말인가……?"

송문도는 자신들을 포위하고 있는 흑의인들을 보며 중얼거렸다.

운정과 독비객이 정찰을 떠난 후 반 시진 정도 지났을 때였다.

갑자기 숲 한쪽에서 흑의를 걸친 사십여 명의 무인이 나타났다. 그들은 원정대를 발견하고 놀란 듯 잠시 멈칫거렸다. 원정대도 그들의 등장에 놀라긴 마찬가지였기에 일순간 장내에 정적이 흘렀다.

한동안 지속되던 정적은 흑의인들의 갑작스런 공격으로 깨어졌다.

원정대는 은원을 맺은 적도 없는 상대에게 느닷없이 공격을 당하자 황당함을 느꼈다. 하지만 가만히 앉아 당할 수는 없었기에 이내 무기를 꺼내 들고 그들과 싸우기 시작했다.

이유도 모른 채 시작된 전투였지만 원정대는 곧 그 이유가 무엇인지 짐작할 수 있었다.

납치범들의 은신처로 여겨지는 건물 인근에서 정체불명의 무인들을 만난다면 누구나 그들의 정체를 짐작할 수 있을 것이다. 게다가 그들이 이유도 없이 공격을 해댄다면 더욱 확실해질 것이다.

원정대는 자신들과 싸우고 있는 흑의인들을 납치범들이라 생각했다.

원정대는 처음 흑의인들이 달려들었을 땐 놀람과 당혹감을 느꼈다. 한데 시간이 지나자 오히려 잘됐다는 생각이 들었다.

자신들이 이곳 여동으로 파견된 이유가 납치범들을 잡기 위함인데, 잡아야 할 납치범들이 스스로 모습을 드러냈으니 얼마나 운이 좋은가.

원정대는 흑의인들을 한 명도 놓치지 않겠단 생각에 최선을 다해 싸우기 시작했다.

흑의인들은 기세 좋게 선공을 가했지만 원정대를 제압할 정도의 실력은 가지고 있지 못했다.

전원 천하무림대회 출신으로 구성된 원정대에 비해, 흑의인들은 개개인의 무공 실력도 떨어지고, 인원수도 원정대의 반밖에 되지 않았다.

전투가 시작된 지 일각이 지나지 않아 흑의인 중 네 명이 바닥에 쓰러졌다. 그러자 흑의인들이 돌연 뒤돌아 달아나기 시작했다.

원정대는 먼저 싸움을 걸어놓곤, 밀리는 듯하자 바로 꽁무니를 빼는 흑의인들의 행동에 기가 막혔다.

"이놈들! 오는 건 네놈들 마음이지만, 떠날 땐 허락을 받아야 한다!"

오조 대원인 제갈목이 흑의인들에게 소리치며 쫓아가기 시작했다.

흑의인들의 행동에 황당해하던 원정대는 제갈목이 쫓기 시작하자 덩달아 쫓아가기 시작했다.

"모두 멈춰라! 놈들을 쫓지 마라!"

갑자기 원정대 전원이 흑의인들을 쫓아가기 시작하자 대주인 방상영이 말렸다.

대원들은 흑의인들을 납치범이라 생각했지만, 방상영은 이들의 행동이 뭔가 석연치 않다고 생각했다. 그래서 추격을 말리려 했지만 이미 쫓기 시작한 원정대를 막을 수가 없었다.

원정대는 오히려 납치범을 쫓지 말라는 대주가 이상하다 생각했다. 지금 놈들을 잡지 못하면 또다시 놈들을 찾아다니는 숨바꼭질을 해야 하기 때문이다.

그렇게 모든 대원이 흑의인들을 쫓아가자 방상영도 어쩔 수 없이 그들을 따라가야 했다.

원정대는 처음 이들을 쫓았을 때 금방 따라 잡을 수 있을 거라 생각했다. 한데 경공 실력이 예상외로 뛰어나 쉽게 잡을 수가 없었다.

원정대가 거의 따라붙었다 싶으면 갑자기 속도를 높여 간격을 벌리고, 또다시 따라 잡으면 또 그만큼 간격을 벌렸다. 원정대는 흑의인들이 잡힐 듯 잡히지 않자 약이 바짝 올랐다.

그렇게 얼마간을 쫓고 쫓았을까.

달아나던 흑의인들의 속도가 조금씩 떨어지기 시작하더니 이내 자리에 멈춰 섰다.

원정대는 이제야 흑의인들을 잡을 수 있다는 생각에 더욱 속도를 높였다.

원정대가 막 흑의인들 앞에 도착했을 때였다.

주변의 수풀이 흔들린다 싶더니 그곳에서 수십 명의 흑의인들이 뛰쳐나왔다.

원정대는 눈앞의 흑의인들에 집중하고 있던 터라 갑자기 튀어나온 흑의인들의 공격에 빠른 대응을 하지 못했다.

"헉!"

놀란 대원들이 피하려 했지만 흑의인들의 공격은 너무도 빠르고 날카로웠다.

"크악!"

갑작스런 기습에 원정대원 세 명이 그 자리에서 죽고 말았다.

원정대는 설마 흑의인들이 이런 함정을 만들어놓았으리라곤 생각지 못했다. 한데 함정은 여기서 끝이 아니었다.

이번엔 원정대 뒤쪽에서 또 다른 흑의인들이 등장했다. 그들의 등장으로 원정대는 퇴로가 막히고 말았다.

앞과 옆, 그리고 뒤쪽 모두 흑의인들이 완전히 포위한 형국이었다.

원정대는 자신들이 납치범들을 잡는단 생각에 쫓아왔는데 이제 보니 납치범들이 원정대를 유인해 온 것이었다.

흑의인들은 작정하고 함정을 팠는지, 숲 양쪽과 뒤에서 나타난 흑의인, 그리고 자신들이 쫓던 흑의인들까지 모두 합치면 원정대의 세 배에 해당하는 삼백여 명이었다.

방상영은 자신이 느꼈던 석연치 않음이 무엇인지 이제야

알 수 있었다.

원정대는 주변을 포위한 흑의인들을 피해 중앙으로 모여들었다. 함정에 빠졌다는 낭패감에 당황스러웠지만 이대로 정신을 놓고 있을 수만은 없었다.

'서둘러야 된다. 이대로 놈들의 포위망이 단단해지면 더욱 빠져나가기 힘들어질 것이다.'

방상영은 원정대가 스스로 함정에 뛰어들었지만 그를 탓하지 않고 이곳을 빠져나갈 방법을 궁리했다.

사방을 흑의인들이 에워싸고 있지만 아직은 포위망이 완전히 굳혀진 게 아니다. 지금 서두르면 원정대는 충분히 뚫고 나갈 수 있을 것이라 생각했다.

방상영은 퇴로를 막고 서 있는 뒤쪽의 흑의인들을 뚫고 가기로 했다.

앞과 옆쪽은 또 어떤 함정이 있을지 알 수 없지만 자신들이 지나왔던 길은 함정이 없는 곳임이 확인된 곳이기 때문이다.

방상영이 대원들을 독려하며 막 퇴로를 뚫으려 할 때였다.

"아악!"

"뭐, 뭐야! 크악!"

갑자기 대원들 사이에서 비명이 터져 나왔다.

놀란 방상영이 돌아보니 제갈목이 대원들에게 검을 휘두르고 있었다.

제갈목은 대원 두 명의 목을 순식간에 베고 앞쪽에 모여 있던 흑의인들에게로 신형을 날렸다.

동료를 죽이고 달아나는 제갈목의 행동이 어찌나 빨랐던 지 대원들은 그를 잡을 생각도 하지 못했다.

흑의인들은 제갈목이 다가오는데 전혀 제지하지 않았다. 이윽고 흑의인들 앞에 도착한 제갈목은 잠시 원정대를 돌아 보더니 이내 그들 속으로 사라졌다.

원정대는 제갈목이 왜 갑자기 동료를 죽이고 흑의인들에 게로 달아났는지 이해하지 못했다. 하지만 방상영은 처음 흑 의인들이 달아날 때 그들을 가장 먼저 쫓은 게 제갈목이고, 납치범들을 발견했다며 원정대를 이 숲으로 인도한 이도 제 갈목이었던 걸 기억해 냈다.

제갈목이 원정대에 무슨 원한이 있어 이런 짓을 꾸몄는지 알 수 없지만, 그의 행동으로 인해 원정대는 퇴로를 뚫을 기 회를 잃고 말았다.

방상영은 퇴로를 뚫을 기회를 놓치자 원진(圓陣)을 구축해 흑의인들에 대항했다.

원정대는 적의 정체가 무엇인지, 자신들을 공격하는 이유 가 무엇인지, 그리고 동료라 생각했던 제갈목이 자신들을 배 신하고 정체불명의 무리들과 합류한 이유가 무엇인지 전혀 모른 채 싸우고 또 싸웠다.

처음 흑의인들이 원정대에 달려들었을 땐 무공 실력이 형 편없었다. 한데 지금 흑의인들의 무공은 원정대에 전혀 뒤지지 않는 실력이었다.

원정대는 그제야 이들이 자신들을 유인하기 위해 무공 실력도 감췄었다는 걸 깨달았다.

게다가 그때는 자신들이 흑의인들보다 인원수가 많았지만 지금은 흑의인들이 자신들보다 세 배는 많았다.

개개인의 실력이 비슷한 상황에 인원수까지 차이가 나자, 원정대는 원진을 형성했음에도 불구하고 제대로 된 반격조차 하지 못했다.

흑의인들은 이런 상황에 익숙한지, 세 배가 넘는 인원수에도 불구하고 섣부른 공격을 하지 않았다. 오히려 차륜전(車輪戰)을 펼쳐 원정대의 체력을 소진시키고 원진을 무너뜨리는 데 주력했다.

인원수에서 차이가 나더라도 난전이 펼쳐진다면 퇴로를 뚫을 기회가 생길지도 모른다. 한데 흑의인들은 그러한 빌미 자체를 주지 않겠다는 듯 치고 빠지기만을 반복하며 원진을 무너뜨리는데 주력했다.

원정대 입장에선 최악의 상황이었다.

그렇게 흑의인들에게 시달린 지 일다경, 흑의인들이 펼치던 차륜전의 효과가 나타나기 시작했다.

무공이 약한 대원들이 흑의인들의 압박을 견디지 못해 원진의 한쪽 벽이 무너지기 시작한 것이다.

"뭐 하나! 진형이 무너지잖아!"

원정대는 서로에게 소리치며 원진을 유지하려 애썼지만, 한 번 진형이 무너지자 손쓸 방도가 없었다.

흑의인들은 기다렸다는 듯 무너진 방향으로 공격을 집중했고, 결국 원진은 무너지고 말았다.

"아악!"

"크헉!"

원진이 무너지자 흑의인들의 노도와 같은 공격이 시작됐고, 무공이 약한 원정대원들부터 하나둘 쓰러져 갔다.

원정대는 쓰러지는 대원들과 달려드는 흑의인들을 보며, 이곳에서 모두 죽게 될지도 모른단 생각을 했다.

그 순간 믿지 못할 일이 벌어졌다.

무너진 원진 속으로 파고들던 흑의인들의 몸이 폭탄이라도 맞은 듯 터져 나가기 시작한 것이다.

원정대뿐 아니라 흑의인들까지 괴이한 상황에 놀라 바라봤다.

그곳엔 한 사내가 미친 듯이 장법을 펼치고 있었다.

사내가 일장을 내밀면 어김없이 상대가 폭탄을 맞은 것처럼 터져 나갔다.

어찌 단 일장에 사람의 몸이 폭탄을 맞은 것처럼 터져 나갈 수 있단 말인가.

자신들의 눈으로 보고 있으면서도 믿기 어려웠다. 하지만 그 믿기 어려운 장면이 지금 자신들 눈앞에서 펼쳐지고 있으니 믿지 않을 수가 없었다.

더욱이 그런 가공할 장법을 펼치고 있는 자가 다른 이도 아닌 자신들의 대주인 방상영이었다.

원정대는 천하무림대회 갑 등급 결승에서 방상영의 무위를 봤기에 그의 강함을 익히 알고 있었다. 하지만 이 정도로 강할 것이라곤 생각지 못했다.

방상영은 무너진 원진 앞을 막아선 채 달려드는 흑의인들을 홀로 상대하고 있었다.

원정대 전원이 방어에 전념하고 단 한 명이 공격을 하는 상황이었지만, 어찌나 그 손속이 잔인하고 악랄했던지 이리 떼처럼 달려들던 흑의인들이 놀라 주춤거리기 시작했다.

방상영은 흑의인들이 주춤거리자 그 틈을 놓치지 않고 무리 속으로 뛰어들었다.

원정대는 갑작스런 방상영의 행동에 깜짝 놀랐다. 아무리 방상영의 무공이 뛰어나더라도 혼자서 백여 명에 달하는 흑의인을 상대할 순 없기 때문이다. 한데 방상영은 그러한 원정대의 생각을 비웃기라도 하듯 홀로 적진에 뛰어들어 믿기 힘든 무위를 펼쳐 보이기 시작했다.

현란한 보법과 함께 허공을 수놓는 어지러운 장법. 그 장법에 흑의인들은 제대로 손을 써보지도 못하고 추풍낙엽처럼 쓰러졌다.

흡사 양 떼 속으로 뛰어든 한 마리 범의 모습을 보는 것 같았다.

방상영의 그 같은 활약에 힘입어 일방적으로 몰리던 전황이 순식간에 바뀌기 시작했다.

죽음을 예감했던 원정대는 방상영의 그런 모습을 보며 살수 있을지도 모른다는 희망을 얻었다.

그때부터 원정대는 방상영의 뒤를 따르며 반격을 시작했다.

하지만 희망은 거기까지였다.

방상영의 활약으로 퇴로가 뚫리는 듯했는데, 갑자기 나타난 다섯 명의 흑의인으로 인해 방상영의 손발이 묶여 버린 것이다.

다섯 명의 흑의인은 개개인의 무공도 뛰어났지만 합격술에 능해 방상영의 장법을 교묘히 피해가며 그를 한쪽으로 몰아갔다.

그 다섯 명으로 인해 방상영이 전력에서 이탈하자 원정대는 또다시 흑의인들에 밀리기 시작했다.

"모두 퇴로를 뚫고 달아나라!"

방상영이 소리쳤지만 원정대의 힘만으론 퇴로를 뚫기가 힘들었다.

방상영은 자신을 공격하는 흑의인들을 해치우고 한시라도 빨리 원정대를 도우러 가고 싶었지만 쉽지가 않았다.

자신을 붙들고 있는 다섯 명의 흑의인은 방상영이 원정대에 다가가는 걸 허용치 않았다.

"젠장!"

방상영이 답답한 마음에 입술을 깨물었다.

방상영의 활약으로 원정대의 기세가 오르는 듯했는데, 그가 고립되자 상황은 이전보다 더욱 악화됐다.

방상영을 선두로 퇴로를 뚫기 위해 원진을 해체한 채 달려가던 상황이었다.

그런 상황에 방상영이 고립되고 흑의인들의 역공이 시작되자, 수적으로 불리한데다 일렬로 늘어서 있던 원정대는 아무런 저항도 해보지 못하고 흑의인들의 공격을 그대로 받아야만 했다.

순식간에 다섯 명의 대원이 심장에 바람 구멍이 뚫려 바닥에 쓰러졌다.

원정대는 다급히 원진을 다시 펼치려 했지만 여의치가 않았다.

'이대로 가다간 반 시진도 견딜 수 없다.'

송문도는 자신은 죽더라도 어린 현강과 옥화는 살리고 싶었다. 한데 도저히 빠나갈 방도가 없었다.

그렇게 또 한 명의 원정대원이 죽었을 때였다.

어디선가 폭음 소리가 들리기 시작했다.

쾅! 쾅!

그리고 비명 소리도 들리는 것 같았다.

마치 좀 전 방상영이 장법을 썼을 때와 매우 유사한 상황이었다. 송문도가 혹시란 생각에 방상영이 싸우고 있던 곳을 바라봤다. 하지만 방상영은 여전히 다섯 명의 흑의인에게 잡혀 있었다.

"뭐지?"

방상영이 여전히 흑의인들에게 잡혀 있는데 지금 일어나고 있는 일은 뭐란 말인가? 방상영이 의아해하고 있을 때 또다시 폭발음이 들렸다.

쾅! 콰앙!

"끄아악!"

이번엔 비명 소리가 확실히 들렸다. 그 순간 뒤쪽에 서 있던 흑의인들이 우왕좌왕하는 모습이 보였다. 마치 맹수에게 쫓기는 초식동물들 같았다.

콰앙!

또 한 번의 폭발음과 함께 흑의인 두 명이 피를 토하며 바닥에 고꾸라졌다. 그리고 그들 사이로 매우 익숙한 얼굴이 눈에 들어왔다.

그는 원정대의 흔적을 뒤쫓아온 운정이었다.

"영운 형!"

운정의 얼굴을 알아본 현강이 소리쳤다.

운정도 현강을 알아보고 살짝 손을 들어 보였다.

운정이 원정대의 흔적을 쫓으며 가장 걱정한 게 청천문 제자들의 안전이었다. 다행히 그들은 몸 곳곳에 상처는 입었지만 모두 무사한 것 같았다.

운정이 청천문 제자들을 살피느라 잠시 공격을 멈추자 그 사이 이십여 명의 흑의인이 한꺼번에 달려들었다.

운정은 달려드는 흑의인들을 향해 마주 달리며 제천혈마권 연환식인 진천십이뢰를 펼쳤다.

콰콰쾅! 쾅쾅쾅!

음양종선공이 격발될 때마다 들리는 특유의 폭발음과 함께 이십여 명의 흑의인이 모두 바닥에 쓰러져 피를 토해냈다.

원정대는 운정의 가공할 권법에 놀라 벌린 입을 다물지 못했다. 얼마 전 방상영이 펼쳤던 장법도 믿기 어려울 만큼 강했는데, 지금 운정이 펼치고 있는 권법도 그에 못지않았다.

운정의 가세로 원정대의 기울던 기세가 다시금 급격히 올라갔다. 원정대는 방상영의 활약으로 퇴로가 뚫렸을 때 원진을 해체해 낭패를 당했었기에 이번엔 원진을 단단히 굳히고 흑의인들을 상대했다.

방상영을 상대하던 다섯 명의 흑의인은 운정의 등장에 당황하기 시작했다. 그들은 방상영을 상대하면서도 상당히 애를 먹고 있었다.

자신들이 이곳에 온 이유는 사도련의 련주인 진무황과 그를 지키고 있는 두 장로 만천일과 공낙충을 상대하기 위함이었다.

한데 사도련은 고사하고 쉽게 처리할 수 있을 것이라 생각했던 원정대 따위에 고전을 면치 못하고 있으니 답답함을 금치 못했다.

'이놈도 괴물이지만 저놈은 또 뭐란 말인가?'

다섯 명의 흑의인은 자신들의 합격술에도 전혀 밀리지 않고 있는 방상영과 갑자기 나타나 믿기 어려운 신위를 펼치는 운정을 보며 놀람을 금치 못하고 있었다.

"잔챙이들부터 처리해라!"

방상영을 상대하고 있던 흑의인들이 소리쳤지만, 운정이 원정대를 보호하고 있는 터라 쉽지가 않았다. 하지만 흑의인들의 수가 워낙 많아 원정대의 피해는 시간이 지날수록 늘어났다.

운정은 이대로 시간을 끌다간 흑의인들보다 원정대가 먼저 전멸할 것이라 생각했다. 그래서 원정대가 피할 수 있는 퇴로부터 뚫어야겠다고 생각했다.

"송 형, 내가 퇴로를 뚫을 테니, 원정대를 이끌어주세요."

"알겠네."

운정의 전음에 송문도가 대답했다.

운정은 전음과 동시에 퇴로를 막고 있던 흑의인들에게 달려들었다.

"놈을 막아라!"

흑의인들도 운정이 퇴로를 뚫으려 한다는 걸 눈치 챘는지 진형을 맞춰 대항했다.

콰쾅!

운정의 주먹에서 폭음이 터지자 퇴로를 가로막고 있던 흑의인들이 쓰러졌다.

운정은 기세를 몰아 흑의인들이 공격했지만 워낙 수다 많다 보니 좀처럼 퇴로를 뚫기 어려웠다.

"아악!"

그사이 뒤쪽에서 또 한 명의 대원이 죽임을 당했다.

운정은 원정대를 반드시 살려야 했다. 이곳 화선지교에서 정일학의 정체를 밝힐 증거를 찾지 못한 지금, 그의 정체를 구대문파와 육대세가에 알릴 유일한 방법은 원정대의 생존이었다. 그들을 살려 자파로 돌려보내지 않고는 정일학의 정체를 밝힐 방법이 없었다.

'사용할 수 있을까?'

운정은 만천일에게 사용했던 음양종선검을 한 번 더 사용하기로 했다.

원정대의 안전을 걱정하지 않아도 되는 상황이라면 구태여 음양종선검까지 사용할 필요가 없겠지만, 자신이 시간을 지체하면 지체할수록 대원들의 수는 계속 줄어들 것이기 때문이다.

정일학의 정체를 강호에 알리려면 최대한 많은 수의 원정대원을 살려야 했다. 그래서 운정은 무리해서라도 음양종선검을 사용하기로 했다.

운정은 결심을 굳히기 무섭게 음양종선검을 소환했다.

운정의 정수리에서 백색 섬광에 휩싸인 거대한 검이 튀어나오자 흑의인들이 깜짝 놀랐다.

"저게 뭐야?"

운정의 정수리를 뚫고 나오는 백색 검은 흑의인들뿐 아니라 원정대원들도 놀라게 만들었다.

"비키란 말이다!"

운정의 외침과 함께 거대한 백색 검이 퇴로를 막고 있던 흑의인들을 향해 날아갔다.

슈우우욱!

"피, 피해라!"

놀란 흑의인들이 피하려 했지만 음양종선검은 그들에게 기회를 주지 않았다.

콰아아아앙!

음양종선검이 흑의인들을 덮치며 거대한 기의 폭발을 일으켰다.

뒤에서 지켜보던 원정대도 놀랐지만 운정을 막으러 달려오던 흑의인들은 더욱 놀랐다.

음양종선검이 휩쓸고 지나간 자리는 눈뜨고 보기 힘들 정도로 끔찍했다.

곳곳에 시커멓게 타 버린 시체들과 사지가 잘려 나간 시체들로 즐비했다.

"뭐 하나! 모두 달리지 않고!"

너무도 막강한 음양종선검의 위력에 모두가 멍해 있자 방상영이 소리쳤다.

그제야 정신을 차린 원정대가 뚫린 퇴로를 따라 달리기 시작했다.

흑의인들도 뒤늦게 정신을 차리고 원정대를 쫓았다.

"더 이상 다가오면 죽인다!"

운정이 뒤쫓아오는 흑의인들을 막아서며 외쳤다.

흑의인들은 운정이 막아서자 잠시 움찔했지만 이내 각오를 다지고 다시 달려들기 시작했다.

운정은 음양종선검을 연달아 사용했기에 몸에 큰 후유증이 있을 거라 생각했다. 한데, 다행히 단전의 내공 일부가 소모되는 정도로 그쳤다.

처음엔 한 번 사용한 것만으로도 내공과 체력이 고갈돼 움직이기도 힘들었는데, 그간 익숙해졌는지 연달아 사용하고도 큰 무리는 없었다.

운정은 원정대를 쫓으려는 흑의인들을 막아서며 원정대가 달아날 시간을 벌었다.

운정이 흑의인들을 막아서자, 방상영도 자신을 막고 있는 다섯 명의 무인에게 전념할 수 있었다.

그때부터 방상영의 장법이 위력을 발했다.

콰콰쾅!

이전까지 요리조리 피하며 방상영의 신경을 건드리던 흑의인의 다리가 장법에 맞아 터져 나갔다.

한 명이 부상을 당하며 합격술이 무너지자 그 이후론 일사천리였다.

방상영의 장법은 거침없었고, 그의 손속은 잔인하기 그지없었다.

방상영은 순식간에 다섯 명의 흑의인을 쓰러뜨리고 퇴로를 막고 있던 운정 옆으로 다가와 섰다.

"오랜만이군, 아우."

운정 옆으로 방상영이 다가와 말했다.

"오랜만이오, 이 형."

운정이 방상영에게 말했다.

원정대의 대주인 방상영은 오래전 아진평에서 헤어진 이한명이었다.

이한명은 천하무림대회부터 이곳 여동으로 이동하는 동안 운정을 알아보지 못했다.

운정이 화신동에 갇혀 있는 동안 너무 많은 외모의 변화를 겪은데다가, 천하무림대회부터 이곳 여동으로 향하는 동안 자신의 무공을 감췄기 때문이다. 하지만 오늘 운정이 제천혈마권을 사용하면서 이한명은 운정의 정체를 알아볼 수 있었다. 운정 또한 이한명의 얼굴에 난 흉터로 그의 정체를 알지 못했는데, 오래전 아진평에서 그가 양적산을 상대할 때 보였던 장법을 오늘 사용하면서 그의 정체를 알게 됐다.

운정과 이한명은 근 삼 년 만에 만나는 것이었지만 회포를 풀 만한 시간이 없었다.

아직 자신들 앞엔 이백 명이 넘는 흑의인들이 있었고, 그들로부터 원정대의 안전을 지켜야 했기 때문이다.

운정과 이한명은 누가 먼저라 할 것도 없이 동시에 흑의인들을 향해 달려들었다.

쿠아앙! 콰아아앙!

장법과 권법이 마치 경쟁하듯 흑의인들을 유린하기 시작했다. 더 이상 지켜야 될 원정대가 남아 있지 않았기에 운정과 이한명의 공격엔 거침이 없었다.

"후퇴하라!"

흑의인들은 운정과 이한명의 공격을 감당하지 못하고 달아나기 시작했다.

"아우! 다른 놈들은 다 놓쳐도 되지만 저놈만은 반드시 잡아야 되네!"

이한명이 흑의인들 사이에 숨어 있던 제갈목을 가리키며 말했다.

운정은 이한명이 가리킨 제갈목의 모습이 왠지 눈에 익다고 생각했다.

"이 형, 저자는 원정대원이 아니오?"

"맞네. 저놈은 제갈목이란 놈으로 원정대를 이곳으로 유인한 놈이네!"

운정은 이한명의 말을 듣고 원정대에 정일학과 내통하는 자가 누군지 알 수 있었다.

운정과 이한명은 흑의인과 제갈목을 놓치지 않기 위해 민첩하게 움직였다.

운정이 원정대가 달아난 퇴로를 막아서고, 이한명이 흑의인들이 모여 있는 뒤쪽을 막아섰다.

단 두 명이 이백여 명의 퇴로를 막아서는 기이한 상황 뒤로, 두 명의 무인에게 이백 명의 무인이 학살을 당하는 믿지 못할 광경이 벌어졌다.

第四章
원정대의 생환

　염휘란이 마교가 새로이 둥지를 튼 격이목에 도착했을 땐 중원에 퍼져 있던 모든 비밀분교원들과 천마성에서 빠져나온 사천의 마인들이 모두 모여 있었다.

　염휘란은 도착하기 무섭게 옥능소를 찾았다.

　옥능소는 그동안 모인 비밀분교의 분교주들과 앞으로의 일들을 논의하고 있었다.

　"염휘란이 교주님을 뵈옵니다."

　염휘란의 인사에 한창 이야기에 열을 올리던 옥능소가 돌아봤다.

　"그래, 오느라 수고했다. 나를 보자고 한 이유가 무엇이냐?"

"교주님도 아시다시피 저의 임무는 사천 분교에서 단운정이란 사내를 기다리는 것이었습니다."

염휘란의 말에 옥능소는 고개를 끄덕였다.

"그런데 저에게 임무를 내린 적 선생이 이제 적이 되었으니 그 임무를 지속해야 할지, 아니면 새로운 임무를 받아야할지 알 수 없어 이렇게 명을 받고자 청했습니다."

염휘란의 말을 듣고 옥능소는 그녀가 무얼 말하고 싶어하는지 알 것 같았다.

"사천 분교에서 종가휘를 기다린 지 이 년이 지났지만 아무런 소식이 없었다지?"

"소녀의 자질이 부족해 단운정이란 자의 귀에 들어갈 만한 명성을 얻지 못했습니다."

염휘란이 고개를 숙이며 답했다.

"아니다. 너의 명성은 천마성에 있던 나에게까지 들릴 정도로 충분했다. 그 정도로 명성을 올렸는데도 종가휘가 나타나지 않았다는 것은 그가 이미 함정임을 눈치 채고 나타나지 않는다고 생각해야 할 것이다. 마음 같아선 그 임무를 지속시키고 싶으나 너도 알다시피 현재 교의 상태가 정상이 아니다. 이 모든 걸 원래대로 돌려놓고서야 다시 생각해 볼 문제다."

"그럼……?"

"너 또한 천마성을 되찾는 일에 동참하거라. 원래 너의 직책이 녹혈단 부단주라 했느냐?"

"그렇습니다."

"녹혈단은 혈교에 의해 사라졌으니 현재 공석으로 있는 흑
풍혈검대의 대주를 맡아 본좌를 거들도록 하거라."

"존명."

염휘란이 나가자 옥능소는 다시 비밀분교주들과 무언가를
논의하기 시작했다.

"어떻게 됐습니까?"

염휘란이 나오자 밖에서 기다리고 있던 염대총이 다가와
물었다. 비밀분교원일 땐 부녀지간이었지만, 교의 소집령이
내려진 지금은 다시 예전의 서열로 돌아가 염휘란이 염대총
의 상관이었다.

"흑풍혈검대를 맡게 됐어요."

"잘되셨습니다. 흑풍혈검대의 대주가 되었다면 녹혈단의
부단주보다 훨씬 높은 직책이지 않습니까?"

염대총은 축하를 했지만 염휘란은 자신의 새로운 직책이
맘에 들지 않았다. 직책이 올랐다고는 하나 예전의 교가 아니
었다. 이만이 넘던 마인의 수가 이제 육천이 될까 말까 하는데
다가, 천마성까지 뺏겼으니 직책이 높아진 게 큰 의미가 없었
다. 그뿐 아니라 그녀는 자신이 하던 일을 계속하고 싶었다.

'종가휘…… 그를 꼭 만나보고 싶었는데.'

하지만 이미 교주의 명이 내려진 이상 어쩔 수 없는 일이었
다.

"당신도 흑풍혈검대에 소속될 테니 그리 알고 잘 부탁해요."

염휘란이 희미한 미소를 지으며 말했다.

염휘란은 지난 이 년간 부녀 사이로 지냈던 염대총과 떨어지고 싶지 않았다.

삭막했던 천마성의 생활에선 자신 또래의 여자가 누려야 할 생활을 제대로 겪어보지 못했다. 하지만 지난 이 년간의 아안문 생활은 그 모든 게 가능했다.

염휘란은 그간의 생활을 잊지 않고 싶었다. 그래서 염대총이 앞으로도 자신 곁에 있어줬으면 하는 바람이 있었다.

염휘란의 말에 염대총이 허리를 깊이 숙이며 말했다.

"저 또한 원하던 바입니다."

염대총도 은근히 새로이 마교의 조직이 재편되는 상황에 염휘란과 함께하고 싶었다. 그런데 자신이 원하던 대로 염휘란의 수하로 들어가게 되니 상당히 만족스러웠다.

다음날 새로이 재편된 마교의 병력은 천마성을 수복하기 위해 천산으로 향했다.

옥능소는 천산으로 향하는 그날 반드시 천마성을 되찾고 말겠다는 다짐을 했다.

*　　　*　　　*

"헉······ 헉."

운정과 이한명은 가쁜 숨을 몰아쉬고 있었다.

"끝나가는군······."

이한명이 깊은숨을 토해내며 중얼거렸다.

원정대가 달아날 때 이백이 넘던 흑의인들은 현재 스무 명 가량 남아 있었다.

흑의인들의 수가 줄어든 만큼 운정과 이한명의 상처도 늘어나 온몸이 피투성이였다.

"제갈세가가 정일학과 손을 잡은 것이냐? 아니면 네놈 단독으로 행한 짓이냐?"

이한명이 제갈목에게 다가가며 물었다.

"크크큭. 제갈세가? 전 무림이 그분의 뜻에 따르게 되어 있다."

"미친놈이군."

대답하는 제갈목의 눈빛이 심상치 않았다.

제갈목의 눈에 이전에 느끼지 못했던 광기가 엿보였다.

순간 제갈목이 신법을 전개해 이한명에게 달려들었다.

"네놈이 재촉하지 않아도 저승으로 보내줄 생각이다!"

달려드는 제갈목을 향해 이한명이 검게 물든 오른손을 들어 올렸다. 그 순간 제갈목의 몸도 붉게 달아오르기 시작했다.

"헛! 이 형!"

제갈목의 몸에서 일어난 변화를 눈치 챈 운정이 다급히 소리쳤다.

운정의 다급한 외침에 이한명도 심상치 않음을 느끼고 뒤로 몸을 뺐지만 한발 늦고 말았다.

운정은 제갈목과 이한명이 충돌하는 곳으로 달려가 이한명을 밀쳤다.

콰아아아아앙!

운정이 이한명을 밀쳐 내려는 순간 제갈목의 몸이 폭탄처럼 터져 나갔다. 이한명의 장법에 맞아 터진 게 아니라 스스로 자신의 몸을 자폭하듯 터뜨린 것이다.

운정과 이한명은 다급히 호신강기를 둘렀지만 워낙 지척간에서 벌어진 일이라 온전히 막지 못했다.

"크흑……."

다행히 폭발 직전에 몸을 피해 둘 다 목숨은 구했지만 심상치 않은 부상을 입었다. 운정은 어깨와 허리를 다쳤고, 이한명은 정면에서 충격을 받았기에 안면과 흉부에 큰 부상을 입었다.

제갈목이 자신의 몸을 폭발시킨 위력이 어찌나 강했는지 근처에 살아 있던 이십여 명의 흑의인이 모두 죽고 말았다.

제갈목이 자폭한 후 운정과 이한명은 바닥에 누워 한동안 움직이지 않았다.

"으윽…… 이 형, 살아 있소?"

얼마간의 시간이 지난 후 겨우 정신을 차린 운정이 물었다.

"으음, 나는 괜찮네. 자네는 어떤가?"

"나도 견딜 만은 한 것 같소."

그렇게 운정과 이한명은 얼마간 더 누워 있었다.

운정은 누운 채 내상을 달래기 위해 음양종선공을 운기했다. 한참의 시간이 지나서야 내상을 다스리고 자리에서 일어날 수 있었다.

하지만 어깨와 허리의 상처를 제대로 치료 못해 움직이는데 상당한 불편이 있었다.

자리에서 일어난 운정이 아직도 누워 있는 이한명을 보며 말했다.

"이 형, 그간 무슨 일이 있었던 것이오?"

운정은 이한명의 정체를 알게 된 후 이제까지 궁금했던 부분을 물었다.

운정의 물음에 이한명은 대답없이 밤하늘을 올려다봤다.

잠시 하늘을 보고 있던 이한명이 어렵게 입을 열었다.

"많은 일이 있었지. 내가 아진평에서 말한 적이 있었지? 언젠가 아우에겐 모든 걸 말해주겠다고."

이한명의 말에 운정은 대답없이 고개를 끄덕였다.

"오늘 그 모든 걸 말해주겠네."

이한명이 허공을 응시한 채 말했다.

운정은 이한명이 이야기를 시작하길 기다리며 덩달아 허

공을 응시했다..

잠시 후 이한명이 그간 자신에게 있었던 일들을 하나둘 이
야기하기 시작했다.

자신이 천하무림대회에 출전하며 사용했던 방상영이란 가
명의 실재 주인인 스승을 만난 이야기부터, 정일학이 익히고
있는 무공이 자신과 같은 원상진경이란 이야기 등. 이한명은
그간 그 누구에게도 하지 못했던 비밀들을 운정에게 모두 들
려주기 시작했다.

운정은 이한명이 이야기를 하는 동안 조용히 경청했다.

이한명의 이야기는 반 시진이 넘게 걸려서야 끝이 났다.

이야기를 듣는 내내 이한명의 오른쪽 손에 집중하고 있던
운정은 자신의 가슴을 쓸어내렸다.

이한명이 붕대로 오른손을 감추고 있듯 자신도 가슴속에
잠들어 있는 종가휘의 존재를 이제껏 감추어왔기 때문이다.

잠시 아무런 말 없이 앉아 있던 운정은 자신의 이야기를 들
려주기 시작했다.

기련산에 올라 종가휘의 영혼이 들어오면서 시작된 운정
의 과거도 이한명 못지않게 기구했다.

운정의 과거를 듣고 있던 이한명은 운정도 자신과 같은 괴
이한 삶을 살았을 거라곤 생각지 못했던 터라 놀람이 컸다.
운정의 이야기도 상당한 시간이 지나서야 끝이 났다.

"자네도 나 못지않은 파란만장한 삶을 살았군."

"지금껏 그 누구에게도 들려주지 않았는데, 이렇게나마 이 형에게 들려주니 속이 시원한 것 같소."

"나 또한 그렇네. 설마 자네가 마교의 보물을 훔쳤다는 그 단운정이라곤 생각지도 못했네."

운정과 이한명은 그 후 별다른 말없이 그냥 앉아만 있었다.

이한명과 운정은 자라온 환경이나 그간 겪어온 일들은 달랐지만 알 수 없는 동질감을 느꼈다.

"이제 그만 원정대를 찾아보세."

한참의 시간이 지난 후 이한명이 자리를 털고 일어나며 말했다.

이곳에 모였던 흑의인들은 자신들이 모두 해치웠으니 걱정없지만 근처에 또 다른 흑의인들이 있을지 알 수 없는 상황이다.

현재 많은 수의 원정대원이 부상을 입은 상태니 또 다른 흑의인들을 만나게 된다면 지금껏 자신들이 했던 노력은 물거품이 되고 만다.

운정과 이한명은 자신들의 노력을 물거품으로 만들고 싶지 않아 자리에서 일어났다.

운정과 이한명이 원정대를 찾아 나서려는데 한쪽에서 누군가 다가오는 게 보였다.

"둘 다 무사한가?"

다가온 이는 독영기였다.

"사도련을 따라간 거 아니었어요?"

운정은 독영기가 당연히 사도련을 따라갔을 거라 생각했다. 한데 이곳에 모습을 드러내니 의아해하지 않을 수 없었다.

"나는 련주께 별도의 임무를 받은 게 있네. 이곳으로 오다 원정대를 만나 이야기를 듣고 걱정했는데, 둘 모두 무사한 걸 보니 마음이 놓이네."

"원정대를 만났습니까? 지금 어디 있습니까?"

"근처에 쉬면서 부상을 치료하고 있네. 모두 걱정하고 있으니 그곳으로 가세."

독영기의 등장으로 운정과 이한명은 원정대를 찾아야 할 수고를 줄일 수 있었다. 이제 운정과 이한명은 원정대를 만나 정일학의 정체를 밝혀야 했다.

운정과 이한명은 독영기를 따라 원정대가 모여 있는 곳으로 향했다.

독영기를 따라 얼마간을 걸어가자 숲 한쪽에 모여 있는 원정대가 보였다.

"영운 형!"

원정대원들과 함께 있던 현강이 운정을 발견하고 소리쳤다. 현강이 운정을 부르자 휴식을 취하던 원정대원들이 놀라 바라봤다.

운정도 현강과 옥화의 무사한 모습에 반갑게 달려갔다.

"영운 형과 대주님 덕분에 우리 모두 무사할 수 있었어요. 정말 고마워요."

운정과 이한명을 바라보는 현강의 눈에 고마움과 감탄의 빛이 뒤섞여 있었다.

현강뿐 아니라 청천문 제자들과 원정대 전원이 운정과 이한명에게 감사의 눈빛을 보내고 있었다.

운정도 그들의 무사한 모습에 다행이라 생각했지만, 재회의 기쁨을 오래 나누고 있을 상황이 아니었다.

처음 백 명이던 원정대가 흑의인들을 물리치고 빠져나오는 동안 육십여 명으로 줄어든 데다가, 이제부터 정일학과 홍선문, 그리고 화선지교에 대해 설명을 해야 했기 때문이다.

운정의 그러한 생각을 읽었는지 이한명이 주변에 흩어져 있던 원정대를 한곳으로 모으기 시작했다.

원정대가 한곳으로 모이자 이한명이 이야기를 시작했다.

"모두들 제갈목이 원정대를 배신하고 흑의인들에게 합류한 사실을 알고 있을 것이네. 그뿐 아니라 납치범이라 생각했던 흑의인들이 미리 함정을 만들어 우리를 유인했던 것도 잘 알고 있을 것이라 생각하네. 지금부터 그 흑의인들과 제갈목, 그리고 대원들이 알지 못하는 사실을 들려줄 테니 모두 경청하기 바라겠네."

흑의인들의 공격을 받기 전엔 방상영의 말투가 매우 딱딱했는데, 지금부턴 많은 사실들을 알려야 하고, 자신의 정체도 밝혀야 했기에 상당히 말투가 부드러워져 있었다.

이한명은 원정대의 이목을 집중시킨 후 아무런 가감 없이 있는 사실 그대로를 말하기 시작했다.

정일학과 홍선문이 꾸미는 음모에서부터 자신과 정일학이 배운 무공, 그리고 이가장의 멸문에 얽힌 비화까지.

이한명의 이야기가 지속될수록 원정대의 얼굴엔 불신이 어렸다.

다른 누구도 아닌 무림맹의 맹주가 자신들을 죽이려 했고, 상상조차 힘든 음모를 꾸미고 있다니 누군들 쉽게 받아들일 수 있겠는가.

"지금까지 내가 한 말은 모두가 사실이고 현재 강호에 일어나고 일들 또한 모두 사실이네."

이한명의 이야기를 들은 대원들은 모두 혼란에 휩싸였다.

사실로 받아들이기엔 너무도 충격적인 내용이었기 때문이다. 하지만 오조 대원이었던 제갈목의 배신과 흑의인들의 함정을 생각하면 이한명의 이야기를 믿지 않을 수도 없었다. 게다가 자신들이 출신 문파로 돌아가면 금방 들통날 거짓말을 일부러 꾸며낼 리도 없었다.

그렇게 원정대가 혼란스러워하고 있는데 송문도가 물었다.

"대주의 이야기는 잘 들었소. 대주의 이야기가 모두 사실이라면 앞으로 우린 어떻게 해야 되는 거요?"

송문도는 이한명에게 물었지만 대답은 운정이 했다.

"여러분 모두 너무도 갑작스럽게 들은 이야기로 많이 혼란스러울 겁니다. 또한 이 형의 이야기가 과연 사실일지 의문도 들 것입니다. 하지만 진위는 곧 확인할 수 있을 겁니다."

"진위를 확인할 수 있다니 그게 무슨 뜻이오?"

화산파 제자인 진주청이 물었다.

정일학이 스스로 정체를 까발릴 것도 아니고, 당장 자신의 음모를 실행할 것도 아닌데 대체 어떻게 진위를 확인한단 말인가?

"우리가 살피던 건물은 납치범들의 소굴이 아니고, 사도련의 은신처였습니다. 현재 정일학의 음모로 원정대가 사도련에게 전멸을 당했다는 거짓 보고가 올라가, 구파와 육대세가의 무인들이 원정대의 복수를 위해 그곳을 공격하고 있습니다. 하니 지금 당장 그곳을 찾아간다면 자파의 어른들을 만나 사실 확인을 할 수 있을 겁니다."

운정의 말에 원정대는 다시 한 번 놀랐다.

자신들은 이미 죽어 있는 상태고, 자파의 무인들이 복수를 위해 이곳에 있다고 하니 말이다.

운정이 미리 그들의 존재를 알리지 않은 건 사실 확인을 위해서였다.

만약 원정대가 정일학의 정체나 자신들의 현재 처지를 알지 못한 채 동문들을 만나게 된다면, 거짓 보고에 대한 이야기들이 오갈 것이고, 후에 정일학의 정체를 듣는다 해도 쉽게 믿으려 하지 않을 것이다. 하지만 이렇게 정일학의 정체와 현재 상태를 미리 파악한 후 자파의 어른들을 만나 사실을 확인한다면 믿지 않을 도리가 없었다.

운정은 말을 끝내기 무섭게 원정대를 이끌고 석림장으로 향했다.

원정대가 석림장에 도착했을 땐 어슴푸레 해가 뜨기 시작한 시간이었다.

깊은 숲이라 곳곳에 안개가 끼여 있지만 석림장을 확인하는데 큰 지장은 없었다.

석림장은 곳곳에 불이 나고 부서진 곳도 많았지만, 전투가 이미 끝났는지 별다른 소음 없이 매우 조용했다.

"조용한 걸 보니 이미 전투가 끝났나 본데요."

운정 옆에서 걸어가던 현강이 말했다.

운정은 현강의 말에 고개를 끄덕이며 석림장 정문으로 향했다.

"웬 놈들이냐!"

순간 정문 안쪽에서 한 무리의 무인들이 튀어나와 원정대 앞을 가로막았다.

"사, 사형!"

점창파 소속 오조 대원인 자공춘이 원정대를 가로막은 사내를 보고 깜짝 놀라 소리쳤다.

"고, 공춘이 아니냐!"

갑작스런 사형의 등장에 자공춘도 놀랐지만, 그보다 죽은 줄 알았던 사제와 원정대가 살아 돌아오자 가로막았던 사내가 더 놀랐다.

사내뿐만 아니라 원정대를 가로막고 선 이십여 명의 사내들 모두 놀라 일순간 말을 잃었다.

"너, 분명히 사도련의 공격을 받고 죽었다고 들었는데, 어떻게 살아 있는 것이냐?"

사내의 말에 원정대는 운정과 이한명의 얼굴을 돌아봤다.

운정의 말대로 석림장에 도착하기 무섭게 자신들이 죽음을 확인했기 때문이다.

"사형, 아무래도 좀 심각한 문제가 있는 것 같습니다. 저희를 이곳으로 인솔해 온 분께 안내해 주세요."

자공춘의 말에, 사내도 자신이 처리할 문제가 아니라 생각했는지 원정대를 이끌고 석림장 안으로 들어갔다.

원정대가 석림장 안으로 들어서자 곳곳에서 쉬고 있던 무림맹 무인들이 놀라 쳐다보거나 다가왔다.

그들 중엔 원정대원의 동문 사형제도 있었고, 사부나 문파 어른들도 있었다.

그렇게 동문들을 만나며 한참을 들어가자 한 무리의 사람들이 모여 있는 게 보였다.

원정대가 나타나자 그들 속에 있던 십여 명의 중년인이 앞으로 나왔다.

각 문파를 이끌고 온 장로들이었다.

장로들은 죽은 줄 알았던 원정대가 살아 돌아오자 처음 자공춘의 사형이 보여줬던 모습처럼 한동안 말을 잃었다.

"너희들이 살아 있다는 보고는 방금 받았다만 이게 어찌 된 영문이냐?"

십여 명의 장로 중 가장 배분이 높은 소림사의 무각 대사가 대표로 물었다.

무각 대사의 물음에 원정대는 운정과 이한명을 바라봤다.

그러자 이한명이 앞으로 나서며 말했다.

"원정대의 대주를 맡고 있는 이한명이라 합니다."

이한명이 자신을 소개하며 포권을 취하자 무각 대사와 장로들은 의아함을 들어냈다.

"원정대의 대주는 방상영이란 자로 알고 있는데, 어찌 자네가 대주라 하는가?"

"방상영은 스승님 존함이고, 저의 본명은 이한명이라 합니다."

"그 말은… 천하무림대회에 이름을 속여 참가했다는 말인가?"

"피치 못할 사정으로 그렇게 되었습니다."

"그렇군. 지금 중요한 건 그게 아니니 말해보게, 원정대에 무슨 일이 있었던 건가?"

무각 대사의 물음에 이한명은 원정대원들에게 했던 이야기를 다시 한 번 들려줬다.

무각 대사를 비롯한 무림맹의 무인들은 원정대가 처음 이야기를 들었을 때와 같은 반응을 보였다.

"말도 안 되는 소리!"

점창파의 장로 목지강이 말도 안 되는 소리라며 호통을 쳤다.

"쉽게 믿기 힘들겠지만 엄연한 사실입니다."

"원정대의 전멸 보고는 상부로 전해지는 과정에 오류로 충분히 있을 수 있는 일이네. 고작 그것 가지고 무림맹의 맹주가 그런 음모를 꾸미고, 강호를 전복하려는 야욕을 꾸민다고 말하는 겐가?"

추상같은 목지강의 호통에 이한명은 굳이 대답하지 않았다. 자신이나 운정 모두 뚜렷한 증거가 없었기에 사실을 믿지 않는 사람을 설득할 방법이 없었다.

"증거가 없어 믿지 못하겠다면 내가 확인시켜 주지!"

그때 건물 지붕에서 누군가 내려서며 소리쳤다.

"만 선배님!"

지붕에서 내려온 인물은 벽력도 만천일이었다.

"벽력도다!"

만천일의 등장에 놀란 무림맹 무인들이 만천일을 에워싸

며 공격태세를 갖췄다.

"크크크, 중은 늙어도 죽지 않나 보오."

만천일이 무각 대사를 보며 말했다.

"전 강호인에게 욕을 들어먹은 누구보다는 일찍 열반에 들 것이오."

"크하하! 요즘은 개나 소나 다 열반에 드나 보군. 중이라고 모두 열반에 들면 난 도(刀)를 들었으니 우화등선하겠구먼!"

무각 대사와 만천일은 서로 잘 아는 사이인지, 만나기 무섭게 농인지 험담인지 모를 말을 주고받았다.

"무엄하다!"

소림의 제자 몇이 존장을 욕보이는 만천일의 험한 말에 발끈하여 소리쳤다. 그러자 무각 대사가 손을 들어 그들을 제지했다.

"애송이들과 손을 섞고 싶은 생각은 없으니 너무 긴장들 하지 말거라."

"감히!"

이어지는 만천일의 광오한 말에 소림의 제자뿐 아니라 무림맹 무인들까지 분개해하며 무기를 빼 들었다.

"호, 지금 내 앞에서 무기를 빼 든 것이냐?"

몇몇 무인들이 무기를 손에 쥐자 만천일의 눈빛이 포악하게 변했다.

"지금 이곳에 시비를 걸러 온 것이오?"

옆에서 지켜보던 무각 대사가 나직한 목소리로 질책하듯
물었다.

"큼, 누가 시비를 건다는 것이오? 그저 증거가 없어 믿지
못한다 하기에 그 증거를 보여주겠다는 것이지."

"증거?"

만천일의 입에서 증거란 말이 나오자 무인들이 술렁거렸
다.

"련주님과 함께 피하신 게 아닙니까?"

독영기가 만천일에게 다가와 물었다.

"그렇잖아도 련주님의 명으로 네놈들 뒤를 쫓아가려던 참
이다."

"네? 저의 뒤를 쫓는다니 그게 무슨 말입니까?"

"련주님이 네놈에게 명을 하나 내리지 않았더냐?"

"네, 련주님께 받은 명이 하나 있긴 합니다."

"네놈이 얼마나 시답잖게 생겼는지, 련주님께서 나더러 네
놈을 쫓아 뒤를 좀 봐달라고 하셨다."

"그런……."

독영기는 련주가 사령까지 내리며 명을 내리자, 자신이 련
주에게 인정받았다고 생각했다. 한데 지금 보니 만천일을 시
켜 자신의 뒤를 봐주라고 한 것이었다.

독영기가 의기소침한 사이 만천일이 무각 대사에게 말했
다.

"당신들이 이 아이들의 말을 믿지 못하는 이유가 정일학과 화선지교 사이를 확인시켜 줄 만한 증거가 없기 때문이지 않소?"

"따지자면 그렇소. 웬만한 일이라면 문파 제자들의 말이니 믿겠지만, 당신도 알다시피 사안이 보통 사안이 아니잖소."

문제의 핵심이 무림맹의 맹주에 대한 것이었기에 증거가 있다면 두 번 세 번 확인을 해야 할 정도였다.

"그래서 내가 정일학과 화선지교 사이를 확인시켜 주고, 나아가 정일학이 화선지교를 이용해 어린아이들을 납치했다는 것도 확인시켜 주겠다 이 말이오."

"그게 정말이오?"

"어디 속고만 살았소? 천하의 벽력도가 허언이나 하는 그런 사람으로 보이시오?"

"그건 아니지만… 그보다 어떻게 확인을 시켜준다는 것이오?"

"그야 당연히 증거가 있는 화선지교로 데려가 확인시켜 줄 생각이오."

만천일의 대답에 무각 대사가 황당하단 표정을 지었다.

"화선지교로 데려가 확인시켜 준다는 말은 우리더러 직접 화선지교로 찾아가 증거를 찾아보란 말이오?"

"설마 증거도 없이 데려가서 직접 찾으라 하겠소? 증거를 찾아놨으니 가서 확인을 해보라는 것이지."

만천일이 사람을 어떻게 보냐는 듯 툭 쏘며 말했다.

"만 선배님, 정말 증거를 찾으신 겁니까?"

증거를 찾아놨다는 만천일의 말에 운정도 놀라 물었다.

"자네도 나를 허언이나 하는 그런 사람으로 보는가?"

"그게 아니라 너무 의외라서 그럽니다. 저와 이곳에서 화선지교에 대해 이야기할 때만 해도 그런 증거에 대해선 아무런 말도 하지 않으셨잖습니까?"

"당연한 것 아닌가? 그땐 우리에게도 증거가 없었으니 말일세."

"그럼 그 후에 찾으셨단 말입니까? 이곳을 떠나느라 바쁘셨을 텐데 어떻게……?"

"설마 자넨 우리가 천오백 명이나 되는 인원을 데리고 숨을 곳을 찾아 강호를 떠돌아다닐 거라 생각한 것인가?"

"그럼……?"

"가까운 곳에 충분히 숨을 만한 곳이 있는데 구태여 숨을 곳을 찾을 필요는 없지 않겠나?"

"그럼, 그 숨을 곳이……?"

운정도 무언가 짚이는 게 있어 물었다.

운정의 물음에 만천일이 고개를 끄덕이며 말했다.

"바로 그곳이네."

만천일의 대답에 운정이 감탄의 표정을 지었다.

한데 독영기는 아직 그곳이 어딘지 짐작이 가지 않는 눈치였다.

"장로님, 그곳이 어디입니까?"

"지금부터 네놈들이 갈 곳이다."

그제야 독영기도 사도련이 숨어든 곳이 화선지교란 것을 알 수 있었다.

만천일은 자신들이 화선지교에서 어떻게 증거를 찾게 되었는지 간략히 설명하기 시작했다.

사도련의 련주는 후퇴를 너무 늦게 결정한 터라 무림맹을 떨쳐 내고 몸을 피할 만한 시간이 없었다. 게다가 천오백 명이나 되는 인원이 숨을 곳을 찾아 강호를 떠돌아 돌아다닌다면 금세 무림맹의 이목에 걸리고 말 것이다.

짧은 시간 이와 같은 문제를 해결하기 위해 고민하던 련주는 도계산에 위치한 화선지교를 생각해 냈다.

등잔 밑이 어둡다고, 설마 정일학 자신이 만든 화선지교로 사도련이 몸을 피할 것이라곤 생각지 못할 것이다.

화선지교의 교인들만 잘 관리한다면 이보다 안전한 곳은 없었다.

련주는 결정을 내리기 무섭게 일부 병력을 석림장 외벽으로 보내 농성(籠城)을 시켜 시간을 지연토록 하고, 남은 무인들을 데리고 화선지교로 향했다.

화선지교엔 곳곳에 은신해 있던 무인들이 상당수 있었지

만, 천오백 명이나 되는 사도련의 병력을 감당할 정도는 아니었다.

순식간에 화선지교를 포위 장악한 사도련은 곳곳에 은신해 있던 무인들을 한 명씩 찾아내 모두 죽였다.

그들은 전문적으로 은신술을 익힌 자들이었지만, 한때 강호를 전율케 만들었던 살문(殺門)의 은신술에 비할 바는 아니었다.

살문 출신 고수들의 활약으로 은신해 있던 무인들이 모두 죽고 나자 그다음부턴 일사천리였다.

교인들을 사로잡아 모두 지하의 뇌옥에 감금시키고 련의 무인들을 교인으로 위장했다.

그 과정에 사도련은 뜻하지 않게, 화선지교와 정일학의 관계를 증명하는 증거를 찾게 된 것이다.

무림맹 무인들은 만천일의 이야기를 듣고서야, 이곳에 들어섰을 때 사도련 무인들이 보이지 않았던 이유를 알 수 있었다.

"그런데 지금 우리를 화선지교로 데려가는 게 함정이 아니란 걸 어떻게 믿을 수 있겠소?"

만천일의 이야기를 듣고 의문이 들었는지, 화산파의 장로인 장석영이 물었다.

"믿어지지 않으면 가지 않아도 좋소. 이 아이들이 살아 있다는 걸 알게 되면 정일학이 가장 먼저 구파와 육대세가부터 노릴 테니 우리에겐 손해가 될 것이 없소. 아니지, 오히려 우리 입장에선 꼴 보기 싫은 정파 놈들이 당하는 모습을 구경할 수 있으니 오히려 잘된 일이라 할 수 있지."

만천일의 말이 상당히 거칠었지만, 만약 정일학이 진정 그러한 음모를 꾸민 것이라면 그의 말대로 가장 먼저 당하는 건 구파나 육대세가일 것이다.

"련주님 명만 아니었다면 나는 이곳에 오지도 않았을 것이오."

만천일은 정말 오기 싫었었는지 인상까지 찡그리며 말했다.

"사도련의 련주는 왜 우리에게 이 같은 정보를 주려 하는 것이오?"

만천일의 말대로 자신들이 정일학에게 당한다면 사도련 입장에선 좋아할 일일 것이다. 한데 그를 마다하고 정보를 주는 이유가 무엇인지 궁금했다.

"그게 다 이자 때문이오."

만천일이 운정을 가리키며 말했다.

"정일학의 노림수에서 벗어나려면 정파와 사파 모두 건재해 있어야 한다고 했소. 그 이유야 설명하지 않아도 이미 들었으니 알 것이고, 련주님도 그 같은 생각을 하셨는지 애써 나를 보내 이렇게 당신들에게 정보를 제공하는 것이오."

이미 운정과 이한명을 통해 들었던 이야기가 있었기에 무림맹 무인들은 따로 설명을 듣지 않고도 그 이유에 대해서 알고 있었다.

"그래서 어쩔 것이오? 나를 따라 화선지교로 갈 것이오? 아니면 이대로 자파로 돌아갈 것이오?"

만천일이 귀찮다는 듯 결정을 재촉했다.

"증거를 확인하는데, 이곳에 있는 사람 모두 갈 필요는 없을 테니 나와 장 장로만 따라가도록 하겠소."

무각 대사가 장석영과 가겠다고 하자 만천일은 운정을 바라봤다.

"자네도 확인하러 갈 건가?"

"물론입니다."

운정이 원정대와 함께 여동에 온 이유가 그 증거를 찾기 위함이니 빠질 이유가 없었다.

"저도 함께 가겠습니다."

이한명이 함께 가겠다고 하자, 만천일은 '넌 누구냐' 란 표정을 지었다.

그 모습이 마치 독영기를 처음 본 사도련 련주의 모습을 생각나게 했다.

"원정대의 대주로 있는 이한명이라고 합니다."

"큼, 원정대의 대주라? 그럼 자네까지만 따라오게. 영기는 련주님께서 하실 말씀이 있는 것 같으니 따라오도록 하거라."

"알겠습니다."

화선지교로 갈 사람이 정해지자 만천일은 서둘러 움직였
다.

第五章
천마성 탈환

"마교 놈들이 또 나타났다고 합니다."

혈교를 지키고 있던 장로 공무진은 또다시 마인들이 나타났다는 말에 이마를 짚었다.

"정말 귀찮은 놈들이로군."

열흘 전 마인들이 처음 혈교 앞에 나타났을 땐 모두가 코웃음을 쳤다.

믿었던 아군의 배신으로 하루아침에 천마성을 뺏기고 병력의 대부분을 잃었으니 이렇게라도 복수를 하고픈 마음은 이해가 됐다. 하지만 복수를 하려면 제대로 병력을 모아 와서 해야 하지 않겠는가.

혈교를 지키고 있는 병력의 수가 오천인데, 복수를 하겠다고 찾아온 마인들의 수는 고작 천 명 남짓이었다.

오천 명이 왔다고 해도 혈교란 거대한 성을 뚫고 들어오기 힘들 터인데, 고작 천 명의 병력으로 혈교를 넘겠다고 나섰으니 우습지도 않았다.

그래서 공무진은 삼천 명의 병력을 성 밖으로 보내 마인들을 처리하라고 명했다.

한데 마인들은 혈교인들이 성 밖으로 나오기 무섭게 뒤도 돌아보지 않고 달아났다.

싸워보지도 않고, 성문이 열리기 무섭게 달아나는 마인들의 모습에 혈교인들은 황당함을 느꼈다.

아무리 천마성을 빼앗기고, 병력의 대부분이 죽었다지만 한때 천하를 호령했던 마인들이지 않은가.

그런 마인들이 전투를 치르다 힘에 부쳐 달아나는 것도 아니고, 상대를 확인도 하지 않고 꽁무니부터 내빼니 혈교 입장에선 허탈한 웃음이 나올 지경이었다.

달아나는 마인들을 바라보는 혈교인들은 황당함에 그들을 쫓아갈 생각조차 하지 못했다.

그렇게 마인들이 달아나고 하루가 지났다.

전날 부리나케 달아나던 모습이 창피해서라도 다시는 혈교 앞에 모습을 보이지 않을 거라 생각했는데, 날이 밝기 무섭게 마인들이 또다시 모여들기 시작했다.

한데 그 수가 전날보다 오백이 늘어 천오백여 명이었다.

천 명이나 천오백이나 혈교 입장에선 큰 차이가 없었다. 한데 마인들의 수가 늘었다는 사실이 은근히 신경이 쓰였다. 그래서 이번엔 반드시 놈들을 잡겠단 생각에 공무진은 다시 한번 삼천 명의 병력을 성 밖으로 보냈다.

한데 이번에도 마인들은 싸우지 않고 달아났다.

"도대체 뭐 하자는 수작이야!"

싸울 것도 아니면서 계속 혈교 앞에 나타나는 마인들의 생각을 이해할 수가 없었다.

그렇게 삼 일이 더 지나자 마인들의 수는 어느덧 삼천 명으로 늘어나 있었다.

"아뿔싸! 놈들이 교 내부에 있는 병력의 수를 가늠하고 있었구나!"

그제야 공무진은 마인들이 싸우지 않고 달아났던 이유를 알 수가 있었다.

마인들은 성 밖으로 나오는 병력의 수를 토대로 현재 혈교를 지키고 있는 병력 전체의 수를 가늠하고 있었던 것이다.

마인들의 수가 삼천 명이 넘었으니 이제 그들을 잡으려면 최소 사천의 병력을 보내야 한다.

큰 피해를 입지 않고 잡으려면 현재 혈교를 지키고 있는 오천 명 전원을 내보내야 할 판이었다. 하지만 그렇게 했다간 자칫 역공을 당해 교를 빼앗길 수도 있었다.

상황이 이렇게 되자 더 이상 혈교인들은 성 밖으로 나설 수가 없게 됐고, 자연히 성안에 갇히는 신세가 되고 말았다. 또한 언제 마인들이 성문을 넘을지 알 수 없어 밤낮없이 경계를 서야 했다.

병력의 수가 적다고 우습게봤던 마인들이었는데, 이제는 완전히 입장이 바뀌어 버렸다.

혈교인들이 성 밖으로 나오지 않는데도 마인들의 수는 계속 늘어났다. 그렇게 이틀이 더 지나자 마교의 병력은 사천 명으로 늘어 있었다.

마인들은 병력이 사천 명으로 늘고, 혈교에서 더 이상 병력이 나서지 않자 혈교로 통하는 모든 길을 막아섰다.

이에 위기감을 느낀 공무진은 현재 천마성에 주둔하고 있는 본진에 원군을 요청했다.

마인들이 혈교로 통하는 모든 길을 막아서자 식품을 비롯한 각종 물품들의 반출입이 억제됐다.

지금 당장은 교내부에 비축된 식량이나 물품이 충분하니 문제가 없지만, 이 같은 상황이 지속된다면 심각한 상황에 처할 수도 있었다.

그 같은 경우를 당하지 않기 위해선, 혈교 앞에 진을 치고 있는 마인들을 몰아내야 했다.

그 시각 천마성에서 공무진의 전서를 받아본 적 선생도 고민에 빠져 있었다.

처음 마인들이 혈교에 모습을 드러냈을 땐 옥능소가 성동 격서(聲東擊西)를 사용한다 생각했다.

일부 병력을 혈교로 보내 그곳을 자극한 후, 자신들이 혈교 를 지키기 위해 병력을 돌리면 그때 인근에 숨어 있던 남은 병력을 몰고 와 천마성을 되찾으려는 속셈이라고 말이다.

자신이 파악한 마교의 살아남은 무인 수는 천마성에서 빠 져나간 사천 명과 비밀분교 인원 이천여 명을 합쳐 모두 육천 명 남짓이었다. 그중 천여 명의 병력만이 혈교를 공격을 했으 니 그렇게 생각하는 게 당연했다.

한데, 열흘이 지나 오늘 또다시 전서를 받아보니 그게 아닌 듯했다.

처음 천 명이었던 마인들은 어느새 사천 명으로 늘어났고, 혈교인들은 그들로 인해 교내에 고립되어 있다는 것이다.

아직 혈교인들이 마인들보다 천 명의 병력에 여유가 있으 니 충분히 싸워볼 만하지만 자칫 교를 마인들에게 뺏길 수도 있었기에 섣부른 대응을 하지 못하고 있었다.

상황이 이렇게 되자 적 선생은 옥능소가 처음부터 혈교를 노렸던 게 아닌가 하고 생각하게 됐다.

총 육천 명의 병력 중 사천 명을 혈교로 투입했으니, 남은 수는 이천 명이다.

자신들이 천마성에 주둔 중인 병력의 일부를 혈교로 돌린 다 하더라도, 남은 이천 명으론 천마성을 공격할 수가 없다.

적 선생은 이대로 혈교를 공격하는 마인들을 방치할 것인지, 아니면 일부 병력을 교로 보내 그들을 처리해야 할지 고민했다.

한참의 고민 끝에 적 선생은 원군을 보내지 않고 마인들의 행동을 좀 더 지켜보기로 했다.

혈교가 고립된 상태지만 아직은 버틸 만했고, 옥능소의 노림수를 알지 못하는 상태에서 섣불리 병력을 움직이는 건 좋지 않은 방법이었기 때문이다.

한데 혈교의 소식을 접한 무소는 분기탱천해 하며 당장 원군을 보내라 했다.

적 선생은 옥능소의 계략을 알지 못하는 상태에서 병력을 움직이는 건 좋지 않은 방법이라며 무소를 설득하려 했다. 한데 무소는 적 선생의 말을 전혀 듣지 않았다.

무소는 걸어오는 싸움뿐 아니라 가만히 있는 자에게도 싸움을 걸 정도로 호전적인 인물이었다.

그런 무소에게 적이 도발하고 있다는 소식이 들렸으니 가만히 있을 리가 없었다.

적 선생은 무소의 강경한 태도에 어쩔 수 없이 병력을 보내기로 했다.

현재 천마성에 주둔 중인 혈교인의 수는 일만 이천 명이다. 적 선생은 어느 정도의 병력을 보내야 할지 고민하다가 총 오천 명의 병력을 보내기로 결정했다.

만 이천 명 중 오천 명이 혈교로 향하면 천마성에 남는 병력의 수는 칠천 명이다.

　만에 하나 옥능소가 천마성을 노린다 하더라도 남은 칠천 명의 병력으로 충분히 막아낼 수 있었고, 원군이 이동 중 마인들의 공격을 받더라도 그들보다 병력의 수가 많으니 충분히 감당할 수 있을 것이라 생각했다.

　적 선생은 원군을 보내는 게 탐탁지 않았지만, 이미 교주의 명이 내려졌기에 병력을 준비해 보내는 일에 만전을 기했다.

　그로부터 이틀 후 원군으로 준비된 병력 오천 명이 천마성을 빠져나갔다.

　옥능소는 천마성에 주둔 중이던 혈교 병력 중 오천 명이 원군으로 파견되었다는 전서를 받자, 혈교를 포위하고 있던 마인들에게 전서를 보내 이천 명의 병력을 불러들였다.

　이천 명의 병력을 혈교 앞에 남겨놓은 이유는 자신들이 회군하는 모습을 그들에게 들키지 않기 위해서였다.

　옥능소가 마인들을 불러들인 곳은 유등(留嶝)이란 곳으로 천산에서 혈교가 있는 파초(巴楚)로 들어서는 관문 같은 곳이었다.

　근 십 년 동안 혈교와 동맹 관계를 맺어왔기에 적 선생이 마교에 대해 많은 걸 알고 있듯, 마교도 혈교에 대해 많은 걸 알고 있었다.

　그중 하나가 그들의 이동 경로였다.

옥능소는 혈교에 모습을 드러내기 석 달 전부터 육천 명의 병력 모두를 투입해 유등에서부터 아극소(阿克蘇)까지 혈교인들이 이동할 만한 길목을 찾아 곳곳에 함정을 설치했다.

이제 자신의 계획대로 혈교가 원군을 보냈으니, 사천의 병력을 잘 이용해 그들을 함정으로 빠뜨릴 수만 있다면 현재 벌어져 있는 혈교와 마교 간의 전력 차이를 줄일 수 있을 것이다.

혈교인들은 천마성을 나설 때 적 선생으로부터 옥능소가 기습이나 함정을 파놓았을지도 모르니 평소 이용하지 않던 길로 이동하고 경계를 늦추지 말란 언질을 받았다.

그래서 시간이 더 걸리더라도 평소와 달리 돌아가는 길을 선택했다.

한데, 그렇게 조심을 했음에도 불구하고 아극소 지방을 지난 지 얼마 되지 않아 함정과 매복에 당하고 말았다.

옥능소가 육천 명의 병력을 석 달 동안 밤낮없이 운용해, 혈교의 원군이 이동할 만한 예상 경로 모두에 함정을 설치했기 때문이다.

평상시라면 엄두도 내지 못할 무식한 일이었지만, 혈교의 배신으로 본거지를 빼앗겨야 했던 치욕은 그런 일을 가능케 했다.

그로 인해 혈교인들은 생각지도 못한 곳에서 함정에 빠져, 마인들보다 많은 수였음에도 불구하고 제대로 된 반격도 하지 못한 채 일방적인 공격을 받아야만 했다.

마교의 준비된 함정에 빠진 혈교의 원정대는 함정을 빠져 나왔을 때 천 명이 넘는 병력의 손실을 입고 말았다.

혈교인들은 마교의 함정에 빠져 천 명의 병력을 잃었지만, 아직 사천 명의 병력이 남아 있었기에 이후 경계만 늦추지 않으면 더 이상 병력 손실은 없을 것이라 생각했다.

한데 함정은 그곳 하나만이 아니었다.

아극소(阿克蘇)를 지나면서부터 시작된 함정은 유등을 넘어설 때까지 계속 이어졌다.

설마 이런 광범위한 지역에, 이렇게 많은 함정을 설치했을 것이라곤 생각지도 못했다.

혈교인들은 처음 함정에 빠진 후 경계를 게을리 하지 않고, 최대한 조심스럽게 이동했지만 그 많은 함정을 모두 피해갈 순 없었다.

그렇게 함정과 매복, 기습을 번갈아 받은 혈교인들은, 처음 천마성을 나설 때 오천 명이었던 인원이 유등 지역을 벗어났을 땐 천오백 명으로 줄어 있었다.

강호엔 상대하기 까다로운 적이나 절정 이상의 무인들을 잡기 위해 사용하는 천라지망(天羅地網)이란 수법이 있다.

하늘과 땅 모두에 그물을 쳐놓는다는 말처럼, 다수의 무인들을 그물 치듯 곳곳에 배치시켜 적이 도저히 빠져나갈 수 없는 상황을 만들어 격퇴하는 방법이다.

혈교인들은 아극소에서 시작돼 유등까지 이어진 그 수많은 함정들이 마치 함정으로 만들어진 천라지망이 아닌가 생각했다.

그런 천라지망 아닌 천라지망을 뚫고 살아남은 혈교인들은 더 이상 마교의 추격이 없자 겨우 부상자들을 수습해 혈교로 향했다.

한데 마교의 함정은 거기서 끝이 아니었다.

지옥과도 같은 함정들을 모두 빠져나오니 이번엔 혈교 앞에 이천 명의 마인이 떡하니 버티고 서 있는 게 아닌가.

마인들의 수가 이천 명이고 자신들의 수가 천오백 명이니 충분히 싸워볼 만한 전력이었다. 하지만 그간 이동 중에 온갖 고생을 했던 터라 혈교인들의 체력과 사기는 완전히 바닥을 치고 있었다.

상대가 이천 명이 아니라 오백 명이라도 이길 수 없을 것 같은 기분이 들었다.

다가오는 마인들의 모습에 혈교인들은 절망에 빠졌다. 그나마 다행인 것은 원군이 공격받는 모습을 보고 혈교에서 지원군이 나와 전멸만은 면할 수 있었다는 것이다.

그렇게 모진 고생 끝에 살아서 혈교 안으로 들어선 원군의 수는 칠백 명이 채 넘지 않았다.

마인들이 혈교의 원군을 상대로 이 같은 압도적인 승리를 할 수 있었던 건, 원군이 이동할 길목 곳곳에 파놓은 함정과 매복이란 두 가지 요건도 있었지만, 그보다 더욱 결정적이었던 건 원군과 마인들의 기본적인 무공 수준 차에 있었다.

병력의 수로만 따진다면 마교가 혈교의 상대가 되지 못한다. 하지만 무인들의 수준을 비교하자면 결코 마교가 혈교 아래에 있지 않았다.

혈교의 무인들은 그 수가 많은 만큼 수준 차도 천차만별이었다. 하지만 마교의 무인들은 천마성이 함락되던 그날 혈교의 기습을 받고도 살아남은 자들이었기에 그야말로 고수들 중의 고수들이었다.

그렇다 보니 오천 명 대 사천 명의 전투였지만 함정에 빠져 허우적대는 혈교의 원군이, 미리 준비하고 있던 마인들의 상대가 될 순 없었던 것이다.

옥능소는 혈교의 원군과 정면 승부를 벌여도 자신들이 지지 않을 자신이 있었다. 하지만 정면으로 전투를 치르게 되면 자신들도 어쩔 수 없이 병력의 손실을 입어야 했다.

옥능소의 목적은 혈교 원군과의 전투에서 승리하는 게 아니라 천마성을 되찾는데 있었다. 그래서 최대한 병력의 손실을 줄이기 위해 지난 석 달간 함정을 설치하는데 주력했다.

그 결과 자신들도 믿지 못할 정도의 대승을 이룰 수 있었다.

옥능소는 그 같은 승리에 힘을 얻어 혈교에 대한 압박을 한층 높였다.

이전엔 혈교로 통하는 길목만을 지키고 있었는데, 원군을 상대로 큰 승리를 거둔 후 마인들의 사기가 충만하자 간헐적으로 혈교를 공격하기도 했다.

혈교인들은 밤낮없이 신경을 긁어대는 마인들로 인해 한시도 긴장을 늦출 수가 없었다.

참다못한 혈교에서 일부 병력을 보내 마인들과 몇 번의 전투를 치러보기도 했지만, 병력의 차가 크지 않은 전투에선 도저히 마인들의 상대가 되지 않았다.

한편 오천 명의 병력을 잃은 적 선생은 고민이 커졌다.

다시 병력을 보내자니 똑같은 일이 발생하지 않는다는 보장이 없었고, 이대로 방치하자니 교에 고립된 교인들의 안전이 문제였다.

그뿐 아니라 원군의 피해로 천마성에 주둔 중인 자신들에게까지 부담이 생겼다.

원군을 보내기 전만 해도 일만 이천 명에 이르는 병력이 있었기에 마인들에게 큰 신경을 쓰지 않아도 됐다.

한데 지금은 원군 오천 명의 손실로 인해 마교와의 전력 차가 확연히 줄어들었다.

아직은 자신들이 마교보다 많은 병력을 가지고 있지만, 개개인의 무공 수준을 비교해 보면 비슷하거나 혈교가 밀리는 부분이 있었다.

그나마 다행인 건 여전히 혈교와 천마성 두 곳 모두를 자신

들이 차지하고 있고, 전체 병력이 월등해 방어에만 전념하면
당할 일은 없다는 것이다. 하지만 반대로 기동력이 좋은 마교
에 비해 자신들은 혈교와 천마성 두 곳에 묶여 있어 수동적인
행동을 취할 수밖에 없다는 맹점도 있었다.

결국 적 선생은 무소를 찾아가 현 상황을 타계할 방법을 모
색하기 시작했다.

눈엣가시처럼 거슬리는 마교를 처리하기 위해선 두 곳으
로 나뉜 혈교의 전체 병력을 한곳으로 모아야 하는데, 마땅한
방법이 없었다.

고민에 고민을 거듭하던 적 선생은, 옥능소가 최종적으로
노리는 곳이 천마성이라 생각하고 마인들을 천마성으로 끌어
들여 소탕하기로 계획을 세웠다.

천마성 곳곳에 옥능소가 했듯 함정을 설치하고 칠천의 병
력 중 오천을 다시 한 번 원군으로 가장해 천마성 밖으로 이
동시켰다.

적 선생은 옥능소를 끌어들이기 위해 이번 원군에 자신도
참여하고 선두에 교주인 무소를 세웠다.

일전의 일을 생각하면 분명 천산인근에 자신들의 동태를
살피는 마교의 정찰조가 있을 것이다.

이번 원군에 자신뿐 아니라 교주까지 포함되어 있다면 반
드시 옥능소는 천마성을 수복하려 들 것이다.

아니나 다를까.

천마성을 빠져나온 지 일주일이 지나지 않아 마인들이 천마성을 공격했다는 보고가 들어왔다.

적 선생은 천마성을 나올 때 최대한 방어에 주력하며 자신들을 기다리라 당부해 놓았었다.

천마성은 중원에 존재하는 모든 문파들 중 가장 견고하고 뚫기 힘든 천혜의 요새였다.

특히 천마성 앞을 가로지르는 깊고 거친 협곡은 두 번의 정마대전을 벌였음에도, 중원인들이 함부로 발을 들여놓을 수 없게 만드는 힘이 있었다.

적 선생과 무소가 이끄는 원군은 천마성에서 이틀 거리에 은신하고 있었다.

옥능소가 이끄는 마교의 무리가 육천 명이고, 천마성을 지키는 혈교인들이 이천 명이지만 충분히 방어할 수 있을 거라 생각했다.

협곡을 넘어 천마성 안으로 들어온다 하더라도 이미 곳곳에 함정과 기물들을 배치해 놓았기 때문이다.

적 선생 입장에선 마인들이 천마성 안으로 들어와 주는 게 오히려 이득이었다. 그렇게 되면 안에서 방어하던 이천 명의 혈교 병력과 밖에서 지원하는 오천 명의 병력으로 인해 독 안에 든 쥐가 되기 때문이다.

하지만 상황은 적 선생이 생각지도 못했던 방향으로 흘러갔다.

천마성을 공격했던 첫날 적 선생의 예상대로 마인들은 협곡에 가로막혀 천마성으로 진입하지 못하고 많은 피해를 입었다. 하지만 동료의 희생을 발판 삼아 진격하는 그 힘에 밀려 이틀째 되는 날 결국 마인들이 천마성 안으로 들어오고 말았다.

적 선생이 미리 준비한 함정과 기물들이 마인들을 사정없이 몰아쳤지만 그들은 전혀 물러섬 없이 싸우며 앞으로 전진했다.

그렇게 전투 이틀째가 지나가던 시간, 적 선생과 무소가 이끄는 원군이 천마성에 도착했다.

적 선생이 처음 천마성을 떠날 때 계획했던 수순이 그대로 이행되는 순간이었다.

한데 그때부터 한 폭의 지옥도가 천마성 안에서 벌어졌다.

안과 밖에서 마인들을 포위했으니 이제 그들을 처리하는 일만 남았다고 생각했다. 한데 마인들을 포위한 혈교인들이 갑자기 밀리기 시작했다.

적 선생이 의아해하며 그곳을 살피니 정체를 알 수 없는 무인 오십여 명이 혈교인들을 일방적으로 살육하고 있었다.

혹, 그곳에 마교 교주 옥능소가 있지 않나 살피던 적 선생은 경악하고 말았다.

"모두 후퇴하라! 당장 천마성을 빠져나가라!"

놀란 적 선생이 후퇴를 명했지만 그의 목소리는 공허한 외침에 지나지 않았다.

혈교인들을 살육하고 있는 정체불명의 무인들은 다름 아닌 혈영신이었다.

적 선생이 상옥추제계(上屋抽梯計)로 자신들을 꾀어냄을 알면서도, 옥능소가 천마성으로 향했던 이유는 혈영신을 깨우기 위함이었다.

삼 년 전 운정에게서 동패를 빼앗지 못해 그간 비동을 열 생각을 하지 못했지만, 천마성을 되찾으려면 그 정도의 위험은 충분히 감수할 수 있었다.

만에 하나 비동을 억지로 열다 천마성이 무너진다면 그 또한 괜찮다고 생각했다.

마도의 심장부라 할 수 있는 천마성을 적에게 뺏긴 채 수모를 겪느니 그들과 함께 무너진 천마성에 깔려 죽겠다는 결심을 다졌다.

옥능소는 전투가 시작되고 이틀이 지나 마인들이 협곡을 넘게 되자, 현 마인들 중 가한 강한 고수 스무 명으로 구성된 수호전대(守護戰隊)와 함께 협곡 아래를 이용해 비동으로 향했다.

마교와 혈교와의 전투가 난전으로 발전하자 옥능소와 수호전대는 비동이 있는 흑천각으로 향했다.

흑천각 지하에 위치한 비동에 도착한 옥능소는 천마성이 무너질 걸 각오하고 비동의 문을 열었다.

천만다행으로 비동의 문을 억지로 열었음에도 천마성은 무너지지 않았다.

옥능소는 수호전대와 함께 혈영신을 전장으로 옮겨 그들을 깨우기 시작했다.

혈영신이 자신들의 피를 받아 깨어나자 그길로 옥능소와 수호전대는 천마성을 빠져나갔다.

그때 혈교인들과 전투를 치르는 마인들에게도 신호를 보내는 걸 잊지 않았다.

수호전대의 피를 받아 각성한 혈영신은 눈앞에 보이는 혈교인들을 닥치는 대로 살육했다.

옥능소는 천마성을 빠져나와 혈영신에게 살육을 당하고 있는 혈교인들을 보며 묘한 기분에 사로잡혔다.

종가휘가 죽기 전 팔 년간이나 시달렸던 혈영신을 자신이 같은 이유로 사용하게 될 줄은 몰랐기 때문이다.

'그때 놈에게서 동패와 혈영신교전만 회수했었더라도 오늘 같은 일은 없었을 것을······.'

옥능소는 운정이 천마성에 잠입했을 때 동패와 혈영신교전을 회수하지 못한 것이 두고두고 아쉬웠다.

옥능소가 그 같은 생각을 하고 있는 동안 혈교인들과 전투를 치르던 마인들이 하나둘 천마성을 빠져나오기 시작했다. 난전이 벌어진 가운데 혈영신을 깨웠기에 아군의 피해도 적지 않았다.

하지만 혈교에 비할 바는 아니었다.

자신들은 지난 팔 년간 종가휘로 인해 혈영신이란 존재가 얼마나 강하고 무서운 존재인지 익히 경험해 왔다. 하지만 혈교인들은 혈영신이 무엇인지조차 알지 못했다.

마인들이 팔 년 동안 혈영신을 경험하며 깨달은 건 딱 두 가지였다.

첫째는 혈영신이 나타났을 때 절대 단신으로 싸우려 들지 말 것.

두 번째는 넓은 곳에서 다수의 아군이 모였을 때만 공격하는 것이다.

혈영신은 일종의 강시였기에 체력이나 내공이란 개념이 없었다. 그뿐 아니라 인간이 가지고 있는 고통, 두려움, 죄책감 같은 감정들도 없었다.

그런 상대를 단신으로 상대하려 했다간 필패하고 만다.

강기를 자유자재로 다뤄 일수에 목을 쳐낼 정도의 실력이 된다면 별개의 문제겠지만, 전 강호를 통틀어 그런 고수가 몇이나 되겠는가. 그러니 혈영신을 만나면 일단 몸부터 피해야 했고, 공격을 하려면 충분한 아군이 모였을 때 해야 했다.

혈영신에 대처하는 이런 방법들은 누가 알려준 것이 아니라, 지난 팔 년간 그들에게 시달리며 자연히 터득하게 된 방법이었다.

하지만 혈교인들은 전혀 그런 경험이 없었다.

지금도 마인들은 속속들이 천마성을 빠져나오는데, 혈교인들은 혈영신들과 뒤섞여 싸우려 하는 바람에 파멸로 치닫고 있었다.

적 선생은 옥능소가 이런 강수를 둘 것이라 곤 미처 생각지 못했다. 설마 자신들도 제어하지 못할 혈영신을 깨워 적을 상대하려 하다니, 그야말로 벼랑에 몰리지 않는 이상 사용할 수 없는 방법이었다.

만약 지금 혈영신과 싸우고 있는 무인들이 마인들이라면 자신의 지휘에 따라 혈영신들을 하나하나 목각 인형으로 되돌릴 것이다. 하지만 혈교인들은 혈영신이 강시인지조차 모르고 있었다. 그야말로 불속으로 뛰어드는 불나방처럼 달려드는 혈영신을 마주 상대하려 하고 있었다.

"적 선생, 도대체 저놈들의 정체가 무엇이오?"

무소도 혈영신의 등장에 놀랐는지 적 선생에게 다가와 물었다.

"저건 혈영신이란 것들로 일종의 강시입니다."

"강시? 마교가 강시도 만들었단 말인가?"

"마교가 만든 것인지 누군가에게서 취한 것인지 알 수 없지만 아주 오래전부터 이곳 천마성에 보관되어 왔던 것 같습니다."

"말하는 걸 보니 적 선생은 저것들에 대해 잘 알고 있는 것 같은데, 저것들을 처리하는 방법도 알고 있소?"

"물론 알고 있습니다. 놈들의 몸은 금강불괴에 가까워 검기 정도론 어찌하기 힘듭니다. 유일한 약점이 목인데, 강기로 단번에 끊어낼 수 있다면 저것들을 본래의 모습인 목강시로 되돌릴 수 있습니다."

"강기로 목을 끊는단 말이지?"

무소는 적 선생의 말을 듣기 무섭게 신형을 날려 혈교인들을 공격하고 있던 혈영신 뒤로 돌아가 수강을 만들어 목을 쳤다.

스악!

강기로 검게 물든 무소의 손날이 허공을 가르자 혈영신의 목이 몸통에서 떨어져 나갔다.

목이 떨어져 나간 혈영신은 잠시 몸을 떠는 듯하더니 그대로 주저앉아 움직이지 않았다.

"과연 그렇군."

혈영신을 목각 인형으로 되돌릴 방법을 확인한 무소는 그 즉시 소리쳤다.

"놈들의 약점은 목이다! 강기를 구사할 수 있는 자들은 일수에 목을 끊어라! 그 방법만이 이 괴물들을 죽일 수 있는 유일한 방법이다!"

무소가 기세 좋게 소리쳤지만 들려오는 대답은 얼마 없었다.

무소 자신은 강기를 자유자재로 다룰 능력이 되지만 일반 혈교인 중 강기를 다룰 수 있는 자는 얼마 되지 않았다. 그나마 혈교의 장로들과 몇몇 고수들이 강기를 다룰 수 있어 혈영신을 상대해 나갔지만 그마저도 쉽지가 않았다.

혈영신이 목을 치도록 가만히 있어 주는 게 아니었기 때문이다.

무소와 몇몇 고수들이 분전했지만 시간이 지날수록 혈교인들의 수는 빠르게 줄어갔다.

혈영신들이 흡수한 피의 주인이 현재 마교에서 가장 강한 고수 스무 명이 모인 수호전대의 것이었으니, 그들의 무공을 일반 혈교인들이 감당하기란 애초에 무리였다.

"죽어라, 이 괴물들아!"

수많은 혈교인들이 쓰러지는 가운데 무소만이 사방을 누비며 제대로 된 활약을 펼쳤다.

무소의 모습을 바라보고 있던 적 선생은 눈을 감았다.

무소가 홀로 분전을 펼치고 있지만 이미 이번 전투는 끝난 거나 마찬가지였다.

혈영신이 나타났을 때 마인들처럼 자신들도 천마성을 빠져나갔더라면 이런 큰 피해는 당하지 않았을 것인데, 미리 알아내지 못한 자신의 불찰이 한스러웠다.

적 선생은 이미 괴멸 직전에 몰린 혈교인들을보다 자리를 피해 천마성을 빠져나왔다.

그가 향한 곳은 옥능소와 마인들이 모여 있는 곳이었다.

마인들은 적 선생의 모습을 발견하기 무섭게 죽이려 들었다. 하지만 옥능소의 제지로 그러지 못했다.

"적 선생, 오랜만이오."

옥능소가 다가오는 적 선생을 보며 말했다.

적 선생은 옥능소의 인사를 듣자, 그가 무소에게 공격당해 마궁 아래 계곡으로 뛰어들던 때의 표정이 떠올랐다.

적 선생은 자신이 혈교의 인물만 아니었다면 끝까지 옥능소와 함께하고 싶었다. 하지만 운명은 자신을 그냥 놔두지 않았고, 한때나마 모셨던 주군을 배반하게 만들었다.

자신이 혈교의 인물이니 자신의 주군도 혈교주이지만, 그가 제대로 섬긴 이는 옥능소 단 한 명뿐이었다.

옥능소도 그 같은 상황을 잘 알고 있었기에 마인들이 옥능소를 죽이려 들 때 말린 것이다.

"교주님, 설마 혈영신을 사용할 것이라곤 상상도 하지 못했습니다."

적 선생이 허탈한 목소리로 말했다.

"벼랑 끝에 몰리고 보니 눈에 보이는 것이 없게 되더이다."

옥능소의 말투에 왜 배신을 했냐는 질책이 섞여 있었다.

"본의 아니게 그렇게 되었습니다."

담담히 대답한 적 선생이 아직도 혈영신과 싸우느라 정신이 없는 혈교인들을 바라봤다.

서늘한 바람이 불어오는 협곡 앞에서 마치 지옥도가 그려지는 듯한 천마성 안을 들여다보고 있자니 말로 표현할 수 없는 묘한 감정이 일었다.

"교주님."

천마성을 바라보던 적 선생이 눈을 돌려 옥능소를 불렀다.

옥능소는 대답없이 적 선생을 바라봤다.

"부디 혈교의 맥을 끊지는 말아주십시오."

적 선생의 말에 마인들이 분개해 당장에라도 달려들 태세를 취했지만 곧 조용해졌다.

부탁을 하며 옥능소 앞에 무릎을 꿇고 앉은 적 선생이 갑자기 손을 들어 자신의 천령개를 내려쳐 자결을 했기 때문이다.

마인들은 갑작스런 적 선생의 자결에 모두 놀란 모습을 보였지만 옥능소는 이미 예감한 듯 표정의 변화가 없었다.

옥능소가 적 선생과 보낸 시간이 어느덧 십오 년이 넘었다.

그동안 수많은 난관을 헤쳐 나오며 부부보다 더 많은 시간을 함께 보냈다.

평소 신의가 깊고 심지 굳은 적 선생을 옥능소는 진심으로 믿고 의지해 왔고, 적 선생도 옥능소를 믿고 따랐었다.

그런 적 선생의 배신은 옥능소에게 큰 상처가 되었다.

적 선생도 자신 못지않게 힘들었을 것이다.

다른 이가 적 선생을 포섭해 옥능소를 배신하게 하려 했다면 절대 적 선생은 그에 화답하지 않았을 것이다.

하지만 상대가 혈교의 교주였으니 적 선생도 어쩔 수 없었을 것이다.

혈교가 마교와 동맹을 맺으며 적 선생이 군주 자격으로 옥능소를 섬기고 있었지만, 그의 뿌리는 혈교였고 그의 지존도 혈교주였기 때문이다.

옥능소는 좀 전 적 선생이 자신 앞에 나타났을 때 다시 한 번 자신의 군주 자리를 맡아달라고 말하고 싶었다.

한 번 배신했지만, 적 선생의 성격으로 보아 절대 두 번의 배신은 없었다. 그뿐 아니라 자신은 적 선생 같은 사람이 필요했다.

마인들이 반대하겠지만 그 정도는 교주의 권위로 충분히 무마할 수 있었다. 하지만 자신을 바라보는 적 선생의 눈빛엔 이미 모든 것이 사라지고 없었다.

적 선생이 배신을 결심했을 땐 그만한 각오가 있었을 것이다. 하지만 그런 배신을 하고 일 년도 지나지 않아 배신을 했던 상대에게 몰살에 가까운 피해를 입었으니 그의 마음은 그대로 무너져 버린 것이다.

옥능소는 자신과 적 선생을 이 같은 상황으로 몰고 간 무소를 바라봤다.

'혈교의 맥을 이어달라고?'

적 선생이 혈교의 맥을 끊지 말아달라고 한 건, 파초에 남아 있는 오천 명의 혈교인을 살려달란 말이었다.

"이어주지. 단 이곳에 모인 혈교인은 단 한 명도 살아 돌아갈 수 없다.”

옥능소의 눈이 혈영신과 싸우고 있는 무소에게로 향했다.

옥능소는 적 선생이 말하지 않아도 혈교인들을 죽일 생각이 없었다.

단지 적 선생의 부탁으로 바뀐 건 처음 혈교를 해체하고 마교로 흡수시키려던 계획에서 혈교를 유지한 채 복속시키는 것으로 바꾸었다.

그렇게 옥능소와 마인들이 지켜보는 가운데 천마성의 전투는 막바지로 치닫고 있었다.

칠천 명에 이르던 혈교인들은 단 오십 구의 혈영신으로 인해 몰살에 가까운 피해를 입었다.

마지막 혈영신의 목이 떨어진 후 살아남은 혈교인의 수는 교주인 무소를 비롯해 삼백여 명이 다였다.

“헉… 헉……..”

원상진경이란 희대의 마공을 익힌 무소였지만 오십 구나 되는 혈영신을 상대하다 보니 멀쩡한 상태가 아니었다.

팔다리를 비롯한 온몸 곳곳에 상처를 입은 채 거친 숨을 몰아쉬고 있었다.

혈영신을 모두 처치한 무소가 살아남은 혈교인들을 바라보다 적 선생이 보이지 않자 주변을 살폈다. 그렇게 천마성 내부를 살피던 무소는 깜짝 놀랐다.

진작 혈영신의 공격으로 전멸했을 것이라 생각한 마인들

이 멀쩡히 살아 있는 게 아닌가. 그뿐 아니라 그들 앞엔 머리가 깨진 채 죽어 있는 적 선생의 시체까지 있었다.

적 선생의 시체와 멀쩡히 살아서 자신들을 구경하고 있는 마인들을 보자 무소는 참기 힘든 분노를 느꼈다.

"으아아아! 모두 죽여 버리겠다!"

무소가 괴성을 지르며 마인들에게 달려들자, 혈교인들도 그제야 천마성 밖에서 자신들을 원숭이 구경하듯 바라보고 있는 마인들을 발견하고 분노해 뛰쳐나갔다.

혈영신을 상대하고도 살아남은 삼백여 명의 혈교인은 혈교인들 중 가장 무공이 뛰어난 이들이라 할 수 있었지만, 체력이 많이 소진된데다가 상처도 심해 사천여 명에 이르는 마인을 상대할 수가 없었다. 하지만 그들은 이길 수 없음을 알면서도 마인들에게 달려들었다.

마교도 혈교와 싸우며 혈영신을 깨우느라 이천여 명의 피해를 입어 사천 명밖에 남지 않았지만 혈교에 비하면 피해가 적은 편이었다.

달려오는 혈교를 향해 마교도 마주 달려갔다.

그때부터 또다시 전투가 시작됐다.

혈교의 무인들도 고수였지만 마교의 살아남은 무인들도 그에 못지않은 고수들이었다.

사천 대 삼백의 전투였지만 혈교의 기세는 사천 명이 내뿜는 마교에 전혀 뒤지지 않았다.

마교와 혈교의 전투는 한식경이 지나지 않아 끝이 났다.

모든 혈교인이 마인들 앞에 무릎을 꿇었고, 교주인 무소만
이 홀로 두 다리로 버티고 서 있었다.

무소가 이제껏 서 있을 수 있었던 이유는 그의 무공이 고강
해서이기도 하지만 옥능소가 그와의 일대일 대결을 고집했기
때문이다.

"헉, 헉……."

무소는 체력의 한계에 부딪쳤다.

마르지 않는 샘물처럼 솟아나던 내공도 언제부턴가 더 이
상 느껴지지 않았고, 금강불괴에 버금가던 신체도 도검에 베
여 피가 배어 나왔다.

"혈교주, 이제 그만 끝낼 시간인 것 같소."

옥능소가 무소를 보고 말했다.

"크크킄! 처음부터 적 선생의 말을 들었더라면 이런 일도
없었을 것을……. 모두가 나의 불찰이로구나!"

혈교인들은 모두 주검으로 변했기에 아무도 들어줄 자가
없었지만, 무소는 마치 자신의 수하들에게 하듯 말했다.

"나의 과오는 지옥에 가서 모두 갚아주도록 하겠다!"

무소가 웃음인지 울음인지 알 수 없는 목소리로 고함을 치
며 옥능소에게 달려들었다.

이미 내공이 바닥이 난데다가 체력도 소진돼 걷듯이 달려
오는 무소를 옥능소는 조용히 바라보고 있었다.

스콱!

옥능소의 검이 달려들던 무소의 목을 가볍게 가르고 지나
갔다.

툭.

무소는 달려들던 모습 그대로 목이 떨어져 나가며 그대로
바닥에 주저앉듯 쓰러졌다.

쓰러진 무소의 모습을 한동안 바라보던 옥능소는 이내 검
을 거두고 마인들과 함께 천마성으로 향했다.

第六章
증거

　운정과 무림맹 일행이 화선지교에 도착했을 때 무리맹 사람들을 바라보는 사도련 무인들의 눈빛이 곱지 않았다.

　당연한 것이, 불과 반나절 전 이들로 인해 자신들은 본거지를 버리고 이곳으로 몸을 피해야 했기 때문이다.

　아직 정일학의 정체를 증명할 만한 증거를 확인한 게 아니라 아무런 내색을 하지 않고 있지만, 무각 대사나 화산파 장로 장석영은 정일학의 정체가 이들의 말대로라면 얼굴을 들기 힘들 것이라 생각했다.

　그렇게 무각 대사와 장석영이 복잡한 생각을 하고 있는데, 한쪽 건물에서 공낙충이 걸어나왔다.

만천일은 공낙충과 무언가 전음을 주고받은 후 어디론가 사라지고, 일행의 안내는 공낙충이 맡게 됐다.

"이곳부터는 내가 여러분의 안내를 맡기로 하겠소. 건물 아래 지하석실에 증거가 있으니 가봅시다."

공낙충은 증거가 있는 곳을 짧게 설명한 후 일행을 데리고 지하석실로 향했다.

건물 내부 깊숙한 곳으로 들어가자 거대한 제단이 하나 있었다.

공낙충이 제단 아래쪽을 만지자 갑자기 거대한 제단이 옆으로 움직이기 시작했다.

제단이 옆으로 비켜나자 그 뒤로 거대한 석실의 입구가 보였다.

운정은 그제야 자신이 이곳 화선지교를 살펴보고도 아무런 이상을 발견하지 못했던 이유를 알 수 있었다.

일행은 공낙충의 안내로 제단 뒤로 이어진 석실 안으로 들어갔다.

석실은 상당히 깊게 이어져 있었는데 별다른 구조물이 없었다. 석실 내부를 밝히는 횃불과 곳곳에 마련된 작은 방이 다였다.

석실 내부의 방도 종교인들이 수도를 하는 곳 정도로 밖에 보이지 않아 별다른 점을 찾기 힘들었다.

일행은 석실로 들어설 때 무언가 대단한 걸 보게 될 것이라 기대했는데, 별다른 것이 없자 왠지 맥이 빠지는 기분이었다.

공낙충은 그런 일행의 표정을 보고 피식 웃었다.

자신도 처음 이 석실을 발견했을 때 그런 표정을 지었기 때문이다.

한참을 걸어가서야 석실의 끝이 보였다.

공낙충은 석실 끝에 위치한 방으로 일행을 들이더니 한쪽을 가리켰다.

일행은 공낙충이 가리키는 곳을 봤지만 그곳엔 아무것도 없었다.

다시 한 번 공낙충이 그곳을 가리키자 운정이 다가가 그곳을 살펴봤다. 하지만 가까이 다가가서 살펴보았는데도 별다른 이상한 점을 찾을 수가 없었다.

"그냥 벽인 것 같은데, 이곳에 뭔가 있는 겁니까?"

운정이 알 수 없단 표정으로 물었다.

"손을 대보게."

공낙충의 말에 운정은 손을 뻗어 벽을 더듬었다.

"헛!"

운정은 깜짝 놀랐다.

분명 눈으로 보면 석벽인데 손을 뻗어보니 뻥 뚫린 공간이 있었다.

놀란 운정이 안력을 돋워 자신의 손이 들어간 부분을 자세히 살펴보니, 그곳은 성인 한 명이 지날 정도의 조그만 통로였고, 안쪽의 벽과 바깥쪽의 벽이 기묘한 각도로 맞춰져 막힌 벽처럼 보였던 것이다.

운정은 이런 식으로 통로를 감추는 방법이 있을 것이라곤 생각지 못했기에 상당히 놀랐다.

같이 온 다른 일행도 놀라긴 마찬가지였다.

"들어가 보세."

공낙충이 운정에게 말하며 통로 속으로 들어갔다.

공낙충이 들어가자 일행도 따라 들어갔다.

운정과 일행은 통로 안으로 들어서고 나서야 이 지하석실의 구조가 어떻게 되어 있는지 알 것 같았다.

지하석실 아래 또 다른 지하가 한 층 더 있었던 것이다.

일행은 공낙충을 따라 지하 한 층을 더 내려갔다.

"이게 무슨 냄새입니까?"

아래층으로 내려서자 갑자기 확 하고 밀려오는 역한 냄새가 있었다. 냄새가 너무 역해 독영기가 인상을 찡그리며 물었다.

"피와 살들이 썩어서 나는 냄새다."

독영기의 물음에 공낙충은 별거 아니라는 듯 대답했다.

일행이 지독한 악취를 참으며 얼마간을 더 나아가자 꽤 넓은 공간이 나타났다.

넓은 공간 끝엔 거대한 돌로 만들어진 평상과 제단이 마련돼 있고, 양쪽으로 굵은 철심이 박혀 있는 뇌옥들이 늘어서 있었다.

운정은 돌로 만들어진 평상이 왠지 낯설지 않았다.

지난 이 년 동안 갇혀 있었던 화신동의 평상과 같은 모양이었기 때문이다. 그것보다 조금 더 크긴 하지만 전체적인 모양이 거의 흡사했다.

운정은 석실 내부가 화신동과 비슷해 크게 놀라지 않았는데, 그를 제외한 나머지 일행은 지하 아래 이렇게 넓은 공간이 있다는 것에 상당히 놀란 눈치였다.

처음 공간을 발견했을 땐 어두워서 잘 몰랐는데, 자세히 살펴보니 곳곳에 눌어붙은 핏자국과 기이하게 생긴 도구들이 한쪽 벽면을 가득 채우고 있었다.

그 도구들 역시 핏자국과 썩은 살점들이 들러붙어 있었다.

모든 도구들이 처음 보는 것이지만 그 모양과 들러붙어 있는 내용물들로 인해 무엇에 사용되는 물건인지 어렵지 않게 짐작할 수 있었다.

어린아이들을 납치해다가 생혈을 짜낼 때 쓰는 도구들이었던 것이다.

"다행히 우리가 이곳에 도착했을 땐 납치되어 온 아이들은 없었소."

공낙충의 말에 일행은 그나마 다행이라 생각했다.

"그런데 이 지하석실은 어떻게 찾은 것이오?"

장석영이 이렇게 교묘히 감춰져 있는 지하석실을 어떻게 사도련 무인들이 찾아냈는지 궁금했다.

"우리도 처음엔 이런 곳이 있을 줄은 상상도 하지 못했소. 이놈들이 어린아이들을 몇 번 납치하는 걸 이전에 몇 번 본 적은 있었지만, 당시엔 놈들이 아이들에게 무슨 짓을 하는지 몰랐고, 중원의 여러 문파에서도 제자로 키우기 위해 공공연히 자행되는 일이다 보니 놈들도 아이들을 신자로 키우려나 보다 했던 것이오. 한데 여기 영 소협이 아이들을 납치해 놈들이 이곳에서 무얼 하는지 우리에게 알려줬고, 혹시나 하는 생각에 교인들의 감시를 느슨하게 풀어봤소. 그랬더니 그중 한 놈이 감시가 소홀한 틈을 타 이쪽으로 달아나는 게 아니겠소. 마침 내가 놈이 달아나는 모습을 발견했던 터라 뒤를 쫓았고, 내려오다 이곳을 발견하게 된 것이오. 조금만 늦었어도 지하 이층으로 내려오는 통로를 발견하지 못해 놈을 놓칠 뻔했지 뭐요."

운정과 일행도 이층으로 내려오는 입구가 어떻게 생겼는지 봤기에 충분히 공감했다.

"그 증거란 것도 그자를 쫓아 이곳을 발견하면서 찾게 되었는데, 그놈이 이곳으로 도망쳐와 제일 먼저 한 게 저 제단을 불태우는 것이었소."

공낙충이 제단 앞으로 걸어가며 말했다.

"놈의 행동은 분명 알려져선 안 되는 걸 급히 없애려고 하는 행동이었소. 그래서 놈을 제압하고 서둘러 불을 꺼봤더니 제단에서 이런 게 나오지 뭐겠소."

공낙충은 제단 아래쪽에서 무언가를 꺼내 일행에게 보여 줬다. 그건 불에 타다 만 죽간과 겉표지가 가죽으로 만들어진 특이한 서책 한 권이었다.

"살펴보도록 하시오."

공낙충이 서책을 무각 대사에게 넘기며 말했다.

무각 대사는 공낙충이 건넨 서책을 살펴봤지만 겉표지가 가죽으로 만들어진 것 말곤 특이한 점이 없었다.

서책은 이곳 화선지교의 교리를 담아놓은 책 같았는데, 내용은 일반적인 종교 서적과 큰 차이가 없었다.

옆에서 지켜보던 장석영도 특이한 점을 찾지 못했는지 이게 무슨 증거냐라는 표정을 지었다.

공낙충은 그런 무각 대사와 장석영을 잠시 바라보다가 서책의 맨 뒷장을 넘겨 가죽 표지의 안쪽을 잡아당겼다.

가죽 표지 안쪽엔 서책의 숨겨진 부분이 있었다.

운정이 다가와 살펴보니 숨겨져 있던 곳에 무언가 작은 글씨로 사람들의 이름이 적혀 있었다.

그 이름들은 화선지교의 역대 교주와 주요 직책에 있던 사람들의 이름이었다.

무각 대사와 장석영은 그곳에서 정일학과 그의 부친인 정심경의 이름을 찾아낼 수 있었다. 그리고 그 이름 옆엔 본인

임을 증명하는 수결이 있었는데, 정일학 이름 옆에 남겨진 수결은 분명 무각 대사도 아는 정일학의 수결이었다.

서책엔 정일학과 정심경뿐 아니라 몇몇 다른 문파의 유명한 고수들의 이름도 있었는데, 그중 하나가 제갈세가의 가주인 제갈헌재였다.

"홍선문만 이곳에 관련된 게 아니었군요."

운정의 말에 공낙충이 고개를 끄덕였다.

"이 죽간은 무엇이오?"

서책에서 눈을 뗀 무각 대사가 공낙충에게 물었다.

"내용을 보면 자연히 알게 될 것이오."

공낙충에게 죽간을 건네받은 무각 대사는 그의 말대로 죽간이 무엇인지 금방 알 수 있었다.

죽간엔 사람의 이름과 날짜 시간이 적혀 있었는데, 아무래도 어린아이들의 생혈을 흡취하는 일을 이곳 화선지교 사람들만 한 건 아닌 것 같았다.

정일학은 자신의 세력을 넓히기 위해 강호의 중소문파나 제력가들에게 접근해 공력을 높여준다던가, 병을 낫게 해준다며 흡취를 알선했던 것 같았다.

죽간의 이름들을 살펴보던 무각 대사가 갑자기 눈을 부릅뜨더니 손을 부들부들 떨었다.

죽간 속에 소림의 속가제자 이름도 포함되어 있기 때문이었다. 공낙충은 그런 무각 대사의 변화에 짧게 한숨을 쉬었다.

지하석실을 빠져나온 무각 대사와 장석영은 한동안 아무런 말도 하지 않았다.

지금껏 무림맹의 맹주라 믿어왔던 정일학이 이런 말도 안되는 파렴치한 짓을 저질렀고, 자파의 제자뿐 아니라 강호 곳곳의 문파나 제력가들도 얽혀 있었기 때문이다.

자신들이 앞으로 어떻게 해야 할지 갈피를 잡기 힘들었다.

일행이 한동안 말없이 쉬고 있는데, 건물 한쪽에서 만천일이 다가왔다.

"모두 여기 있었군. 한참이나 찾아다녔지 않소? 그래, 그 증거란 건 구경 잘했소?"

만천일은 무각 대사와 장석영의 떨떠름한 얼굴을 봤는지 능글맞게 물었다.

자신의 질문에 무각 대사와 장석영이 대답없자 만천일이 피식 웃으며 말했다.

"련주님이 그대들을 만나보고 싶어하오. 괜찮다면 같이 갑시다."

만천일의 말에 장석영이 돌아봤다.

"사도련의 련주가 우리를 만나보고 싶어한단 말이오?"

무각 대사나 장석영의 입장에선 의외였다.

진무황은 이십 년 전 일차정마대전 때 정파인들의 합공을 받고 몸이 상한 후 한 번도 강호에 모습을 드러낸 적이 없는 사람이다.

이곳에 모여 있는 사도인 중 정도인에게 가장 많은 한이 맺혀 있는 인물이었다.

그런 사람이 자신들을 보자고 하니 의아했다.

"여기까지 와서 주인의 초대를 거절하는 것은 예가 아닌 것 같으니 만나 봅시다."

무각 대사가 장석영에게 말했다.

"그, 그럽시다."

무각 대사가 만나보겠다니 장석영도 따라나설 수밖에 없었다.

"자네들도 따라오게."

두 사람이 련주를 만나겠다고 하자 만천일은 운정과 독영기에게도 따라오라고 한 뒤 일행을 데리고 련주가 머무는 곳으로 향했다.

*   *   *

전호문에서 운정과 헤어진 자룡단과 영옥 자매는 감숙으로 향했다. 운정이 추적자를 쫓아가며 영호세가에서 만나자는 서신을 남겼기 때문이다.

자룡단이 영호세가에 도착했을 땐 한창 세가를 재건하느라 바쁜 시기였다.

관진은 운정이 남긴 서신을 들고 영호우겸을 찾아나섰다. 영호우겸은 관진으로부터 운정의 서신과 자신들이 이곳을 찾은 이유를 듣게 되자, 마치 운정을 다시 만난 듯 반갑게 맞았다.

운정의 동료가 세가를 찾아왔다는 소식에 영호헌과 영호예인도 찾아와 인사를 나눴다.

관진은 운정의 소식을 궁금해하는 영호세가 사람들에게 그간의 이야기를 들려주었다.

이 년 동안 갇혀 지냈던 화신동 이야기에서부터 이곳으로 향하던 중 겪었던 일들이다.

영호우겸은 관진의 이야기가 진행되는 내내 놀랍다는 표정을 지었다. 이윽고 이야기가 끝이 나자 지금껏 가장 궁금했던 점을 물었다.

"관 대협의 말은 정말 운정이 절정의 고수가 되었단 말입니까?"

영호우겸을 비롯한 세가 사람들은 정말 운정이 소문의 그 운정인지가 궁금했다.

"이미 절정의 경지를 넘어 초절정의 경지에 들어선 걸로 알고 있습니다."

"허……."

관진의 대답에 영호우겸뿐만 아니라 영호헌과 영호예인까지 놀란 표정을 지었다.

그동안 운정을 찾아다니며 무수한 소문들을 접할 수 있었다.

검왕의 진전을 이어 남가장에 백운심공을 전해주었다는 소문에서부터, 단신으로 대천대를 물리쳤다는 이야기까지. 다양하고도 괴이했다.

한데 그 모든 소문들은 도저히 자신들이 아는 운정의 이야기라곤 믿기 힘든 것들이었다.

영호우겸은 그런 소문들을 들을 때마다 운정과 같은 이름을 가진 동명의 다른 사람이라고 생각했다.

한데, 오늘 관진의 말을 들어보니 소문의 운정이 자신이 아는 그 운정이 맞았던 것이다.

"운정이 세가를 떠난 지 고작 삼 년 남짓인데, 그 짧은 시간에 초절정고수가 되었다니……. 도저히 믿어지지가 않는군요."

관진이 운정의 무공을 확인시켜 줬지만 여전히 영호헌은 믿기 힘들다는 표정을 지었다.

"크크, 운정의 머리에서 허연 뿔이 튀어나오는 걸 보게 되면 믿고 싶지 않아도 믿게 되실 겁니다."

감진광은 운정의 정수리를 뚫고 튀어나오던 음양종선검이 생각났는지 낄낄거리며 말했다.

원영은 분위기 파악 못하고 낄낄거리는 감진광의 옆구리를 팔꿈치로 찌르며 눈치를 줬다.

"그런데, 삼 년 전 마교의 습격으로 인해 세가가 완전히 불타 없어졌다고 들었는데, 오늘 보니 모두 불타 없어진 건 아니었던가 봅니다?"

관진은 분명 운정으로부터 세가가 완전히 불타 사라졌다고 들었는데, 오늘 찾은 영호세가는 꽤나 많은 건물들이 남아 있었다. 그뿐 아니라 세가 곳곳에 어린 제자들의 모습도 눈에 띄었다.

영호우겸은 고개를 저으며 자신들이 지난 삼 년간 어떻게 지냈는지를 간략히 들려주었다.

영호세가의 가주였던 영호우청이 마교의 습격으로 죽게 되자, 소가주였던 영호헌이 새로운 가주가 되었다.

세가 사람이라고 해봤자 영호가의 생존자 세 사람밖에 없었지만, 영호헌은 세가를 예전의 모습으로 돌려놓겠다는 당찬 포부를 가지고 있었다.

그래서 가주가 된 후 가장 먼저 한 일이 가지고 있던 전답을 모두 팔아 불에 타 사라진 세가를 다시 일으키는 일이었다.

세가가 무너진 후 경제적인 상황이 좋지 않아 건물을 새로 짓는 일도 힘들었지만, 영호예인의 사문인 공동파와 운정에게 신세를 졌던 남가장에서 물심양면으로 지원을 해줘 규모는 작지만 무림세가의 모습을 다시금 살릴 수 있었다.

최근엔 어린 고아들이나, 옥평의 젊은 기재들을 제자로 맞아 세가의 부흥을 꾀하고 있는 참이었다.

"그동안 고생이 많으셨겠습니다."

"주변 분들이 많이 도와줘 힘든 줄 몰랐습니다."

영호우겸은 웃으며 말했다.

지난 삼 년간 이루 말로 다 표현할 수 없는 고생을 했지만 지나고 나니 그 모두가 추억이 되었다.

자룡단은 그날부터 세가의 손님 자격으로 운정이 돌아올 때까지 머물게 됐다.

영호세가는 삼 년간의 노력으로 일부나마 세가의 모습을 재건했지만 여전히 손볼 곳이 많았다.

영호가의 사람들은 낮엔 어린 제자들에게 무공과 학문을 가르치고, 밤엔 그들과 함께 아직 미흡한 곳의 보수공사를 했다.

자룡단은 영호우겸이 삼 년간의 노력으로 세가를 재건했다기에 운정이 도착할 때까지 편히 쉬며 그를 기다리면 될 줄 알았다.

한데 영호가 사람들이 어린 제자들과 함께 밤낮없이 세가의 건물들을 수리하고 보수하는 모습을 보이니 마냥 눈치없이 쉬고만 있을 수는 없었다. 그래서 관진은 영호우겸에게 자신들도 수리를 돕겠다고 말했다.

한데, 영호우겸은 세가의 손님에게 일을 시킬 수 없다며 펄쩍 뛰었다.

세가의 어린 제자들이야 앞으로 그들이 세가를 짊어지고 가야 하니, 세가를 재건하는데 힘을 보태는 게 교육의 의미가 있었지만, 영호가가 아무리 어려워도 손님의 손을 빌릴 정도로 염치가 없진 않다는 게 이유였다.

영호우겸은 걱정 말고 편히 쉬라고 했지만, 어린 제자들까지 밤낮없이 일을 하는 마당에 사지 멀쩡한 자신들이 놀고 먹는 게 영 편치가 않았다. 그래서 영호우겸에게 자신들의 그런 입장을 설명하고 같이 일할 수 있도록 허락을 받았다.

처음엔 그저 놀고 먹는 게 눈치가 보여 시작한 일이었는데, 조금씩 바뀌어가는 세가의 모습에 어느덧 재미가 들려 마치 처음부터 세가의 식솔이었던 것처럼 적극적으로 참여하게 됐다.

그렇게 밤낮없이 일을 도우며 영호세가 사람들과 부대끼다 보니, 자룡단과 영옥 자매는 그들과 상당한 친분을 나누게 되었다.

관진과 영호우겸은 나이 차가 크지 않은데다가 성격까지 잘 맞아 어느덧 의형제를 맺게 되었다.

영호헌과 다른 자룡 단원들도 하루 종일 같은 곳에서 일을 하며 부대끼다 보니 격의없이 지낼 정도로 친해졌다.

영옥 자매와 영호예인도 여자들만의 우정을 나누며 그렇게 영호세가에서 운정을 기다렸다.

자룡단과 영옥 자매가 영호세가에 머문 지 한 달여가 지났지만 운정에겐 선 아무런 소식이 없었다.

영호우겸은 운정에게 무슨 일이 있는 게 아닌지 걱정했지만, 관진과 자룡단은 운정의 무공실력을 알고 있었기에 걱정하지 말라고 했다.

그러던 어느날 구무현으로부터 한 통의 서신이 도착했다.

운정이 정주에 있으니 그곳으로 와달라는 내용이었다.

그날 밤 관진은 의형인 영호우겸에게 정일학과 홍선문에 대해 이야기하며 운정이 현재 무엇을 하고 있는지 설명했다.

영호우겸은 운정이 도대체 무얼 하느라 세가로 돌아오지 않고 강호를 떠도는지 내심 궁금했었는데, 사연을 듣고 보니 전혀 생각지도 못했던 놀라운 이야기였다.

"자네 말은 운정이 맹주, 아니, 정일학의 뒷조사를 위해 정주에 가 있단 말인가?"

"네, 서신에 자세한 내용은 나와 있지 않지만 저희를 부르는 걸 보니 꽤 많은 정보를 모은 듯합니다. 그래서 정주로 가야 할 것 같습니다."

"정주로 떠난다고? 언제 떠날 생각인가?"

"날이 밝는 대로 떠날 생각입니다."

"허, 그렇게 일찍 말인가?"

"네, 미리 가서 준비를 좀 해야 할 것 같습니다."

날이 밝는 대로 떠난 다는 관진의 말에 영호우겸은 못내 아쉬운 표정을 지었다.

잠시 아무 말 없이 무언가를 생각하는 듯하던 영호우겸이 말했다.

"아우, 나도 함께 가세."

"네?"

갑자기 영호우겸이 자신들과 함께 정주로 가겠다 하자 관진은 깜짝 놀랐다.

"세가는 어쩌고 저희와 함께 가겠다는 말입니까? 그리고 이번 일은 목숨을 내놔야 할지도 모를 만큼 위험한 일입니다."

"세가의 정리는 거의 끝난 상태니 이제부턴 헌아 혼자서도 충분히 꾸려갈 수 있네. 나는 이번 기회에 꼭 운정이를 만나 보고 싶네."

영호우겸은 삼 년간 변한 운정의 모습을 자신의 눈으로 꼭 확인해 보고 싶었다.

"저희야 형님 같은 고수가 함께 간다면 오히려 고마운 일이지만, 가주가 허락하겠습니까?"

"허락? 내가 세가를 잠시 떠나는 일조차 헌아에게 허락을 받아야 할 사람으로 보이는가?"

"그건 아니지만……."

"자네가 염려하는 게 뭔지 잘 아네. 다 생각이 있어서 그런 것이니 너무 염려하지 말게."

"알겠습니다. 한데, 형님은 언제까지 가주의 이름을 그렇게 막 불러댈 겁니까?"

관진은 영호헌이 영호우겸의 조카라지만 엄연히 현 세가의 가주인데 이름을 함부로 부르는 건 아닌 것 같았다.

"헛, 누가 보면 자네가 세가 사람인 줄 알겠네."

"그렇습니까? 하하하."

관진은 자신이 보기에도 짧은 시간 영호세가란 곳에 많은 정을 준 것 같았다.

자신뿐 아니라 자룡단과 영옥 자매 모두 짧은 시간 이곳에서 지냈지만 정이 많이 들었다.

생각지도 않게 정이 든 곳이지만 자신들은 앞으로 해야 할 일이 많기에 아쉬움을 뒤로하고 떠나야 했다.

관진은 묘시 말에 세가 정문에서 만나기로 하고 자신의 방으로 돌아갔다.

묘시 말 영호세가 정문에 한 무리의 사람들이 모여 있었다. 그들은 정주로 떠날 채비를 마친 자룡단과 영호우겸, 그리고 영옥 자매였다.

한데 그들은 여행을 떠날 준비를 마쳤음에도 한동안 정문을 떠나지 못하고 있었다.

"위험하니 세가에 남아 있으래도 그러느냐?"

"숙부, 저도 따라가게 해주세요."

어떻게 알았는지 일행이 떠나려는데 영호예인이 찾아와

함께 가겠다고 떼를 썼다.

"이게 여행이라면 당연히 너를 데려가겠다만, 지금 우리가 가는 곳은 목숨을 장담키 어려운 곳이다."

"괜찮아요. 저도 제 몸 하나쯤은 충분히 지킬 실력이 된다고요."

영호예인이 자신의 허리춤에 매달려 있는 검을 손으로 잡으며 말했다.

영호우겸은 영호예인의 무공실력을 잘 알고 있었다. 하지만 왠지 이번 여행은 함께하는 게 내키지가 않았다.

영호우겸은 영호예인을 두고 가려 했지만, 혼자서라도 정주로 가겠다고 떼를 쓰니 끝내 동행을 허락하고 말았다.

"대신, 숙부 곁에서 한시도 떨어지지 않겠다고 약속하거라."

약속하는 건 어려운 일이 아니었기에 영호예인은 냉큼 그러겠다고 약속했다.

영호우겸은 영호예인의 약속이 미덥지 않았지만 이미 같이 가기로 허락을 한 터라 어쩔 수 없었다.

그저 정주에 도착한 후 위험한 일이 벌어지지 않길 바랄 뿐이었다.

영호예인이 굳이 정주까지 따라가려는 이유는 그동안 정이 들었던 영옥 자매와 떨어지는 게 아쉬워서이기도 했지만, 결정적인 이유는 자신에게 유구초를 구해다 준 운정을 만나

직접 고맙다고 인사를 하고 싶어서였다.

영호우겸도 자신과 같은 생각을 가지고 있는지는 모르겠지만, 영호예인은 왠지 운정이 다시는 세가로 돌아오지 않을 것 같은 생각이 들었다.

그리고 이번 기회를 놓치면 영영 운정과 만날 기회가 없을 것도 같았다.

어쨌든 영호예인의 합류가 결정되자 일행은 큰 마차 한 대와 튼튼한 말 두 필을 구해 정주로 향했다.

여행 중 관진 일행은 중간에 산적을 한 번 만났지만, 그 외엔 딱히 이렇다 할 위험없이 무사히 정주에 도착할 수 있었다.

정주에 도착한 관진과 자룡단은 근처 객점에 자리를 잡고 구무현을 불러냈다.

혹, 정일학이 구무현을 지켜보고 있을지 알 수 없었기에 자신들이 묵는 객점으로 불러낸 것이다.

객점에 도착한 구무현은 자룡단과 반갑게 인사를 나눴다.

"어서 오십시오. 이 년 만에 뵙는데 여전하십니다."

웃으며 인사하는 관진을 바라보는 구무현의 얼굴에 안타까움이 스쳤다.

"자네들 이 년 동안 화신동이란 굴에 갇혀 있었단 얘긴 들었는데…… 정말 많이 변했군."

화신동을 나온 지 꽤 오랜 시간이 지났지만 여전히 자룡단과 영옥 자매의 모습은 일반인에 비해 좋지가 못했다. 그나마 영호세가에서 한 달여를 보내며 규칙적인 생활을 해 상당히 나아진 편이었다.

구무현과 인사를 나눈 관진은 옆에 서 있던 영옥 자매와 영호가 사람들을 소개했다.

"반갑습니다. 무림맹에서 집법당주를 맡고 있는 구무현이라고 합니다."

구무현의 인사에 영옥 자매와 영호세가 사람들도 마주 인사를 했다.

서로 간의 인사가 끝나자 구무현은 그동안 자신이 모은 정보와 운정을 통해 알게 된 정보를 일행에게 들려주었다.

이야기가 진행되는 내내 일행의 표정이 좋지 않았다.

"구형의 말은, 정일학이 당장 오늘이라도 음모를 실행할 수 있다는 말입니까?"

정일학의 음모를 구체적으로 알게 된 관진이 놀라 물었다.

"그렇다고 봐야 하네."

"그럼 앞으로 어떻게 하실 생각입니까?"

"며칠 전 여동에 도착했다는 단 소협의 서신이 왔네. 조만간 그곳의 화선지교를 조사해 보겠다 했으니 다음 서신이 올때까지 조금 더 기다려 볼 생각이네."

구무현은 운정의 서신을 기다리며 언제든 움직일 수 있는 준비를 해놓자고 했다.

자룡단과 영호가 사람들은 정일학의 음모가 이 정도로 진행되었음을 알지 못했었기에 구무현의 이야기가 큰 충격으로 다가왔다.

하지만 구체적인 증거가 없는 마당에 섣불리 움직일 수는 없었기에 운정이 화선지교에서 증거를 찾아오길 기다리는 수밖에 없었다.

"오랜 여행으로 피곤할 테니 이만들 쉬고, 남은 이야기는 내일 마저 합시다."

구무현이 자리에서 일어나자 일행 모두가 일어섰다.

"앞으로 자주 보게 될 테니 너무 예를 차리지 않으셔도 됩니다."

구무현이 웃으며 말했다.

"아참, 그리고 객점에서 오래 지내는 건 좋지 않을 것 같아 인근에 조그만 장원을 하나 구해놓았네. 내일 오전 중으로 사람을 보낼 테니 그곳으로 거처를 옮기도록 하게."

관진과 일행은 구무현의 생각지도 않은 배려에 고마워하며 내일을 기약하고 헤어졌다.

다음날 일행은 구무현이 마련한 장원으로 거처를 옮겼다.

장원은 규모는 작았지만 상당히 청결하고 아늑한 분위기를 풍겼다.

영옥과 영영은 장원의 분위기가 예전 자신들의 집이었던

오설 약방과 닮아 있어 매우 마음에 들어했다.

일행이 장원으로 거처를 옮기고 일주일의 시간이 지났다.

그간 구무현은 수시로 장원을 찾아와 현재 강호의 정세와 정일학, 홍선문의 움직임에 대해 이야기해 줬지만 아직까지 운정의 소식은 없다고 했다.

일주일이 지나고 열흘째가 되자 일행은 운정에게 무슨 일이 있는 게 아닌지 걱정하기 시작했다.

"연락이 늦는 데는 분명 그럴 만한 이유가 있어서일 것이오. 그러니 너무 걱정들 하지 마시오."

구무현은 별일없을 거라며 불안해하는 일행을 다독였지만 불안감은 사라지지 않았다.

"아무래도 이 작은 장원에 갇혀 지내다 보니 더 그런 것 같소. 이참에 시내에 나가 바람이라도 한번 쐬고 오는 게 어떻겠소?"

구무현의 제안에 관진은 그러겠다고 했다.

운정의 연락이 없자 영옥 자매가 특히 불안해했는데, 그들의 불안을 조금이라도 떨치려면 구무현의 제안대로 바람을 쐬고 오는 게 좋을 것 같았다.

그날 저녁 일행은 밖에서 식사를 하기로 하고 모두가 함께 시내로 나섰다.

일행은 구무현의 배려로 정주에서 가장 유명한 등천객점(謄天客店)에서 식사를 할 수 있었다.

등천객점은 입구에서부터 휘황찬란한 장식들이 가득했는데, 영옥 자매는 태어나서 이렇게 크고 화려한 음식점은 처음이었다.

"저희를 위해 이렇게 신경을 써주셔서 정말 감사합니다."

영호우검이 일행을 대표로 구무현에게 인사를 했다.

"별것 아닙니다. 그저 오늘의 식사가 조금이나마 여러분의 기분 전환에 도움이 되었으면 하는 바람입니다."

등천객점은 유명한 만큼 요리도 훌륭했고 분위기도 좋았다.

처음엔 너무 큰 음식점이라 조금 불편한 감이 없잖아 있었는데, 시간이 지나 적응이 되자 내 집처럼 편안한 기분을 느낄 수 있었다.

등천객점이 달리 유명한 게 아니었다.

일행은 편안함 속에 웃고 떠들고, 술과 요리를 함께하자 불안한 마음을 일부나마 털어낼 수 있었다.

"구 형 덕에 일행 모두 기분 전환이 된 것 같아 정말 고맙습니다."

관진이 낮은 목소리로 고맙다고 하자 구무현은 그저 웃기만 했다.

그렇게 시간이 흘러 술시 말이 되자 일행은 다음에 또 기회를 만들기로 하고 자리에서 일어났다.

"그런데 영영은 어디 있느냐?"

영호우겸이 자리에서 일어나다 영영이 보이지 않자 물었다.

"좀 전에 배가 아프다며 변소에 갔으니 곧 돌아올 거예요."

영옥이 곧 돌아올 것이라고 대답했지만 영영은 일다경이 지나도록 돌아오지 않았다.

"제가 한번 가볼게요."

일행 모두 영영이 돌아오지 않아 자리에서 일어서지 못하고 있는 터라 영옥이 나섰다.

영옥은 객점 한 켠에 위치한 변소로가 영영을 찾았지만 영영의 모습은 보이지 않았다.

"혹시 이곳에 열두 살 남짓한 홍색 경장을 입은 여자 아이 못 보셨어요?"

영옥은 혹시나 하는 생각에 근처 관리인에게도 물어보았지만 영영을 보지 못했다고 했다.

변소에서 영영을 찾지 못한 영옥은 주변 사람들을 붙들고 영영의 행방을 물었지만 아무도 본 사람이 없었다.

"영영이 없어졌어요!"

객점으로 돌아온 영옥이 사색이 돼 말하자, 놀란 일행은 객점 곳곳을 살피며 영영을 찾아 나섰다. 하지만 반 시진 넘게 찾아다녔음에도 영영의 모습은 그 어디에서도 보이지 않았다.

"찾아볼 만한 곳은 이미 다 찾아봤는데, 영영은 이곳에 없는 것 같습니다."

원영의 말에 관진이 잠시 생각을 하는 듯하더니 이내 말했다.

"혹, 영영이 혼자 장원으로 돌아갔거나 돌아올 수 있으니, 형님은 설 소저와 영호 소저를 데리고 장원으로 돌아가시는 게 나을 것 같습니다. 저와 아우들은 주변을 좀 더 살펴보고 가도록 하겠습니다."

관진의 말에 영호우겸은 영호예인과 영옥을 데리고 장원으로 돌아갔다.

영호가 사람들이 장원으로 돌아가자 관진이 구무현에게 물었다.

"형님, 근처에 하오문이 있습니까?"

"한 곳 있긴 하네만… 설마 그곳에서 영영의 행방을 찾아볼 셈인가?"

"혹, 납치를 당했을 수도 있으니 한번 알아보는 게 좋을 것 같습니다."

관진의 말을 듣고 보니 하오문에 한번 알아보는 것도 괜찮은 방법 같았다.

영옥과 영영이 비록 고아에 떠도는 처지였지만, 영호예인의 옷을 물려 입어 차림새만 본다면 부잣집 외동딸로 보일 정도였다.

오늘도 간만의 외식이라 홍색 경장을 예쁘게 차려입고 나왔으니, 근처 파락호들이 납치했을 가능성도 있었다.

그뿐 아니라 하오문에서 영영을 납치해 근처의 기루에 팔았을 수도 있었다.

구무현은 관진의 말뜻을 이해하고 일행을 근처 하오문 지부로 안내했다.

"아니, 이런 늦은 시간에 무림맹의 집법당주께서 어인 일이십니까?"

구무현이 하오문을 방문한 게 이번이 처음은 아닌 듯 지부장이 직접 나와 맞았다.

"오랜만이네. 한 가지 알아보고 싶은 게 있어 찾아왔네."

"무엇을 알고 싶으십니까?"

"자네와 나의 인연이 짧지 않으니 부디 숨김없이 말해주면 좋겠네."

"그러겠습니다."

지부장은 구무현의 표정이 심상치 않자 절로 긴장하며 답했다.

"최근 어린 여자 아이를 납치한 일이 있지 않나?"

"어린아이 납치 말입니까?"

어린아이 납치란 말에 지부장은 깜짝 놀라 되물었다.

최근 강호에 어린아이 납치 일로 시끄러운데 구무현이 자신을 찾아 그리 묻자 당황한 것이다.

"당주님도 잘 아시잖습니까? 최근 납치 사건이 불거진 이후 저희 하오문에서 더 이상 아이들을 거래하지 않는다는 걸 말입니다."

구무현도 알고 있었다.

처음 여자 아이들이 중원 각지에서 사라졌을 때 흑도방파와 사파를 제외하고 가장 먼저 의심받은 곳이 이곳 하오문이었다.

하오문 자체가 중원의 최하위층 계급이 모여 만들어진 조직이다 보니, 기녀나 하인의 수급을 위해 꾸준히 아이들을 납치하거나 돈으로 사들였던 것이다.

하나, 최근 여자 아이들 납치 사건이 전 중원을 떠들썩하게 만든 이후 하오문은 어린아이들을 더 이상 납치하거나 사들이지 않았다. 혹여나 자신들이 덤터기를 쓸 수도 있었기 때문이다.

특히나 하오문 정주 지부는 무림맹의 관할권 내에 있기에 더욱 조심을 하던 참이었다.

"자네들에게 납치했냐고 묻는 게 아니네. 근처에 그런 짓을 할 만한 놈들이 있거나, 예전에 했던 놈들이 있는지를 알아봐 달라는 것이네."

구무현이 자신들을 의심하고 온 건 아닌 듯하자 지부장의 파리해졌던 얼굴색이 정상으로 돌아왔다.

"예전에야 저희 하오문을 비롯해 여러 곳에서 그러한 일들을 했었습니다만, 최근 강호정세가 이리도 시끄러운데 그런 일을 할 만큼 간덩이가 부은 놈들이 있겠습니까?"

"조직이 아니라도 괜찮네. 그런 일을 할 만한 놈들이 없나 잘 생각해 보게."

구무현이 다시금 묻자 지부장은 잠시 생각에 빠졌다가 뭔가 생각나는 게 있는지 고개를 들었다.

"아, 그러고 보니 한 곳 의심이 가는 곳이 있습니다. 최근 아양교(峨梁橋) 인근에 질 나쁜 녀석들이 모여 만든 충천회(忠天會)라는 조직인데, 돈이 되는 일이면 살인도 마다하지 않는 놈들입니다. 놈들 딴엔 자신들이 정사지간의 문파라고 떠들고 다니는데 일개 파락호보다도 못한 놈들입니다. 보통은 취객을 상대로 시비를 걸어 돈을 뺏거나 청부폭력을 일삼는데, 놈들의 무공이 꽤나 고강해 저희 하오문에서도 딱히 대처를 하지 못하고 있는 실정입니다. 만약 인근에서 어린아이를 납치하는 일이 있었다면 놈들일 확률이 가장 높습니다."

"충천회라……. 놈들에 대해 조사한 정보가 있는가?"

"최근 놈들이 이것저것 골치 아픈 일들을 벌이고 다녀 조사해 놓은 게 있긴 합니다만, 자세하진 않습니다."

"그거라도 좋으니 정보를 주게."

"알겠습니다."

지부장은 수하를 시켜 충천회를 조사해 놓은 정보를 가져오게 했다.

지부장으로부터 정보를 건네받은 구무현이 물었다.

"설마, 하오문에서 처리하기 껄끄러워 나에게 떠넘길 심산으로 놈들을 지목한 건 아니겠지?"

"저희 하오문이 더럽고, 추잡한 일을 하지만 정보의 거래에 대해선 깨끗한 걸 잘 아시잖습니까? 만에 하나 제가 그런 불손한 생각을 품고 건넨 정보라면 차후 그에 합당한 벌을 받겠습니다."

구무현도 하오문이 정보의 거래에 대해서만큼은 개방 못지않게 깨끗함을 잘 알고 있었기에 피식 웃고는 자리에서 일어났다.

"지금은 현금을 가진 게 없으니 내일 날이 밝는 대로 나를 찾아오게."

"아닙니다. 그간 당주님이 저희 뒤를 봐주신 게 얼만데 그깟 반쪽짜리 정보로 돈을 받겠습니까? 그리고 놈들이 이곳에서 사라진다면 저희도 골치 아픈 일이 하나 줄어드는 것이니 서로 주고받은 셈치는 게 좋을 것 같습니다."

"반쪽짜리 정보라도 정보는 정보인 거지. 잔말말고 내일 사람을 보내게."

구무현은 지부장이 정보료를 받지 않겠다고 하는데도 끝끝내 정보료를 지급하겠다며 하오문 지부를 나섰다.

"구 형, 제대로 된 정보도 아닌 듯한데 굳이 돈을 낼 필요가 있습니까?"

하오문 지부를 나서며 관진이 물었다.

"그런 소리 말게. 이런 일일수록 주고받음이 명확해야 하는 법이네. 이번 한 번으로 저들과의 거래가 끝이라면 그럴 수도 있겠지만, 이후 계속적인 거래를 할 생각이라면 적당한 가격을 쳐주는 게 앞으로를 위해 나은 선택이네."

"구 형은 앞으로도 저들과 거래를 계속할 셈입니까?"

"흠, 자네는 저들의 겉모습만 보고 꽤나 우습게 생각하는가 본데, 내가 정일학의 뒤를 캐며 가장 도움을 많이 받은 곳이 바로 저 하오문일세. 중원의 정보에 가장 능통한 곳이 개방이라지만, 뒷골목 세계의 정보에 가장 능통한 곳은 바로 저 하오문일세. 그리고 세간에 드러나지 않은 정보는 뒷골목으로 더 많이 모여드는 법일세."

구무현의 말에 관진은 그런가 보다 하고 생각했다.

구무현과 자룡단은 하오문 지부에서 얻은 정보를 보고 충천회를 찾아 나섰다.

충천회는 아양교 건너의 빈민촌 깊숙한 곳에 위치해 있었는데, 지부에서 얻은 정보에 간단한 약도가 그려져 있어 어렵지 않게 찾을 수 있었다.

"이제 어떡하죠?"

충천회를 찾아왔는데, 이후 어떻게 할 것인지 원영이 관진에게 물었다.

"당연한 걸 묻긴 왜 묻냐? 어차피 치워야 할 쓰레기 같은 놈들이니 그냥 쳐들어가서 아작을 내놓으면 되지."

감진광이 별걸 다 묻는다는 식으로 대답했다.

원영이 한심하단 표정을 지었지만 관진과 구무현은 충천회 같은 조직을 상대할 땐 감진광 같은 무식한 방법이 정공법임을 잘 알고 있었다.

　관진은 구무현도 감진광의 방법을 맘에 들어하는 듯하자 일단 놈들을 제압하기로 했다.

　"진광 말대로 일단 놈들을 제압한 후 영영에 대해 알아내도록 할 것이다. 그러니 원영은 아무도 빠져나가지 못하게 입구를 지키도록 하고 진광이 앞장서도록 해라."

　감진광은 관진이 자신의 의견을 따른다니 원영에게 득의만만한 미소를 보였다.

　"소란을 피워 좋을 것 없으니 최대한 놈들을 빨리 제압하도록 해라."

　관진의 신호와 함께 일행은 충천회가 모여 있는 건물로 뛰어들어 갔다.

　충천회 입구를 지키던 두 명의 사내는 갑자기 웬 사내들이 달려들자 깜짝 놀라 들고 있던 박도를 휘둘렀다.

　"뭐, 뭐냐? 컥!"

　"헉!"

　하지만 그들은 외마디 비명과 함께 몸이 굳어 움직일 수가 없었다.

　원영이 박도를 휘두르는 두 사내의 마혈을 제압해 버린 것이다.

원영이 두 사내를 제압하는 사이 나머지 일행은 충천회 건물 안으로 들어섰다.

　일행이 건물 안으로 들어서자 휴식을 취하고 있던 한 사내가 일행을 발견하고 소리쳤다.

　"적이다!"

　그 소리에 곳곳에서 휴식을 취하고 있던 충천회 무인들이 달려왔다.

　그들은 일개 파락호라 보기엔 상당한 무공을 지니고 있었지만, 자룡단이나 구무현의 실력을 감당할 정도는 아니었다.

　순식간에 충천회 무사들은 자룡단에 의해 제압당했다.

　"충천회 회주가 누구냐?"

　감진광이 제압된 무사들을 보고 물었다.

　"내가 충천회 회주인 주일평이오."

　건물로 들어섰을 때 가장 먼저 만난 사내가 충천회의 회주였다.

　"처음 보는 얼굴인데, 우리와 무슨 원수가 졌다고 이런 일을 벌이는 것이오?"

　"닥쳐! 살기 어려운 사람들 피 빨아 먹고사는 거머리 같은 것들이 어디서 함부로 주둥이를 놀려! 죽고 싶으냐? 이제부터 묻는 건 우리고 너희는 대답만 하면 된다!"

　충천회의 회주란 사내가 억울하다는 듯 묻자 감진광이 호통을 쳤다.

회주는 내기가 실린 감진광의 호통에 놀라 순간 정신을 잃을 뻔했다.

"묻겠다. 등천객점에서 납치한 아이는 어디 있느냐?"

감진광은 다짜고짜 납치한 아이가 어디 있냐고 물었다.

충천회 회주는 감진광의 두서없는 말을 알아들을 수 없다는 표정을 지었다.

"나, 납치라뇨? 저희는 납치 같은 걸 한 적이 없습니다.

"흠, 역시 좋은 말로 해선 답을 얻을 수 없다는 말이로군."

말이 끝나기 무섭게 감진광의 발이 충천회 회주의 입에 틀어박혔다.

"커억!"

충천회 회주의 입에서 붉은 핏물과 함께 부서진 이 서너 개가 함께 흘러내렸다.

"다시 한 번 묻겠다. 납치한 아이는 어디 있느냐?"

"모, 모르니다."

충천회 회주는 턱에도 충격을 받았는지 제대로 된 발음을 하지 못했다.

"버러지 같은 놈. 더 맞아야 실토를 하겠다 이거지!"

말을 끝내기 무섭게 감진광은 충천회 회주를 인정사정없이 구타하기 시작했다.

관진은 이런 파락호를 상대할 땐 거친 성격을 지닌 감진광이 제격인 듯해 건물로 들어선 후 모든 일을 감진광에게 맡졌다.

관진의 의도가 잘 들어맞아 감진광의 포악하게 생긴 얼굴과 거친 구타에 충천회 무인들은 모두 몸을 떨었다.

감진광이 다짜고짜 납치한 아이가 어디 있냐고 물은 것도 이들에게 공포를 심어줘, 이들이 납치를 하지 않았더라도 납치했을 법한 누군가를 지목하게 만들기 위해서였다.

이들에게 다른 조직의 정보를 얻게 되면 또 그곳에서 같은 일을 반복할 것이다.

관진은 영영의 행방을 알 만한 정보가 전혀 없는 현 상황에서 무식한 방법이긴 하지만 인근의 파락호들을 모두 만나보면 반드시 실마리를 잡을 수 있을 거라 생각했다.

감진광의 구타에 의해 충천회의 회주는 정신을 잃고 말았다.

감진광은 회주가 기절하자 그 옆에 있는 자에게 똑같은 질문을 하고 구타를 가했다.

"자, 잠깐만 기다려 주십시오!"

다섯 명의 사내가 기절을 하고 여섯 명째 구타를 가하려는데, 한 사내가 잠시만 기다려 달라고 소리쳤다.

"뭐냐? 할 말이 있거든 냉큼하도록 해라!"

감진광이 씩씩거리며 말하자 사내는 잔뜩 주눅이 들어 말했다.

"등천객점에서 누가 아이를 납치했는진 알지 못하지만 짐작 가는 곳이 한곳 있긴 합니다."

"그곳이 어디냐?"

"저 아래 수현(水顯) 마을에 있는 오양회(烏養會)입니다. 그들이 두 시진 전 등천객점 인근을 배회하는 모습을 봤습니다."

두 시진 전이라면 일행이 한참 객점에서 즐거운 시간을 보내고 있을 때였다.

"그들을 지목하는 이유가 무엇이냐?"

"그들과 저희 충천회는 아양교를 기준으로 서로의 구역을 나눠 갖고 있습니다. 이 년 전 서로의 구역을 나눈 후 한 번도 침범한 적이 없었는데, 오늘 놈들이 저희 구역을 침범해 비상이 걸려 있던 참입니다. 놈들이 아이를 납치를 했는지 안 했는지는 확실하지 않지만, 이 년간 지켰던 서로의 구역을 침범했으니 충분히 의심할 만하다고 생각됩니다."

"이 년간 지켰던 구역을 침범해 등천객점 인근을 배회했단 말이지?"

"그렇습니다."

감진광이 관진을 돌아봤다.

그 오양회란 곳으로 갈 것인지 아니면 이놈들을 더 족쳐 볼 것인지를 묻는 것이다.

관진은 구무현과 전음을 주고받은 후 오양회란 곳으로 가 보기로 했다.

"네놈들이 정보를 주었으니 그 상으로 죽이진 않겠다. 그러나 이대로 네놈들을 놔두면 또다시 일반 양민들의 고혈을 빨아먹으려 들 테니 적절한 조치를 취하고 갈 것이다."

말과 동시에 감진광은 충천회 전원의 단전을 부숴 다시는 무공을 사용하지 못하도록 만들었다.

"네놈들이 그동안 저지른 악행에 대한 하늘의 벌이라 생각해라."

그 말을 끝으로 관진 일행은 오양회를 찾아 나섰다.

한데 충천회에서 전해들은 위치로 오양회를 찾아갔지만 그들을 찾을 수가 없었다.

오양회가 있었던 자리라고 생각되는 건물은 한 줌 재로 변해 있었고, 그곳의 인물들은 이미 주검으로 변해 있었던 것이다.

관진 일행은 영영의 행방을 찾아야 하는데 오양회가 무너져 있자 한순간 어찌해야 될지를 몰랐다.

원영은 생존자가 있는지를 확인을 하기 위해 재로 변한 오양회 건물을 뒤지기 시작했다.

한참을 찾아봤지만 생존자는 없었다.

"하오문을 찾아 다른 정보를 알아봐야겠네."

구무현이 다시 하오문을 찾아가자고 말한 순간이었다.

무너진 오양회 옆 건물에서 두 명의 사내가 도를 들고 뛰쳐나와 일행을 공격했다.

"죽어라, 개자식들아!"

시커멓게 그슬린 얼굴과 곳곳에 난 상처로 그들이 오양회의 생존자임을 어렵지 않게 알 수 있었다.

파팍!

원영은 달려드는 사내들의 마혈을 제압했다.

"크흐흑! 죽여라, 이 개자식들아!"

원영에게 제압당하자 사내들은 눈물을 흘리며 자신들을 죽이라고 욕설을 퍼부었다.

"진정해라! 우린 오양회를 무너뜨린 자들과 아무런 관련이 없다. 오히려 오양회를 이렇게 만든 게 누구인지를 알고 싶다!"

원영이 사내들을 진정시키려 했지만 쉽지가 않았다.

"우린 한 시진 전 등천객점에서 납치당한 여자 아이의 행방을 알려는 것뿐이다!"

원영이 아무리 진정시키려 해도 진정하지 않던 사내들이 여자 아이의 행방을 알려 왔다고 하자 그제야 조금 진정되었다.

"여자 아이?"

"그래, 여자 아이. 두 시진 전쯤 등천객점 인근에 너희들이 있었던 걸 알고 있다. 혹시 홍색 경장을 입고 있던 열두어 살 먹은 여자 아이의 행방을 알고 있다면 알려다오."

원영의 말에 그제야 흥분해 있던 사내가 원영의 얼굴을 바라봤다. 원영의 얼굴을 살피던 사내가 뒤편에 서 있던 관진과 구무현을 바라보더니 이내 말했다.

"이제 보니 그 여자 아이와 객점에 같이 있었던 일행이로 군."

사내의 말에 일행은 이들이 영영을 납치했음을 확신할 수 있었다.

"누구냐? 누가 영영을 데려가고 오양회를 이렇게 만든 것 이냐?"

관진이 다가와 물었지만 사내는 대답하지 않았다.

"왜 말하지 않는 것이냐? 재로 변한 오양회를 보니 증거를 남기지 않기 위해 살인멸구하려 했던 것 같은데, 그런 자들에 게 의리를 지키려는 것이냐?"

관진의 물음에 사내는 고개를 흔들었다.

"설마, 우리를 배신한 자들에게 의리를 지키려 할 리가 있 나?"

"그럼 왜?"

"크큭, 그들의 정체를 안다 한들 너희가 할 수 있는 일이 아 무것도 없기 때문이다."

관진과 일행은 사내의 말이 황당했지만 일단은 영영의 행 방을 아는 게 중요했기에 다시 물었다.

"그건 우리가 알아서 하겠다. 그놈들이 누구인지 가르쳐 다오. 그들의 정체를 알려준다면 너희의 죄를 더 이상 묻지 않고 그들을 피해 살아갈 수 있도록 조치를 취해주겠다."

관진의 제안에 왠지 사내는 비웃는 표정을 지었다.

"우리의 뒤는 봐주지 않아도 된다. 어쨌든 우리가 어린 여자 아이를 납치한 게 사실이니 알려주도록 하지."

사내는 영영을 누가 데려갔는지 알려주었다.

"뭐! 그게 사실이냐?"

"믿기 싫으면 믿지 않아도 된다."

관진은 사내의 말이 믿기지 않아 물은 게 아니라. 너무 놀라 되물은 것이다.

사내는 영영을 데려간 자가 홍선문의 인물이라 했다.

'홍선문에서 왜……?'

아무리 생각해도 홍선문에서 영영을 납치할 이유가 없었다. 영영은 이곳 정주를 이번에 처음 온 것이었고, 그들과 관련될 만한 일이 하나도 없었던 것이다.

홍선문에서 사람들을 고용해 납치할 만한 이유가 전혀 없었던 것이다.

이유야 어찌 됐든 사내의 말대로 홍선문에서 영영을 납치했다면 그녀를 다시 찾는 건 쉽지 않은 일이 될 것이다.

"아무래도 돌아가서 모두와 의논을 해봐야 할 것 같네."

구무현은 홍선문이 영영을 납치한 이유에 대해, 자룡단이 모르는 무언가를 영옥이 알 수도 있었기에 일단 장원으로 돌아가 상의해 보자고 했다.

자룡단도 이곳에 계속 머물러 봤자 뾰족한 수도 없었기에 장원으로 돌아가기로 했다.

사내들은 마혈을 풀어주자 잠시 머뭇거리다 이내 어딘가로 사라졌다.

장원으로 돌아온 일행은 깜짝 놀라고 말았다.

구무현의 집이 화염에 휩싸여 있었던 것이다.

"도대체 이게 무슨 일이냐?"

구무현은 한쪽에서 망연자실한 모습으로 불타는 장원을 바라보고 있던 총관에게 물었다.

"대, 대인, 무사하셨습니까?"

그는 갑자기 나타난 구무현의 모습에 깜짝 놀라 물었다.

"보다시피 난 무사하네. 도대체 장원에 왜 불이 난 건가?"

"그게 갑자기 한 무리의 무인들이 장원을 습격해 불을 지르고 경비무사들을 죽였습니다. 워낙 순식간에 일어난 일이라 그들이 누구이고, 목적이 무엇이지 전혀 알 수가 없었습니다."

총관은 떨리는 목소리로 말했다.

정도무림을 대표하는 무림맹의 집법당주가 거하는 장원을 습격할 무리는 강호에 많지가 않다.

영영이 납치된데 이어 자신의 장원까지 습격을 받자 구무현은 습격한 적이 누구인지 감을 잡을 수 있었다.

"총관, 죽은 사람은 얼마나 되나?"

"경비무사들은 모두 죽었지만, 장원의 식솔들은 모두 무사합니다."

불까지 질렀음에도 장원의 식솔들을 살려두었다는 게 이상했다.

"아무래도 구 형을 노릴 때, 방해가 되지 않도록 경비무사들만을 집중적으로 노린 것 같습니다."

옆에서 듣고 있던 관진이 말했다.

구무현의 생각도 그러했다.

영영이 납치되고, 두 시진 만에 자신의 장원을 습격한 것만 보더라도, 적들이 자신들의 정체를 숨기려 얼마나 주의했는지 알 만한 대목이었다.

"우리가 하오문과 접촉했던 건 모르고 있는 듯하군요."

관진의 말에 구무현이 고개를 끄덕이며 총관에게 말했다.

"죽은 경비무사들의 사후 처리는 총관에게 맡기겠네. 유족들에게 최대한 성의를 보이도록 하게. 내가 직접 그들을 찾아가 한 명씩 만나야 하는 게 도리지만, 지금은 그럴 수가 없는 처지이네. 장원의 식솔들도 잠시 피해 있도록 조치를 취하도록 하게."

구무현은 정일학이 자신의 뒷조사를 하고 있던 걸 알아챘거나, 아니면 영영 일로 인해 자신을 제거해야 할 이유가 생겼을 거라 생각했다.

"우리도 더 이상 이곳에 머무는 건 좋지 않을 듯하니 일단 몸을 피하도록 하세."

일행은 영옥과 영호예인이 기다리고 있는 장원으로 돌아가 그들을 데리고, 정주 외곽의 허름한 장원에 근거지를 마련했다.

영옥과 영호가 사람들이 자신의 갑작스런 행동에 의아해하자, 구무현은 영영이 홍선문에 납치되고, 자신의 장원이 괴한들의 습격을 받아 불탔음을 전했다.

"도대체 정일학이 영영을 납치한 이유가 무엇일까요?"

일행이 아무리 생각해도 정일학이 영영을 납치할 이유가 없었다.

"직접 알아보는 수밖에."

일행은 이대로 가만히 있을 수는 없었기에 계획을 세워 영영을 구출하고, 정일학이 노리는 게 무엇인지도 알아보기로 했다.

第七章
원상진경

운정 일행은 만천일을 따라 련주의 거처로 향했다.

"어서 오시오."

운정과 일행이 들어서자 진무황이 직접 나와 맞았다.

"아미타불. 저를 기억하실지 모르겠습니다. 소승은 무각이라 합니다."

"화산파에서 온 장석영이라 합니다."

무각 대사와 장석영의 인사에 진무황도 마주 인사하며 말했다.

"대사를 어찌 모르겠소. 비록 사도련이 이십 년 동안 음지에 숨어 지냈지만 귀는 열려 있어 강호의 소식들은 틈틈이 접할 수 있었다오. 장 대협도 반갑소이다."

사도련을 이십 년간 음지에 숨어 있게 만든 원인이 바로 자신들 정도문파다 보니, 무각 대사와 장석영은 진무황과의 만남이 편치가 않았다. 그런데 진무황이 그 부분을 꼭 집어 말하자 얼굴이 화끈거렸다.

일차 정마대전이 끝난 후 자신들이 사도련에 한 짓은 스스로 생각하기에도 파렴치했기 때문이다.

"오늘 두 분을 만나자고 한 건 옛일의 옳고 그름을 따지기 위함이 아니니, 너무 어려워 말고 일단 자리에 앉도록 하시오."

진무황이 자리를 권하자 일행은 준비된 의자에 앉았다.

"오늘 여러분을 이렇게 만나자고 한 것은 다름이 아니라 정일학을 어떻게 처리할 것인지 의견을 나누기 위함이오. 석실에 다녀왔을 테니 상황이 어떤지는 익히 알고 있을 것이오. 이대로 정, 사파가 척을 지고 있으면 정일학이 원하는 대로 끌려갈 뿐이니, 앞으로 어떻게 해야 할지 서로의 의견을 나눠 봅시다."

진무황의 말은 이십 년 동안 척을 지고 있던 정, 사파가 손을 잡자는 말과 진배없었다.

무각 대사와 장석영은 진무황의 그 같은 말에 깜짝 놀랐다.

오히려 자신들이 먼저 나서 사과를 하고 그들에게 도움을 청해야 하는 입장인데, 사도련이 먼저 손을 내민 것이기 때문이다.

무각 대사와 장석영이 깜짝 놀란 표정을 짓자, 진무황은 그들의 내심을 이해했다는 듯 부드러운 미소를 지었다.

진무황의 그 같은 모습에 무각 대사가 자리에서 일어나 포권을 취했다.

"제가 정도를 대표할 그릇은 되지 못하지만, 이 순간만큼은 정도를 대신해 련주의 호의에 감사를 드립니다."

무각 대사가 일어나 감사의 인사를 하자, 장석영도 일어나 화산파를 대표해 감사의 인사를 했다.

"아, 그렇다고 오해는 하지 않길 바라겠소. 정일학 문제를 해결하고 나면 지난 이십 년간의 문제는 따로 해결해야 할 것이오."

진무황은 한시적이나마 정파와 손을 잡지만 과거는 확실히 청산할 것이라는 걸 이들에게 밝혔다.

진무황의 말에 장석영이 웃으며 말을 받았다.

"받을 것이 있다면 받고, 돌려줄 것이 있다면 돌려주어야겠지요. 기꺼운 마음으로 그때를 기다리겠습니다."

서로 간의 인사 아닌 인사가 끝나자 진무황이 물었다.

"그래, 앞으로 어떻게 대처했으면 좋겠소?"

진무황의 물음에 무각 대사가 말했다.

"여기 영 소협의 말에 의하면 정일학은 마교와 무림맹 간의 전쟁을 일으켜 두 세력의 힘을 약화시킨 후 자신의 세력으로 중원을 차지할 속셈이라 했습니다. 그러니 무림맹 소속 문파에 이 같은 사실을 전하고 마교 와의 전쟁을 피해야 할 것입니다."

"그들이 쉽게 믿을 것 같소?"

"증거가 명백하고 증인 또한 많으니 어렵지 않게 이해시킬 수 있을 겁니다."

진무황은 무각 대사의 말에 고개를 끄덕였다.

"장 대협의 생각은 어떻소?"

진무황이 장석영에게 물었다.

"저는 이 길로 사문에 정일학의 정체를 밝혀 그를 맹주 자리에서 끌어낼 생각입니다. 서신으로 이번 일을 설명하긴 힘드니 직접 가서 증거를 보이고 놈의 정체를 밝힐 생각입니다."

무각 대사와 장석영의 의견을 듣고 있던 진무황이 돌연 운정에게 물었다.

"영 소협의 생각은 어떤가?"

운정은 진무황이 자신의 의견을 물을 줄은 몰랐기에 깜짝 놀랐다.

"자네 덕에 그의 정체를 알게 됐으니 충분히 의견을 낼 자격이 있네."

진무황의 말에 운정은 잠시 생각하다가 입을 열었다.

"제 생각은 두 분과 조금 다릅니다. 지금 가장 먼저 해야 될 일은 정일학의 정체를 자파에 알리는 것보다, 이곳의 상황을 그가 모르도록 손을 쓰는 것이라 생각합니다. 만약 그가 현재 이곳의 상황을 알게 된다면 분명 다른 계략을 꾸미려 들 것이고, 앞으로의 일에도 큰 지장이 생길 것이기 때문입니다."

운정의 말이 일리가 있었는지 진무황을 비롯한 중인들이 고개를 끄덕였다.

"이곳의 상황을 속여 보고 한 후엔 무엇을 하면 좋겠나?"

진무황이 다시 운정에게 물었다.

"그전에 물어볼 것이 있습니다. 현재 이곳으로 파견 나온 문파는 총 몇 곳입니까?"

운정의 물음에 장석영이 대답했다.

"구대문파는 곤륜을 빼곤 모두 나왔고, 육대세가에선 남궁 세가와 황보세가, 그리고 하북팽가가 나와 있네. 육대세가엔 들지 않지만 남가장도 이곳에 와 있네."

운정은 남가장의 무인들이 이곳에 있다고 하자 왠지 반가운 마음이 들었다.

"정일학이 이곳의 사정을 모르도록 조치를 취한 후, 구대 문파와 육대세가는 각파에 사람을 보내 현재의 상황을 상세히 알려야 합니다. 하지만 육대세가 중 제갈세가엔 절대 사실을 알려선 안 됩니다. 제가 이곳에 파견 나온 문파를 물어본 이유는 제갈세가가 혹, 이곳에 파견 나와 있지 않나 해서입니다. 제갈세가는 홍선문과 밀접한 관계를 이루고 있으니 그들 귀에 사실이 전해진다면 정일학도 알게 될 것입니다. 그러니 그 부분에 각별이 조심해야 할 것입니다."

운정은 제갈목이 원정대를 배신했던 상황을 들려주며 보안에 주의할 것을 당부했다.

"그런데 사람을 보내 알린다는 말은 우리는 돌아가지 않고 이곳에 남는단 말인가?"

운정이 사람을 보내 이곳의 상황을 전한다고 하자 장석영이 물었다.

"여러분은 이곳에서 사도련 분들과 함께하셔야 될 일이 있습니다."

"그게 뭔가?"

진무황이 물었다.

"정일학의 수족을 자르는 일입니다."

"정일학의 수족을 자른다?"

"네, 중원 각지에 퍼져 있는 화선지교를 찾아 정일학이 양성한 무인들을 치는 것입니다."

"그렇게 되면 정일학이 우리의 행동을 알게 되지 않는가?"

"알게 되겠지만 그때쯤이면 최소 두 곳에서, 많게는 네 곳의 화선지교가 사리진 후일 것입니다."

"두 곳에서 네 곳?"

"진무황 어르신께서 말씀하셨잖습니까? 이제부터 중원 각지에 흩어져 있는 사도련 고수 분들을 모아 다시 한 번 예전의 모습을 되찾겠다고 말입니다. 그들을 최대한 많이 모아, 규모가 가장 큰 화선지교를 한꺼번에 치는 것입니다."

"흠……."

운정의 계획대로 실행이 될진 미지수지만 가능은 한 얘기였다. 어차피 화선지교를 치려면 중원 전역을 돌아야 하니, 그 과정에 흩어진 사도련의 고수들을 찾을 수도 있을 것이기 때문이다.

진무황이 운정의 이야기를 곱씹는 동안 운정은 이야기를 계속했다.

"화선지교가 그 정도의 피해를 입게 되면 정일학이 이곳의 상황을 알게 되더라도 딱히 할 일이 없어질 것입니다. 그가 화선지교를 움직이려 하면 스스로 강호에 자신의 정체를 밝히는 일이 됩니다. 그렇게 되면 저희는 따로 강호에 그와 화선지교의 정체를 알릴 필요가 없게 됩니다. 반대로 그가 아무런 행동을 하지 않는다면 저희는 아무런 방해도 받지 않고 화선지교를 한곳씩 찾아다니며 괴멸시킬 수 있습니다. 그리고 어차피 최후엔 정일학 측과 일전을 벌일 수밖에 없는 상황이니, 서둘러 일을 벌이는 것보다 그가 눈치를 채지 못한 지금 최대한 그의 세력을 줄여놓는 게 좋습니다."

"다른 선택이 있을 수 있지 않나?"

운정의 말을 듣고 있던 진무황이 말했다.

"어떤 선택 말입니까?"

"이도 저도 할 수 없게 된 정일학이 자신의 세력으로 구파와 육대세가를 기습 공격할 수도 있잖겠나?"

"각파에 사람을 보내 정일학의 정체를 미리 알려놓는 이유가 이 같은 기습을 대비하기 위함입니다. 만약 그가 구대문파와 육대세가를 공격한다면 첫 번째 경우처럼 스스로 자신의 정체를 밝히는 경우가 됩니다. 이 경우 구파와 육대세가가 미리 준비만 하고 있다면, 기습에 당하지 않고 버틸 수 있을 것입니다. 그동안 저희는 화선지교를 계속 찾아다니며 하던 일을 계속해도 되고, 아니면 병력을 돌려 구대문파를 공격하는 정일학에 맞서 싸워도 됩니다. 그때쯤이면 화선지교는 타격을 입은 상태고 반대로 사도련은 병력이 늘어 있을 테니, 화선지교로 양성한 무인들이 제아무리 많다고 해도 충분히 일전을 치를 만할 것입니다."

운정이 이야기를 끝내자 잠시 장내에 정적이 흘렀다.

"자네의 이야기를 듣자면 이미 모두 끝난 이야기나 다름없는 듯한데, 한편으론 그게 가능한지 모르겠네."

무각 대사가 운정에게 말했다.

"정일학보다 먼저 이곳의 상황을 각파에 전하고, 화선지교를 치기 전까지 정일학이 이곳의 상황을 눈치 채지 못하게만 한다면 충분히 가능합니다. 하지만 그전에 정일학이 눈치를 챈다면 모두 수포로 돌아가고 말 것입니다. 그리고 가장 최악의 경우가 하나 있습니다."

"그게 뭔가?"

"정일학이 자신의 세력과 함께 잠적하는 것입니다."

"정일학이 자신의 세력과 함께 잠적하는 게 왜 최악의 경우인가?"

장석영이 의아한 듯 물었다.

"마교 때문입니다."

"마교?"

"마교가 언제 쳐들어올지 알 수 없는 상황이기 때문입니다. 마교가 중원에 발을 들이기 전 정일학에 대한 일을 해결해 놓는다면, 부담없이 마교와 일전을 치르겠지만 정일학이 잠적한 후 마교가 쳐들어온다면 그야말로 진퇴양난에 빠지게 될 것입니다."

운정의 말을 듣고 보니 과연 그랬다.

정일학의 원래 계획이 마교와 무림맹 간의 전쟁을 벌여 둘 모두 타격을 입었을 때 자신의 세력으로 살아남은 자들을 처리하는 것이었다.

그가 잠적을 해버리면 마교가 쳐들어와도 마음 놓고 전쟁을 치를 수 없게 된다.

언제 정일학이 자신의 세력을 이끌고 무림맹의 뒤를 칠지 알 수 없기 때문이다.

"그래서 여러분은 자파로 돌아가지 말고 이곳에서 사도련 분들을 모아 최대한 정일학 측에 타격을 줘야 합니다."

운정의 말은 최대한 정일학 측에 타격을 줘 그가 잠적을 하더라도 큰 위협이 되지 못하게 만들어야 한다는 것이다.

운정의 말을 듣고 진무황은 무각 대사와 장석영을 바라봤다.

이내 그들이 고개를 끄덕이자 모두를 바라보고 말했다.

"그렇다면 오래 생각하고 있을 시간이 없구만. 일단 정일학이 이곳의 사정을 알 수 없도록 조치를 취한 후 최대한 빨리 흩어진 사도련 무인들을 모아보도록 하세."

운정은 이들이 자신의 의견을 수렴하려 하자 깜짝 놀랐다.

운정이 이들보다 먼저 정일학과 그의 세력을 파악했기에, 좀 더 많은 생각을 했지만 자신의 계획을 그대로 쓰려 할진 미처 몰랐던 것이다.

"저, 련주님……."

운정이 자신의 생각은 참고만 하고 좀 더 현실감 있는 계획을 세우라 말하려는데 진무황이 손을 내저었다.

"자네의 계획대로 우리가 움직인다고 부담을 갖진 말게. 우리가 들어보고 충분히 승산이 있다 생각되기에 그리하는 것일세."

진무황은 부담을 갖지 말라고 했지만 운정은 부담이 되지 않을 수가 없었다.

자신의 계획으로 수백, 수천 명의 사람이 죽을 수도 있기 때문이다.

"아우, 너무 걱정 말게. 자네 계획대로 되도록 우리가 최선을 다하면 되잖은가."

운정이 떨떠름한 표정을 짓고 있자 이한명이 다가와 등을 두드리며 말했다.

"우리는 자파로 보낼 사람을 뽑기 위해 석림장으로 돌아갈 생각인데 자네들은 어쩔 셈인가?"

무각 대사가 운정과 이한명에게 물었다.

"어차피 정일학을 속이려면 석림장에 모여 있는 무림맹 분들 모두 이곳으로 옮겨야 할 테니 저희는 이곳에 있겠습니다."

운정의 대답에 무각 대사와 장석영은 고개를 끄덕이곤 석림장으로 떠났다.

*   *   *

송 총관은 오늘도 정일학을 만나기 위해 홍선문 중심부에 위치한 연공실로 향했다. 하지만 오늘도 언제나처럼 연공실의 문은 굳게 닫혀 있었고, 정일학을 만날 수가 없었다.

"언제 나올지 알 수가 없으니……"

정일학은 석 달 전 홍선문 내에 있는 연공실에 들어가 이제껏 나오지 않고 있었다.

마교가 혈교를 물리치고, 천마성을 수복했다는 보고와 자신들의 계획대로 원정대가 전멸하고, 무림맹이 사도련을 괴멸시켰다는 보고를 하러 들렀는데, 석 달째 연공실에서 두문불출이니 보고를 할 수가 없었던 것이다.

"오늘도 나오지 않으시려나?"

송 총관이 막 돌아가려 할 때였다.

드르르륵.

석 달 동안 움직이지 않던 연공실의 문이 열리기 시작했다.

연공실의 문이 모두 열리고 잠시 후 초췌한 모습으로 변한 정일학이 걸어나왔다.

"송 총관이 이곳엔 어인 일인가?"

정일학은 연공실을 나오다 송 총관이 문 앞에서 기다리고 있자 의아한 목소리로 물었다.

"보고드릴 게 있어 찾아왔습니다."

"보고? 어떤 보고 말인가?"

"마교에 대한 소식과 사도련에 관한 보고입니다."

"급한 게 아니면 방으로 가서 이야기하세."

정일학은 연공실 앞에서 이야기를 계속할 순 없었기에 송 총관을 데리고 자신의 방으로 향했다.

간단한 세면을 마친 정일학이 자신의 방으로 돌아오자 송 총관은 두 장의 문서를 탁자 위에 내려놨다.

"여동에서 온 보고에 의하면 원정대는 모두 죽고, 사도련도 괴멸 상태에 처했다고 합니다."

"잘됐군. 한데 설마 그 보고를 하려고 이런 이른 아침부터 연공실 앞에서 기다린 것인가?"

정일학은 일이 계획대로 진행됐는데, 왜 송 총관이 연공실 앞에서 자신을 기다렸는지 알 수 없었다.

"그게, 무림맹과 전투 후 살아남은 사도련의 잔당들을 처리하러 갔던 화선지교인들이 모두 죽임을 당했습니다."

송 총관의 보고에 정일학의 눈썹이 꿈틀거렸다.

"모두?"

"그렇습니다."

"무림맹의 생존자는 얼마나 되는가?"

"무림맹도 전멸에 가까운 피해를 입어 자파로 복귀한 이가 문파 당 한두 명 될까 말까합니다."

"흠……."

송 총관의 보고를 들은 정일학은 잠시 생각에 잠겼다.

원정대가 모두 죽고, 사도련이 괴멸됐다면 자신의 계획대로 일이 진행됐다는 말이다. 하지만 삼백 명에 가까운 화선지교인이 단 한 사람도 살아남지 못하고 모두 죽었다는 부분은 납득이 가지 않았다.

사도련에 진무황을 비롯한 초절정을 넘어선 고수들이 다수 있었지만, 화선지교인 중에도 그들을 상대할 무인이 다섯 명이나 있었다. 사도련을 상대하기 위해 특별이 파견한 무인들이었다.

화선지교인들이 삼백 명의 병력으로 사도련을 상대했다면 전멸을 했다고 해도 납득이 갔을 것이다. 하지만 자신의 계획대로면 무림맹이 일차적으로 사도련의 병력을 줄여놓은 후 화선지교인들이 투입되게 돼 있었다.

사전에 사도련의 전력을 모두 파악한 후 충분한 인원을 보낸 것이었기에 생각지 못한 상황에 처했더라도 그 다섯 명은 살아 돌아왔어야 했다.

'사도련에 다른 조력자가 있었던 것인가?'

정일학은 잠시 생각에 잠겼다가 송 총관에게 물었다.

"사람을 파견해 현장 조사는 해봤나?"

"현장을 조사해 봤지만 딱히 이상한 점은 찾지 못했습니다. 보고대로 사도련이 전멸에 가까운 피해를 입었고, 원정대와 화선지교인들도 전멸했습니다."

"알겠네. 그럼 마교의 소식은 또 뭔가?"

"소식이 늦게 들어와 미처 말씀드리지 못했는데, 오 개월 전 혈교가 마교를 배신하고 천마성을 빼앗은 일이 있었습니다. 당시의 전투로 마교는 이만이 넘던 병력 대부분이 죽고 교주를 비롯한 소수의 마인들만이 살아남아 도주했다고 합니다. 한데 맹주님이 수련실에 드시던 그즈음 마교가 혈교를 몰아내고 다시 천마성을 되찾았다고 합니다. 이날의 일로 혈교는 거의 멸문지화를 맞게 되었습니다."

"혈교의 병력이 어느 정도였기에 겨우 살아 달아난 마인들에게 멸문을 맞았단 말인가?"

"정보에 의하면 마교의 살아남은 병력은 육천여 명이고, 혈교의 총 병력은 그 세 배에 이르는 일만 칠천여 명이었다고 합니다. 그런데 마교의 공격을 받았을 당시 천마성에 주둔해 있던 혈교의 병력은 칠천 명 정도였다고 합니다."

"칠천 명? 그럼 나머지 만 명은 어떻게 됐나? 혈교를 지키고 있었나?"

"혈교를 지키고는 있었으나 만 명 모두가 지켰던 건 아니고, 오천 명이 지키고 있던 상황에, 마교의 공격을 받고, 원군 오천 명을 보냈다가 중간에 각개격파당해 원군이 몰살에 가까운 피해를 입었다고 합니다."

"각개격파?"

송 총관은 마교가 무식할 정도로 많은 함정을 만들어 혈교의 원군을 상대했음을 들려주었다.

"완전 미쳤구만. 삼 개월간 함정만 파고 있었다니."

"무식한 방법이긴 했지만 그게 잘 들어맞아 마교가 천마성을 다시 되찾는데 큰 힘이 되었습니다."

"그럼 그 후 천마성을 되찾을 때 마교는 어느 정도의 피해를 입었는가?"

"이천 명의 피해가 있었습니다."

"이천? 혈교의 칠천 병력을 상대로 이천의 피해밖에 입지 않았단 말인가? 혈교는 천마성을 차지하고 있었다고 했지 않나?"

"그렇습니다."

정일학은 마교가 이천 명의 피해만으로 천마성을 차지하고 있던 칠천 명에 이르는 혈교의 병력을 물리쳤다는 게 믿기지 않았다.

"그럼, 혈교의 교주 무소는 어떻게 됐나? 그날 칠천 명의 병력을 잃었다면 남은 병력이 오천 명 정도인데, 다시 천마성을 차지하려 들 것 같은가?"

"그것이… 그날 천마성에서 혈교의 교주 무소도 죽음을 맞았습니다."

"……!"

송 총관의 말에 정일학은 믿을 수 없다는 표정을 지었다.

"무소가 죽었다고? 어떻게 무소가 죽을 수가 있나? 그는 나와 같은 원상진경을 익힌 자인데 마교에 누가 있어 무소를 죽일 수 있단 말인가?"

자신과 같은 원상진경을 익힌 무소는 아무리 상황이 어려워도 충분히 그곳을 빠져나올 능력이 있었다.

그날 천마성에서 혈교의 병력 칠천 명이 죽음을 맞았지만, 오천의 병력이 남아 있기에 충분히 다음을 기약할 만했다.

한데 무소가 그곳에서 죽음을 맞았다면, 그가 빠져나갈 수 없을 정도로 강한 적을 만났다는 뜻이었다.

"무소는 누구에게 죽었나? 설마 옥능소가 그를 죽인 건 아니겠지?"

정일학의 생각으론 아무리 옥능소가 경험 풍부하고 노련한 고수이지만 원상진경을 익히고 있던 무소의 상대는 아니라 생각했다.

"무소는 옥능소의 손에 죽었습니다."

송 총관의 말에 정일학의 눈이 커졌다.

"어떻게 옥능소 따위가 감히 무소를 죽일 수 있단 말인가?"

정일학의 물음에 송 총관은 한 장의 보고서를 정일학 앞으로 내밀며 말했다.

"마지막 숨통을 끊은 건 옥능소가 맞지만 그전에 무소는 상당한 부상을 입고 있었습니다."

정일학은 송 총관이 내미는 보고서를 받아 들고 읽었다.

"강시……?"

보고서엔 마교가 천마성을 되찾고, 무소를 죽일 수 있었던 모든 이유가 오십여 구의 강시 때문이라고 적혀 있었다.

"저도 그 강시라는 부분이 걸려 지난 며칠간 은밀히 조사를 해봤습니다."

"그래, 어떤 강시기에 무소 같은 고수가 겨우 오십여 구를 감당하지 못했단 말인가?"

"천마성에 잠입해 있던 수하를 시켜 은밀히 조사를 했지만, 당시 천마성에 나타난 오십여 구의 강시가 모두 파괴된 터라 많은 정보를 알 수는 없었습니다. 하지만 그런 강시가 아직 백오십여 구 정도 더 남아 있고, 이름이 혈영신이라는 건 알아냈습니다. 혈영신이란 강시는 처음 들어보는지라 여러모로 조사를……."

"잠깐, 지금 혈영신이라 했나?"

송 총관이 자신이 조사했던 내용을 말하는데 정일학이 중간에 말을 끊으면 물었다.

"네, 그 강시의 이름이 혈영신이라 했습니다. 혈영신이란 이름을 알아낸 후 여러모로 조사를 해봤지만 그 어떤 곳에도 그것에 대한 정보는 없었습니다."

정일학은 송 총관의 이어지는 말을 듣고 있지 않았다.

"혈영신, 혈영신이란 말이지! 그렇군. 마교에 있었던 것이야! 왜 이제껏 마교에 있을 거라 생각지 못했단 말인가? 이것이야말로 하늘의 뜻이로군!"

송 총관의 말은 듣지 않고 혼자 중얼거리던 정일학이 돌연 송 총관에게 물었다.

"천마성에 남아 있는 혈영신이 몇 구라고 했지?"

"백오십여 구가 더 남아 있다고 했습니다."

송 총관의 말에 정일학은 속으로 무언가를 생각하는 듯하더니 이내 물었다.

"현재 마교의 병력은 어느 정도나 되는가?"

"혈교와의 전투가 끝났을 땐 사천여 명이었으나, 그 후 혈교의 살아남은 교인들을 흡수해 현재 구천 명 내외의 병력을 보유하고 있는 것으로 판단됩니다."

"구천 명이라……."

이제껏 정일학이 마교와 전쟁을 벌이지 못한 이유는 이만 명이 넘는 마교의 병력 때문이었다.

그동안 정일학은 여러 번 무림맹을 이용해 천마성을 공격하려 했었다. 하지만 그때마다 정도문파의 명숙들이 마교의 전력이 무림맹을 압도한다며 반대해 왔었다.

한데 지금 마교의 전력이 이만에서 구천으로 줄어들었다니 절호의 기회였다.

"송 총관은 사람을 보내 좀 더 마교의 상황을 자세하게 알아보게. 정보대로 마교의 전력이 구천 명 내외라면 더 이상 기다릴 이유가 없으니 말일세."

정일학은 마교의 상황이 보고와 일치한다면 더 이상 정도무림의 명숙들도 자신의 의견을 반대하진 못할 것이라 생각했다.

정일학은 왠지 최근 자신의 일들이 너무 잘 풀린다는 생각을 했다.

사라졌던 원상진경의 후반부와 녹명검(綠明劍)을 찾은데 이어 마교를 칠 명분까지 얻게 되었기 때문이다.

"모두가 그 계집 덕분이지."

정일학은 석달 전 인근 객점에서 납치해 온 어린 계집아이를 생각했다.

'이름이 설영영이라 했던가? 생각할수록 기이한 계집이야.'

처음 수하가 녹색 검을 든 여자 아이가 인근 객점에 나타났다고 보고했을 때만 해도 별다른 관심을 가지지 않았다.

그저 녹색 검을 지니고 있다기에 평소처럼 가져오라고 명을 내렸을 뿐이다.

한데 별 기대를 하지 않았던 여자 아이가 갖고 있던 검이 가문에서 이대째 찾아다녔던 진짜 녹명검이었다.

그뿐 아니라 여자 아이의 등 뒤엔 방상영이 가지고 달아났던 원상진경 후반부가 문신으로 새겨져 있었던 것이다.

계집아이의 등 뒤에 원상진경 후반부가 문신으로 새겨져 있는 이유와 녹명검을 어떻게 얻었는지는 아직 알 수 없지만, 이 모두가 마치 하늘이 자신의 뜻을 이루게 해주려 내려준 선물 같았다.

원상진경을 익힐 땐 사람의 피가 필수다.

그것도 그냥 피가 아닌 가장 순수한 피가 필요하다.

정일학은 원상진경 전반부를 익히는 동안 수백 명의 동녀를 납치해 살아 있는 상태에서 피를 뽑아 죽였다.

그래야 순수한 피를 얻을 수 있기 때문이다.

그렇게 뽑아낸 피를 흡취해 무공을 연공하게 되면 끔찍한 광증을 겪게 되는데, 그 광증의 증상은 참으로 다양하여 어떠한 증상이 나타날지 아무도 알 수가 없다.

정일학과 이한명이 겪었듯 이성을 상실한 살인마가 될 수도 있고, 무소가 겪었듯 백치가 될 수도 있었다.

최악의 경우엔 사망에 이를 수도 있는데, 운이 좋으면 아무런 증상을 겪지 않을 수도 있었다.

한데 그 같은 광증은 제대로 된 수련법이 아닌 편법을 사용했기 때문에 일어나는 증상이다.

원래 원상진경을 수련하기 위해선 하나의 검이 필요하다. 그 검의 이름은 녹명검으로 피를 흡수 정화해 수련자의 몸에 맞게 흡취하도록 도와주는 역할을 한다.

한데 녹명검을 가지지 못한 사람이 억지로 원상진경을 익히려 하면, 피를 흡취하는 과정이 잘못되기에 끔찍한 부작용을 겪게 된다.

그 부작용이 광증이란 형태로 나타나게 되는 것이다.

정일학이 그간 동녀의 피를 흡취했던 이유도 그 같은 부작용을 최대한 줄이기 위해 최대한 순수한 피를 얻기 위해서였다.

피를 가장 순수한 형태로 정화해 주는 녹명검만 있다면 원상진경을 익히는 데 동녀의 피든 나이 든 노인의 피든 상관이 없었다.

그런 녹명검을 이번에 설영영이란 계집을 통해 얻게 되었기에, 정일학은 더 이상 동녀를 납치하지 않아도 되고 광증에 시달릴 필요도 없었다.

정일학은 녹명검과 원상진경 후반부를 얻게 된 후 약 삼 개월간 수련에 열중했다. 하지만 전반부와 다르게 후반부의 진전은 느리기만 했다.

삼 개월 동안 집중적으로 수련을 했음에도 불구하고 큰 성과가 없었다.

그런데 오늘 송 총관으로부터 원상진경 후반부를 단숨에 익힐 수 있는 정보를 얻었다.

바로 혈영신이었다.

혈영신이 만들어진 이유 자체가 원상진경의 수련을 돕기 위함이었다.

그 외에도 활용법이 있지만 가장 큰 이유는 바로 원상진경의 수련을 돕기 위함이다.

고수들의 피로 혈영신을 깨운 후 녹명검으로 그 피를 흡취하는 것이다.

그렇게 혈영신의 피를 흡취하게 되면 인간의 피를 흡취하는 것과는 비교도 되지 않을 정도로 빠른 무공의 진전을 이룰 수 있었다.

그래서 그동안 녹명검과 원상진경 후반부 못지않게 혈영신의 소재도 알아내기 위해 노력했었다.

한데 그렇게 찾아다녀도 찾지 못했던 혈영신이 마교에 있다지 않은가. 게다가 그 수가 백오십여 구에 이른다고 했다.

그 정도의 수라면 단숨에 원상진경을 대성할 수도 있는 수였다.

정일학은 마교의 상황을 파악한 후 자신이 직접 마교로 찾아가 혈영신을 흡수해야겠다고 생각했다.

※　　　※　　　※

무림맹과 사도련은 여동에서 손을 잡은 후 자신들의 단체를 일도회(一道會)라 명명했다.

정도와 사도를 나누지 않고 두 곳이 하나로 모여 정일학과 마교로부터 중원을 구하겠다는 뜻에서 지은 이름이었다.

정일학과 마교의 위협이 사라지면 해산될 일시적인 결합이었지만, 이렇듯 모임의 이름까지 정한 이유는, 목표 의식을 높이고 수하들 간의 단합을 도모하기 위해서였다.

또한 아직도 정파와 사파 사이는 견원지간이었기에 수하들 간의 다툼을 최소화하기 위한 장치이기도 했다.

어쨌든 그렇게 만들어진 일도회는 석 달의 기한을 두고 중원 곳곳을 돌아다니며 흩어져 있는 사도련 고수들을 찾아다녔다.

한꺼번에 많은 인원이 돌아다녔다간 사람들의 이목을 끌수도 있었기에, 한 조당 백여 명씩 총 열다섯 개의 조로 나뉘어 중원 전역으로 퍼져 나갔다.

운정과 이한명은 독영기의 본가인 사현문을 중심으로 귀주성에서 활동했는데, 두 달 보름이 지난 현재 숨어 있던 사도련 한곳을 찾아 총인원이 이백여 명에 이르고 있었다.

이 이백 명은 사현문의 문도 수까지 합친 수였다.

일도회는 운정의 계획에 따라 총 네 군데의 화선지교를 공격 대상으로 잡았는데, 사현문에 모인 일도회가 공격할 대상은 귀주성 여경에 있었다.

여경에 위치한 화선지교는 최초 태동지인 여동 바로 다음으로 생긴 곳으로, 여동만큼이나 규모가 클 것이라 예상되는 곳이었다.

여동에서 삼백여 명의 화선지교인을 만났으니, 여경에도 그에 준하는 인원이 있을 것으로 예상됐다.

귀주성 여경엔 모두 다섯 개 조가 모이기로 되어 있는데, 최소 육백 명에서 많게는 팔백여 명에 이를 것으로 예상됐다.

중원 각지로 흩어졌던 각조에서 숨어 있는 사도련 무인들을 얼마나 찾았는지에 따라 인원은 달라지겠지만, 기존의 병력만으로도 충분히 화선지교를 무너뜨릴 수 있을 거라 생각됐다.

만천일이 중원에 흩어져 있는 사도련 무인들을 모두 합치면 오천 명가량 된다고 했는데, 과연 석 달 동안 몇 명이나 찾아냈을지가 궁금했다.

"내일 날이 밝는 대로 여경으로 떠나야 하니 모두 준비 단단히 하도록 하시오."

독영기가 연무장에 모인 사람들에게 말했다.

이곳 홍인과 여경의 거리가 짧지 않았기에 석 달의 기한을 맞추려면 보름 일찍 출발해야 했다.

독영기가 앞으로 향할 여경의 정보와 알아두어야 할 상황들을 설명하자 무인들은 각자의 숙소로 돌아가 여행을 위한 준비를 시작했다.

"자네, 표정이 좋지 않은데 무슨 일 있나?"

이한명이 어두운 운정의 표정을 보고 물었다.

"벌써 석 달째 구 대인과 연락이 되지 않아서 그래요."

운정은 이한명과 서로의 숨겨진 이야기를 나눈 후 더 이상 예전처럼 건방진 하오체를 사용하지 않게 됐다.

운정은 여동에서 일이 일단락된 후 짬을 내 구무현에게 서신을 보냈다. 한데 서신을 보낸 지 석 달이 지나가고 있는 지금까지 구무현에게선 아무런 답신이 없었다.

서신이 중간에 분실되거나, 잘못 갔을 수도 있었기에 사현문으로 옮겨온 후에도 서신을 계속 보냈지만 여전히 아무런 답신이 없었다.

"자룡단과 구 대인이 함께 있으니 큰일은 없을 것이네."

이한명은 운정으로부터 자룡단과 구무현에 대해 자세히 들었기에 그들이 어느 정도의 고수인지 잘 알고 있었다.

운정 자신도 자룡단과 구무현이 함께 있으니 큰일은 없을 거라 생각하지만, 왠지 연락이 없으니 불안했다.

이한명은 자신의 걱정하지 말라는 말에도 운정의 표정이 나아지지 않자 말했다.

"이번 화선지교를 공격한 후 정주로 가게 될 것이니, 곧 그들의 안전을 확인할 수 있을 것이네."

이한명의 말대로 일도회는 화선지교를 친 후 정주로 가기로 일정이 잡혀 있다. 그러니 늦어도 한 달 뒤엔 그들의 안전을 자신의 눈으로 확인할 수가 있을 것이다.

큰일을 앞두고 있는 현 상황에서 자신이 안달해 봤자 달라질 일은 없었기에, 운정은 애써 기운을 차리며 말했다.

"이 형, 우리도 준비하러 갑시다."

운정의 표정이 한결 나아진 듯 보이자 이한명이 물었다.

"그런데 오늘 하루 종일 남 형이 보이지 않는데 자네 못 봤는가?"

이한명이 말하는 남 형은 남가장의 가주인 남언학을 말하는 것이었다.

남언학은 이번 어린아이 납치범을 찾는 일에 나섰다가 원정대의 전멸 소식을 듣고, 무림맹의 무인들과 함께 석림장을 찾았다가 운정과 만나게 됐다.

남언학은 처음 운정과 이한명을 봤을 때 한눈에 알아보지 못했다.

그도 그럴 것이 운정과 이한명의 모습은 삼 년이란 시간이 지나는 동안 너무도 많은 변화를 겪었기 때문이다.

남언학은 얼굴 한가득 흉한 상처를 지닌 사내와 비쩍 말라 목내이를 연상시키는 사내가 한때 자신들을 구해줬던 운정과 이한명이란 말에 자신의 눈을 의심했다.

그 후 그들이 지나온 이야기를 들려주고서야 모습이 변한 이유를 알 수 있었다.

운정은 화신동이란 석굴에 갇혀 이 년을 지내며 제대로 먹지 못해 변한 것이었고, 이한명은 정일학의 눈을 피하기 위해 스스로 얼굴을 망가뜨린 것이었다.

운정과 이한명이 삼 년 만에 만난 남언학과 지난 이야기들을 나누고 있을 때, 뒤쪽에서 조심스럽게 다가오는 여인이 있었다.

화산파의 제자인 등소혜였다.

"단 소협, 오랜만이에요."

남언학과 운정의 대화를 듣고 이미 운정임을 알게 된 등소혜가 인사를 했다.

"오랜만입니다. 지난번 태원(太原)에선 신세가 많았습니다."

태원은 산서성의 성도로 남가장이 있는 곳이다.

운정은 남언학을 만나러 태원에 갔다가 무림맹의 추격을 피해 달아났던 적이 있었다.

"별말씀을. 제가 오히려 신세를 졌죠. 이렇게라도 오해가 풀렸으니 정말 다행이에요."

다행이라는 등소혜의 말에 운정이 무슨 말이냐는 표정을 짓자 등소혜가 설명했다.

"사실 단 소협은 아진평에서 청풍대를 구해준 은인이잖아요. 그날 태원에서 석양일이 부상을 당하는 바람에 어쩔 수 없이 산서 지부에 신고를 해야 했는데, 왠지 그 일이 은인을 팔아넘긴 듯한 기분이 들어 늘 죄책감에 시달렸었거든요. 한데 단 소협이 지금 이렇게 무사하고, 당시 일도 모두 오해라니 정말 다행이랄 수밖에요."

등소혜와 남언학은 정일학의 음모를 알게 된 현재, 당시 운정이 무림맹에 쫓겼던 건 정일학이 씌운 누명 때문이라 생각했다.

운정은 그들에게 사실을 설명하려면 상당히 복잡해지기에 그냥 넘어가기로 했다.

등소혜는 운정에게 미안한 마음이 정말 컸는지 여동에 머무는 내내 운정에게 최대한 잘하려고 애를 썼다.

그 후 등소혜는 화산파 장로인 장석영을 따라 호북성으로 갔고, 남언학은 자신과 함께 이곳 사현문으로 온 것이다.

"남 형이야 보나마나 어디 구석에서 무공수련하고 있겠죠."

운정은 남언학의 행방을 묻는 이한명에게 수련을 하고 있을 거라고 말했다.

남언학은 운정과 재회하고 얼마 지나지 않아 도움을 요청했다.

운정에게 전수받은 백운심공에 진전이 더뎠던 것이다.

운정은 남언학에게 도움을 주는 한편 이한명과 비무를 하며 스스로도 무공을 점검하는 시간을 가졌다.

최근 운정은 종가휘로부터 형영신교전에 수록된 혈마기와 혈화기를 배워 수련하고 있었다.

한동안 냉정하게 굴었던 종가휘는 혈영신교전을 모두 풀이해 낸 후 이전의 종가휘로 돌아와 있었다.

처음 혈화기와 혈마기를 전수받던 날 운정이 종가휘에게 물었다.

"혈영신교전을 다 해독했으면 혈화기나 혈마장보다 더 강한 무공도 찾았겠네?"

종가휘가 혈영신교전을 삼 할가량 해독했을 때 혈화기와 혈마장을 얻었으니 모든 해독을 마친 지금, 그보다 더욱 고강한 무공을 찾아내지 않았을까 해서 묻는 말이었다.

한데 운정의 물음에 종가휘는 고개를 저었다.

"혈영신교전에 무공은 혈화기와 혈마장 둘뿐이었다. 그 외는 별 도움 안 되는 고리타분한 이야기들밖에 없었다."

운정은 이전 종가휘의 행동으로 그가 무공을 해독해 냈음에도 불구하고 자신에게 전수하기를 꺼려 거짓말을 하고 있음을 알 수 있었다.

"누굴 바보로 아나? 혈영신교전에 아무런 무공이 수록되어 있지 않은데 네가 그렇게 해독에 열중했다고?"

운정의 말에 종가휘는 잠시 말이 없다가 이내 한숨을 쉬곤 말했다.

"네 말이 맞다. 혈영신교전엔 혈화기와 혈마장외 또 다른 무공이 하나 더 수록돼 있다. 혈화기와 혈마장은 이번에 해독한 그 무공을 위한 바탕이라 할 수 있을 정도로 강력한 무공이다. 하지만 너는 절대 이 마지막 무공을 익혀선 안 된다."

운정에게 절대 마지막 무공을 배워선 안 된다고 말하는 종가휘의 표정이 무척이나 강경했다.

"왜?"

운정은 무공을 배우지 않더라도 그 이유는 알고 싶었다.

"배우지도 않을 무공, 이유는 또 알아서 뭐 하겠냐? 그냥 그러려니 하거라."

종가휘는 더 이상 말하고 싶지 않다는 듯 딱 잘라 말했다.

운정은 종가휘의 성격을 잘 알고 있었다.

그가 운정에게 배워선 안 되는 무공이라고 말하는 데는 필시 그만한 이유가 있을 것이다.

운정은 현재 자신이 익히고 있는 음양종선공만 하더라도 천고에 다시없을 최상승 무공이라 생각했다.

현재 자신이 지니고 있는 무공도 모두 익히지 못한 상태였기에 더 이상 다른 무공에 욕심을 내지 않기로 했다.

음양종선공을 바탕으로 혈마장과 혈화기만 익혀도 인세에 자신의 적수가 없을 것 같았다.

운정은 자신이 지니고 있는 무공의 힘을 믿었다.

음양종선공 이단을 이룬 지 얼마 지나지 않은 상황에서 사도무림계 최고수 중 한 명이라는 만천일과 대등한 결전을 펼쳤지 않은가. 그러니 삼단을 이루게 된다면 얼마나 더 강해질지 스스로도 알 수가 없었다.

"일단 지니고 있는 무공을 최대한 갈고닦도록 하자."

운정은 그날부터 사현문에서 지내는 두 달 보름 동안 쉬지 않고 밤낮으로 무공을 연마해 최근엔 혈마장과 혈화기를 사용할 수 있게 됐고, 음양종섬검도 이전보다 편하게 다룰 수 있게 됐다.

다음날 날이 밝자 사현문에 모여 있던 일도회는 여경으로 향하는 여행을 시작했다.

인원이 이백 명이나 되는 터라 한 번에 모두가 움직일 경우 강호의 이목에 노출될 수 있었다. 그래서 무인들은 서로 마음이 맞는 사람들끼리 짝을 지어 보름 후 여경에서 만나기로 하고 서로 다른 경로로 움직였다.

운정은 이한명과 남언학, 그리고 독영기와 함께 움직였다.

운정 일행은 네 명 모두 절정을 넘어선 무인이었기에 하루 종일 경공을 사용하고도 크게 피곤함을 느끼지 않았다.

"이러다가 우리가 가장 먼저 여경에 도착하겠는데."

독영기가 바위 하나를 뛰어넘으며 말했다.

"우리가 먼저 가서 화선지교의 위치와 병력을 파악해 놓으면 후에 일을 치를 때 많은 도움이 될 거예요."

"그 말은 뒤쳐지지 말란 뜻인가?"

독영기가 신형을 앞으로 쭉 뽑아내며 말했다.

"뒤쳐지면 버리고 갈 거예요."

운정이 웃으며 말하자 독영기는 남언학을 돌아보며 말했다.

"들었나? 자네, 뒤쳐지면 버리고 간다네."

독영기의 말에 갑자기 남언학이 속도를 높였다.

"나에게 한 말이 아닌 것 같은데요."

"호, 경공 대결을 해보자는 건가?"

갑자기 독영기와 남언학이 경쟁하듯 속도를 높여 달려가기 시작했다.

독영기와 남언학은 사소한 일에도 종종 이 같은 경쟁을 벌이곤 했다.

"쯧쯧, 저러다가 한 시진도 못 가 뻗고 말지."

이한명은 쓸데없는 일에 힘을 낭비하는 둘을 보며 딱하다는 듯 혀를 찼다.

아니나 다를까, 독영기와 남언학은 경공 대결을 펼친 지 한 시진도 못돼 녹초가 되고 말았다.

뒤늦게 쫓아온 운정과 이한명이 그런 둘을 한심하다는 듯 쳐다봤다.

"한 번만 더 이런 쓸데없는 행동으로 시간을 허비하게 만들면 진짜 버리고 갈 거예요."

"헉, 헉……. 알았으니 반 시진만 쉬었다 가세."

운정과 이한명은 독영기와 남언학이 너무 지쳐 보이는지라 어쩔 수 없이 반 시진 쉬어가기로 했다.

이날 독영기와 남언학은 운정과 이한명에게 교대를 잔소리를 들어야 했고, 이후 쓸데없는 경쟁 같은 건 하지 않게 됐다.

일행은 쉬지 않고 밤낮없이 달려 십 일 만에 여경에 도착할 수 있었다.

일행이 여경에 도착했을 땐 해가 서산마루로 넘어가는 저녁나절이었다.

"약속한 날까지 오 일 정도 여유가 있으니 일단 인근 마을에 방을 잡고 좀 씻읍시다."

남언학이 머리와 어깨에 묻은 먼지를 털어내며 말했다.

일행은 지난 십 일 동안 밤낮없이 산길을 헤쳐온지라 행색이 말이 아니었다.

일행 모두 남언학과 같은 생각을 하고 있었기에 서둘러 인근 마을을 찾아 나섰다.

마을을 찾은 일행은 근처 객점에 방을 두 개 빌린 후 점소이를 시켜 새 옷을 사오게 하고 오랜만에 뜨거운 물에 몸을 담갔다.

"아, 세상이 달라 보이는구나."

일행 모두가 절정 이상의 고수였지만 지난 십 일간의 강행군은 그런 일행에게도 상당한 피로를 안겨주었다.

일행은 뜨거운 물로 피로를 푼 후 점소이가 사온 새 옷으로 갈아입고, 식당으로 내려가 간단히 저녁을 먹었다.

식사를 마친 일행은 접시를 치우는 점소이에게 물었다.

"애야, 인근에 화, 뭐라는 종교가 있지 않느냐?

"화선지교요?"

"그래, 화선지교 맞다. 우리가 그곳을 방문하고 싶은데 어디로 가면 되느냐?"

"여기서 그곳까지 가려면 상당히 먼데요."

"어느 정도나 떨어져 있는데?"

"걸어서 가면 반나절은 족히 걸릴 거예요."

"그 정도면 한번 가볼 만하니 위치나 알려다오."

독영기가 점소이에게 구리 돈 두 개를 쥐어주자 아이는 상세하게 화선지교의 위치를 알려주었다.

"새벽쯤에 한번 다녀오도록 하세."

독영기의 말에 일행은 그러자고 했다.

새벽녘이 되자 일행은 객점을 나와 점소이가 가르쳐 준 방향으로 화선지교를 찾아 나섰다.

일반인의 속도론 반나절이 걸리겠지만, 일행은 뛰어난 경공 실력을 지니고 있었기에 반 시진 만에 화선지교에 도착할 수 있었다.

일행은 화선지교에 도착했지만 섣불리 다가가지 않고 멀리서 지켜보기만 했다.

"오늘은 첫날이고 하니 위치만 확인해 두세."

독영기의 의견에 따라 일행은 화선지교의 위치만을 확인하고 숙소로 돌아갔다.

다음날부터 일행은 신도로 위장해 화선지교 내부를 살피기 시작했다. 이곳 여경에 있는 화선지교는 여동에 있는 화선지교를 그대로 옮겨놓은 게 아닌가 하는 생각이 들 정도로 유사한 모습을 하고 있었다.

신도로 가장한 무인들과 곳곳에 은신해 있는 무인들, 그리고 거대한 제단으로 지하석실을 가려놓은 모습이 그러했다.

그렇게 오 일간 화선지교에 대한 정보를 모은 일행은 사현문에서 출발할 때 합류하기로 한 인근 숲으로 향했다.

합류 지점으로 가보니 이미 많은 사람들이 도착해 있었다.

"숙부님!"

독영기가 큰 바위 위에 걸터앉아 있는 공낙충을 발견하고 불렀다.

독영기의 부름에 공낙충이 일행을 발견하고 다가왔다.

"그래, 이제 도착했느냐?"

일행과 공낙충은 짧은 인사를 주고받았다.

"저와 일행은 오 일 전 이곳에 도착해서 그동안 화선지교를 살펴봤습니다."

"음, 그거 잘했구나. 그래, 이곳 화선지교는 어떻더냐?"

"여동과 거의 흡사합니다. 교 중심부에 지하석실을 막아놓은 것으로 여겨지는 제단도 있었고, 곳곳에 무인들이 은신해 있었습니다."

"무인의 수는 어느 정도나 될 것 같더냐?"

"정확한 수는 알 수 없지만, 그동안 살펴본 바로는 이곳도 여동과 마찬가지로 삼백 명 내외로 보였습니다."

"그렇군. 수고했다."

공낙충이 수고했다며 독영기의 어깨를 가볍게 두드려 주었다.

"이제 시간이 된 듯하니 출발할 준비를 해야겠구나."

공낙충은 곳곳에 흩어져 있는 무인들을 한곳으로 모아 독영기에게 얻은 정보를 전했다.

현재 이곳에 모인 인원은 육백 명이 조금 넘어 보였다.

화선지교보다 두 배가량 많은 전력이었지만, 네 개 조가 모여 육백 명이란 숫자는 숨어 있는 사도련 무인들을 많이 찾지 못했다는 뜻이었다.

하지만 실망하지는 않았다.

이곳 귀주성에서 많이 찾지 못한 만큼 다른 성에서 많이 찾았을 것이기 때문이다.

공낙충은 귀주성 책임자였기에 모여든 무인들에게 각자의 임무를 전해주고 날이 어두워지자 화선지교로 향했다.

모두가 무인들이었기에 어두운 산길이었지만 횃불 따윈 필요없었다.

최대한 기척을 죽인 채 빠른 속도로 화선지교로 향했다.

공낙충은 미리 정해준 임무대로 무인들을 화선지교로 보냈다.

운정은 곳곳에 은신해 있는 무인들을 처리하는 일을 맡았다.

공낙충의 신호에 맞춰 운정도 화선지교로 향했다.

화선지교로 달려드는 무인들은 일반적인 전투에서 으레 터져 나오는 함성도 지르지 않았다.

최대한 긴밀하게 접근해 순식간에 무인들을 처리한 후 교 깊숙한 곳으로 들어갔다.

이른 새벽이었기에 교 외부를 지키는 무인의 수는 많지 않았다. 그래서 교 내부로 진입하는 건 쉬웠는데, 내부엔 많은 수의 무인들이 숨어 있어 더 이상 진입하는 게 쉽지가 않았다.

일도회가 교 안으로 들어서고 얼마 지나지 않아 적들이 일도회의 존재를 눈치 챘다. 그때부터 두 집단 간의 치열한 전투가 벌어졌다. 하지만 병력 수가 두 배 이상 나는데다 새벽에 갑작스런 기습을 받은 터라, 화선지교는 오래 버티지 못하고 조금씩 밀리기 시작했다.

운정은 마영신보를 이용해 교내 곳곳에 은신해 있는 무인들을 한 명씩 차근차근 처리해 갔다.

일도회의 기습은 여동에서 사도련이 했던 방식을 그대로 따라했는데, 그 방법이 매우 유용해 한 시진 만에 화선지교를 완전히 장악할 수 있었다.

화선지교를 장악한 운정은 중앙의 제단을 치우고 지하석실로 내려갔다.

그곳엔 어린 여자 아이 일곱 명이 갇혀 있었는데, 다행히 아직까지 생혈을 빨리거나 다른 몹쓸 짓을 당하진 않은 상태였다.

일도회는 화선지교의 모든 교인과 무인들을 모아 지하석실에 가두고 그들의 단전을 모두 파괴했다.

아무리 정일학의 수하라지만 삼백이 넘는 인원을 모두 죽일 순 없는지라 더 이상 전투에 관련되지 못하도록 조치를 취한 것이다.

공낙충은 전투를 치른 일도회 무사들에게 하루간의 휴식을 준 후, 부상자와 이곳을 지킬 이십여 명의 병력만을 남겨둔 채 남은 인원 모두를 데리고 정주로 향했다.

모든 일도회가 자신들이 맡은 화선지교를 처리한 후 최대한 빨리 정주로 모이기로 했던 것이다.

이대로 강호를 종횡하며 도처에 널려 있는 화선지교를 처리할 수도 있었지만, 무엇보다도 중요한 건 정일학의 처리였다.

진무황과 무각 대사는 운정이 말한 최악의 상황을 염두에 두고 정일학이 잠적하지 못하게 하기 위해 최대한 신속히 정주로 모이기로 했다.

이미 모든 증거가 확보되어 있고, 정일학의 세력에도 얼마간의 피해를 입혔으니 충분히 부딪쳐 볼 만하단 생각이 들었다.

운정은 지난 석 달 동안 연락이 없던 구무현과 자룡단 그리고 설 자매가 걱정돼 하루간의 휴식을 마다하고 바로 정주로 향했다.

운정이 정주로 향하자 이한명도 함께 움직였다.

독영기와 남언학은 자신들도 운정과 함께하고 싶었지만, 자신들이 따라나섰다간 괜히 운정과 이한명의 발목을 잡을 수도 있었기에, 하루 휴식을 취한 후 일도회와 함께 움직이기로 했다.

第八章
혈영신교전

정일학은 송 총관에게 화선지교 네 곳이 동시에 공격받았음을 보고받았다.

"누구의 짓인가?"

"그게……."

송 총관은 차마 말을 하지 못하고 머뭇거렸다.

"괜찮으니 말해보게."

"사도련과 무림맹이 손을 잡고 일도회란 단체를 만들었습니다. 화선지교 네 곳을 동시에 친 것도 그 일도회란 놈들의 짓입니다."

"일도회?"

"정도와 사도를 가르지 않고 함께 모여 하나의 길을 간다는 그런 뜻으로 만든 단체랍니다."

"놀고들 있군."

일도회에 대해들은 정일학은 우습지도 않다는 반응을 보였다.

"그런데 사도련은 석 달 전 괴멸되어 사라졌다고 하지 않았나?"

"그렇게 보고가 왔었습니다만, 놈들이 수작을 부린 듯합니다."

"자네가 직접 확인하지 않았나?"

"따로 사람을 보내 확인을 했었는데, 당시엔 사도련이 괴멸된 것으로 판단되었습니다."

송 총관은 대답을 하면서도 몸 둘 바를 몰라 했다.

"그런데 알고 보니 그 모두가 놈들의 수작이었다, 이 말인가?"

"그… 렇습니다."

대답하는 송 총관의 목소리가 갈수록 작아졌다.

"어차피 지난 일 따져 봐야 뭐 하겠나? 그래서 화선지교의 피해는 어느 정도나 되나?"

"피해 규모는 천팔백여 명으로 총 다섯 곳이 공격을 당해 공격받은 곳 모두 전멸에 가까운 타격을 입었습니다."

"전멸이면 전멸이고, 전멸이 아니면 아닌 것이지 전멸에 가깝다는 건 또 뭔가?

"모두 죽진 않았으나 놈들이 단전을 파괴해 다시는 무공을 사용할 수 없는 몸을 만들어놨습니다."

"그곳이 어디인가?"

"강소성 여동과 귀주성 여경, 그리고 하북성 선화와 안휘성 태화(太和). 마지막으로 강서성(江西省) 신여(新余)입니다."

"네 곳을 한꺼번에 공격했다면 병력의 수가 결코 적지 않다는 말인데, 놈들의 병력은 얼마나 되는가?"

"현재 밝혀진 바론 사천이 조금 못된다고 알고 있습니다."

"그럼 우리의 남은 병력은 어느 정도인가?"

"현재 열아홉 곳의 교가 남아 있고, 홍선문과 제갈세가의 병력까지 모두 합친다면 총 칠천오백여 명입니다."

"놈들 병력과 무림맹의 전체 병력을 합치면 어느 정도나 되는가?"

"일도회에 속한 무림맹 병력을 제외하면 오천 명이 조금 넘습니다. 일도회에 속한 정파인들까지 합치면 약 육천 명 정도입니다."

"두 단체를 합치면 약 일만의 병력이군. 그런데 사도련의 수가 석 달 전보다 늘어난 듯한데?"

"놈들이 화선지교를 공격하기 전 중원 각지에 흩어져 있던 사도련 무인들을 끌어 모았다고 들었습니다.

"그렇군. 한데 지금 상황에 구대문파와 오대세가를 화선지교가 공격한다면 어느 정도의 승산이 있을 걸로 생각되는가?"

"현재 상황으론 반반입니다. 구대문파의 병력보다 화선지교의 병력이 더 많기는 하지만, 고수의 수에서 차이가 많이 납니다."

송 총관의 대답에 정일학의 표정이 좋지 못했다.

'정, 사파가 손을 잡아 화선지교를 공격했다는 건 나의 계획을 이미 눈치 챘다는 것인데……'

정일학은 이후 어떻게 대응해야 할지 고민했다.

잠시 생각에 빠져 있던 정일학이 물었다.

"화선지교가 가장 많이 모여 있는 곳이 어디인가?"

"호북성입니다."

"호북성이면 제갈세가가 있는 곳이군. 제갈세가와 모두 합쳐 얼마나 되는가?"

"호북성에 총 세 곳의 화선지교가 있습니다. 기본적으로 화선지교에 무인을 삼백 명씩 배치해 놓았으니 구백에서 천 명 사이입니다. 거기에 제갈세가 이백여 명을 합치면 천이백 명 정도가 됩니다."

"흠, 잘됐군. 지금 즉시 제갈세가와 호북성에 있는 화선지교에 연락해 무당파를 치라 명하게."

"무당파를 말입니까?"

송 총관이 깜짝 놀라 되물었다.

"이대로 당하고만 있을 순 없지 않나? 전체 병력이 싸우게 되면 고수의 수에서 밀린다니, 화선지교 두세 곳의 병력을 모아 한 문파씩 상대하도록 하게."

"아, 알겠습니다."

송 총관은 정일학이 무림맹과 정면으로 붙으려 하자 왠지 모를 불안감이 몰려왔다.

"한 지역에 화선지교 세 곳 이상이 모여 있는 곳이 호북성 말고 더 있나?"

정일학의 물음에 잠시 생각하던 송 총관이 이내 대답했다.

"두 곳이 더 있습니다."

"그곳이 어딘가?"

"청해성과 사천성입니다."

"청해성엔 곤륜파가 있었지?"

"그렇습니다."

"사천성은 당가와 아미파, 그리고 청성파까지 있어 쉽지가 않겠군."

송 총관은 정일학이 화선지교 세 곳이 모여 있는 지역을 물어보는 이유를 알 것 같았다.

"설마 무당파를 칠 때 곤륜파도 같이 칠 생각이십니까?"

짐작은 같지만 확인은 해야 했다.

"당연한 것 아닌가? 청해성에 위치한 화선지교에 연락해 병력을 모아 곤륜파를 치라 전하게. 그리고 청해성의 화선지교는 감숙으로 보내 공동파를 치라 전하게."

"공동파까지 말씀입니까?"

"화선지교 세 곳의 병력을 모으면 최소 구백 명, 제아무리 구대문파라고 하지만 충분하지 않은가?"

"그야 그렇지만……. 한데 그렇게 되면 맹주님은 더 이상 무림맹의 맹주로 있을 수 없습니다."

"자넨 내가 아직도 무림맹의 맹주로 보이는가?"

정일학의 말에 송 총관이 눈을 크게 떴다.

"여동에서 실패한 순간 더 이상 나는 무림맹의 맹주가 아니네. 나는 이제부터 홍선문의 문주이자, 화선지교의 교주인 정일학일세."

"알겠습니다."

"그리고 한 가지 더 있네."

"그게 무엇입니까?"

"방금 전한 그 세 곳의 화선지교인들에게 전하게. 무당과 곤륜, 그리고 공동파를 친 후 바로 천산으로 향하라고 말일세."

"천산 말입니까?"

송 총관이 되묻자 정일학은 대답없이 고개를 끄덕였다.

"무림맹과 그 일도회란 곳이 화선지교를 공격했다는 건 이미 그들이 나의 계획을 알게 되었다고 생각해야 하네. 화선지교로 세 곳의 정도문파를 공격하는 사이 우리는 천산으로 향할 것이네."

정일학은 화선지교를 정도문파를 공격해 세인들의 눈을 그쪽으로 돌려놓고, 화선지교와 홍선문, 그리고 제갈세가를 천산으로 이동시킬 생각이었다.

'이렇게 된 것 최대한 빨리 혈영신을 흡수해야겠어.'

정일학은 자신이 원상진경만 대성할 수 있다면 더 이상 이렇게 소극적인 행동을 할 필요가 없다고 생각했다.

정일학이 앞으로의 일들을 생각하고 있는데, 송 총관이 나가지 않고 머뭇거리고 있었다.

"뭔가? 할 말이 더 있거든 말해보게."

송 총관의 머뭇거리는 모습에 정일학이 말했다.

"그게… 자룡단의 습격이 있었습니다."

"자룡단? 자룡단이라면 구무현의 수하들이지 않은가?"

"그렇습니다."

"하면, 그 계집을 놓쳤나?"

정일학은 홍선문에 감금해 놓은 영영이란 계집과 자룡단이 일행이었음을 기억해 냈다.

"송구합니다."

허리를 조아리는 송 총관을 바라보는 정일학의 표정이 좋지 못했다.

송 총관은 대부분의 일은 잘 처리하는데, 이번처럼 중요한 일을 한 번씩 망치는 경우가 있었다.

그럼에도 총관 자리를 유지하고 있는 이유는 그 같은 실수를 다른 일로 만회를 하기 때문이다. 그리고 송 총관을 대신할 만한 인재가 주위에 없기도 했다.

"이미 나의 정체가 밝혀진 후이고, 계집의 등 뒤에 있던 원상진경 후반부도 지워 버렸으니 놈들이 데려가도 크게 문제될 것은 없겠지."

그나마 다행인 것은 영영이란 계집의 등 뒤에 새겨져 있던 문신을 모두 지운 후라는 것이었다.

"알겠으니 그만 나가보게."

정일학은 문주전을 나가는 송 총관의 등을 영 못마땅한 표정으로 바라보고 있었다.

*　　　*　　　*

"으하하암."

이른 새벽 무당파의 산문을 지키는 현오는 입이 찢어져라 긴 하품을 토했다.

"아이고, 이런 새벽에 누가 무당산을 찾는다고 이렇게 사람을 고생을 시키나……."

현오는 벌써 삼 년째 산문을 지키는 일을 하고 있는데, 새벽에 산문을 지키는 일이 가장 싫었다.

"사제, 출출한데 뭐 먹을 거 없냐?"

현오는 최근 산문을 지키는 일을 시작한 사제 현청에게 물었다.

"사형, 산문에서 군것질하다 걸리면 얼마나 혼나는지 잘 아시잖아요."

"녀석아, 이런 새벽에 누가 이곳까지 쫓아와서 군것질하는지 감시를 하겠냐? 쉰소리 말고 네가 말린 더덕 가지고 있는 거 아니까 냉큼 내놔봐."

현오의 말에 현청은 깜짝 놀랐다.

산문을 지키는 일을 마치고 숙소로 돌아가면 뱃가죽이 등에 붙을 정도로 허기가 진다. 그래서 숙소로 돌아갈 때 몰래 먹으려고 말린 더덕 두 뿌리를 한지에 싸 가지고 왔는데, 귀신같은 사형이 그걸 이미 알고 있는 것이다.

"어, 없어요."

"놈, 도사가 거짓말을 하면 쓰겠냐? 두 뿌리인 거 알고 있으니까 한 뿌리만 내놔봐라. 거, 어디서 누군가가 콩 한쪽도 서로 나눠 먹는다고 하지 않더냐."

현청은 현오가 두 뿌리 가져온 것까지 알고 있자 더 이상 발뺌을 할 수가 없었다.

'벼룩의 간을 내먹지.'

현청은 현오가 이미 다 알고 있는 듯해 어쩔 수 없이 더덕 한 뿌리를 현오에게 넘겼다.

현오는 현청이 건넨 더덕을 순식간에 먹어 치운 후 아쉬운 표정으로 말했다.

"그것참 쌉싸름한 게 맛나네. 다음부턴 네 뿌리씩 준비해 오거라."

"사형!"

현청이 현오를 부르자 현오는 귀를 후비며 못 들은 척했다.

"녀석아, 사형이 준비해 오라면 군말 않고 준비해 오는 것이야. 내가 어렸을 땐 말이야……."

"사형, 그게 아니고 저기 저쪽에 뭔가 있는 것 같은데요."

현오는 현청이 손가락으로 가리키는 곳을 바라봤다.

"이런 늦은 시간에 있긴 뭐가… 음? 내 눈이 잘못됐나?"

현청이 가리키는 곳을 보니 정체 모를 불빛들이 산문 주위 곳곳에 보였다.

"이런 시간에 웬 불빛이?"

쉬익!

순간 무언가 빠른 속도로 날아왔다.

"컥!"

현청이 목을 부여잡고 바닥에 고꾸라졌다.

"사제!"

놀란 현오가 달려가 보니 현청의 목에 어린애 손바닥 만 한 조그만 단도가 박혀 있었다.

그 순간 멀리서 한 무리의 사람들이 달려오는 모습이 보였다. 정체 모를 불빛은 그들이 들고 있던 횃불이었다.

"저, 적이다!"

놀란 현오가 소리치며 산문 안으로 뛰었지만 몇 걸음 가지 못하고 등에 칼을 맞고 그 자리에서 죽고 말았다.

하지만 '적이다'라고 외친 현오의 목소리는 컸고, 정문을 지키던 무당의 도사들이 충분히 들을 만한 크기였다.

해도 뜨지 않은 이른 새벽 무당파 내부에 다급한 경종이 울리고, 곳곳에서 도사들이 뛰쳐나왔다.

"무슨 일이냐?"

이른 새벽 도관을 떠들썩하게 만든 경종 소리에 전공장로인 원허가 뛰쳐나와 물었다.

"정체를 알 수 없는 괴한들이 도관에 난입했다고 합니다."

"뭐, 괴한들?"

순간 원허는 몇 달 전 여동으로 파견 나갔다 돌아온 사제의 보고가 생각났다.

"혹, 그놈들이 화선지교란 놈들이더냐?"

"아직 확인은 하지 못했지만 그런 듯합니다!"

그 순간 무당파의 정문이 산산조각 나며 일단의 무리들이 들이닥쳤다.

"네놈들이 화선지교란 미친놈들이냐?!"

정문을 부수고 들어온 괴한들이게 원허가 소리쳤다.

괴한은 원허가 자신들의 정체를 이미 알고 있자 잠시 움찔

했지만 이내 태연히 말했다.

"곧 죽을 놈이 그건 알아서 뭐하게?"

괴한은 그 말과 함께 손에 들고 있던 검을 내리 휘둘렀다.

"감히!"

원허는 어이가 없었다.

미리 전해 듣긴 했지만 중원 천지에 무당 산문을 넘어 칼질을 할 정신 나간 놈들이 실제 있을 줄은 몰랐기 때문이다.

"크헉!"

괴한은 큰소리를 쳤지만 원허의 검을 막아낼 정도의 실력은 아니었다.

"고작 그따위 실력으로 무당의 산문을 넘었단 말이냐!"

원허는 자신의 일 검도 제대로 막아내지 못하는 이런 하수들이, 중원 정복을 정복하겠다며 무당의 산문을 더럽혔다는 사실에 머리끝까지 화가 솟았다. 그래서 평소 그의 성정과 다르게 거칠게 검을 휘둘렀다.

촤촤촤촤촤악!

"크헉!"

분노한 원허의 검에 자비는 없었다.

원허의 검이 휘둘러질 때마다, 주변으로 몰려들던 괴한들이 비명과 함께 쓰러졌다.

한참 동안 검을 휘두르며 괴한들을 쓰러뜨리고 있는데, 무당과 도사들이 정문으로 몰린 틈을 타 괴한들이 외벽을 타넘어 들어오기 시작했다.

"미친놈들이 더 있었군!"

원허는 벽을 타넘어 들어오는 괴한들에게로 몸을 날렸다.

"이곳이 어디라고 감히 더러운 발을 들이느냐!"

원허가 호통을 치며 검을 휘둘렀다.

캉!

"음?"

한데, 벽을 타넘어 들어온 괴한이 자신의 검을 받아내는 게
아닌가.

원허는 내심 놀랐지만, 마음 한 켠엔 싱대가 요행으로 받아
냈을 것이란 생각이 들었다.

원허는 다시 한 번 마음을 가다듬고 검을 내질렀다.

한데 이번엔 괴한이 자신의 검을 받아냄은 물론이고 반격
까지 가했다.

'하수가 아니다!'

처음 정문을 뚫고 들어온 괴한들의 실력을 보고 잡졸들이
라 생각했는데, 지금 눈앞의 괴한은 절대 자신의 밑줄이 아니
었다.

그 순간 괴한의 검이 교묘한 각도로 틀어져 원허의 심장을
노렸다.

"헙!"

놀란 원허는 급히 신형을 비틀어 검을 피했다. 한데 괴한의

검법이 무척 익숙하다 느껴졌다.

"대천성검법(大天星劍法)!"

분명 괴한이 사용한 검법은 제갈세가의 대표적 검법인 대천성검법이었다.

"오랜만이오, 원허 도사."

"네, 네놈은 제갈욱기!"

원허는 괴한의 목소리를 듣고 그의 정체를 알 수 있었다.

괴한이 제갈욱기 임을 확인한 원허가 중얼거리듯 말했다.

"과연 그랬군."

"뭐가 그랬단 말이오?"

"제갈세가가 홍선문과 손을 잡았다는 말을 들었는데, 오늘 그 사실을 확인했다는 말이다!"

"후, 알고 있었소?"

"알고 있다 뿐인가! 네놈들이 무당에 발을 들이기 기다리고 있었다!"

"무슨……."

원허의 말을 제갈욱기가 이해하지 못한 그 순간, 용허전(龍虎殿)에 대기하고 있던 무당의 검수들이 일제히 뛰쳐나왔다.

용허대의 등장에 제갈욱기가 깜짝 놀랐다.

"우리가 습격할 걸 미리 알고 있었단 말이오?"

"말했지 않느냐! 오히려 네놈들이 나타나길 기다리고 있던 참이라고!"

원허의 대답에 제갈욱기의 표정이 일그러졌다.

무당이 괴한들로부터 공격받고 있던 그 시각 청해성의 곤
륜과 감숙성의 공동파도 정체를 알 수 없는 괴한들에게 습격
을 받았다.

세 곳 모두 괴한들의 기습적인 공격을 받았지만 모두 자파
를 지켜냈다.

납치범을 잡으러 여동으로 파견 갔다 돌아온 제자들로부
터 정일학과 화선지교에 대해 미리 들었기에 충분한 방비를
하고 있었던 것이다.

처음 정일학과 화선지교의 정체를 알게 됐을 땐 쉽게 믿어
지지 않았다. 하지만 그의 정체를 증언하는 인물들의 면모가
예사롭지 않았다.

소림의 다음 대 방장을 맡아놓았다고 해도 과언이 아닌 무
각 대사와 화산파 장로인 장석영, 그리고 사도련의 련주인 진
무황의 증언까지 있었다.

그들은 자파 제자들을 돌려보낼 때 정일학과 화선지교 사
이를 증명하는 증거와 이를 증언하는 친서를 동봉해 보냈다.

구대문파와 제갈세가를 제외한 오대세가는, 제자들이 가
지고 온 서신에 증거가 충분하고 증인들 또한 그에 못지않자
사실을 받아들이지 않을 수 없었다.

그 후, 여동에서 귀환하지 않은 무림맹 소속 무인들과 사도

런 소속 무인들이 결합해 일도회란 단체를 만들어 화선지교를 공격할 예정임을 알게 됐다.

일도회는 화선지교를 칠 결행 일이 정해지자, 정일학의 기습이 있을지도 모르니 그에 대한 대비를 단단히 하란 서신을 구대문파와 오대세가에 보냈다.

자신이 만든 화선지교가 일도회에 의해 타격을 받는다면, 그도 자신의 세력을 이용해 구대문파나 오대세가를 공격할 공산이 컸기 때문이다.

그 같은 서신을 전해받은 구대문파는 일도회의 결행 일을 전후해서 강호로 파견 나가 있던 모든 제자들을 불러 모아 정일학의 습격에 대비했다.

일도회의 서신을 가볍게 보지 않고, 방비를 튼튼히 한 구대문파는 화선지교의 기습적인 공격을 받았음에도 자파를 지켜낼 수 있었다.

한 가지 아쉬운 점은 화선지교의 인원이 생각보다 많아 자파를 지켜냈음에도 불구하고 제자들의 희생이 컸다는 것이다. 하지만 이일로 인해 정일학과 화선지교의 정체가 강호 전역으로 퍼져 나갔다.

그로 인해 정사지간의 문파들과 무림맹에 속하지 못했던 중소문파, 그리고 강호의 낭인들이 무림맹에 힘을 실어주게 되었다.

화선지교의 습격을 막아낸 구대문파와 오대세가는 즉시

병력을 재정비해 홍선문과 제갈세가에 역공을 가했다.

하지만 그들이 홍선문과 제갈세가에 도착했을 땐 이미 정일학과 제갈세가의 무인들이 어디론가 자취를 감춘 후였다.

일도회와 무림맹은 정일학을 찾기 위해 강호 전역으로 무인들을 파견했다. 무림맹의 도움을 요청받은 강호의 중소문파와 정사지간의 문파들도 이에 협력해 정일학과 화선지교를 찾아 나섰다. 하지만 그들의 흔적은 그 어디에서도 찾을 수가 없었다.

운정과 이한명은 정주에 도착하기 무섭게 구무현의 장원으로 향했다.

지난 석 달 동안 연락이 두절됐던 자룡단과 설 자매가 걱정이 돼서였다.

한데 도착한 구무현의 장원은 예전의 모습은 없고, 불타 버린 재만 남아 있었다.

놀란 운정은 재로 변한 장원 안으로 들어가 주변을 살피기 시작했다. 하지만 그곳엔 불타 버린 잔해를 제외하곤 아무것도 없었다.

운정은 재만 남은 장원을 망연자실한 모습으로 보고 있다가 거리를 지나는 사람들을 붙들고 묻기 시작했다.

"이곳에 살던 사람들은 어떻게 됐습니까? 장원이 불탄 게 언제입니까?"

운정이 지나는 사람들을 붙들고 물었지만 그들이 아는 건

많지가 않았다.

운정이 알아낸 건 장원이 불탄 지 이미 석 달이 넘었다는 것 정도였다.

"아우, 너무 걱정하지 말게. 장원은 불탔지만 그들의 시체가 이곳에 없으니 분명 살아 있을 것이네."

운정을 따라왔던 이한명이 위로했다. 하지만 운정에겐 아무런 위로가 되지 않았다.

장원이 불탄 지 이미 석 달이 지났다면 그동안 구무현이나 다른 일행이 자신을 찾아오고도 충분한 시간이었다.

한데 그동안 아무런 연락도 없었다는 것은 필시 그들에게 무슨 일이 있었다는 뜻이었다.

"돌아가세. 만약 그들이 살아 있다면, 무림맹과 일도회가 이곳 정주에 왔다는 소식을 듣고 자네를 찾아올 것이네."

운정에 이곳에 계속 있어봤자 뾰족한 수가 없었기에 일단 일도회가 머물고 있는 무림맹으로 돌아가기로 했다.

이한명과 함께 기운 빠진 모습으로 무림맹으로 향하던 운정이 갑자기 멈춰 섰다.

멀리 보이는 무림맹 정문에 너무도 익숙한 얼굴들이 서 있었기 때문이다.

운정은 정문에 서 있는 인물들의 얼굴이 확인되기 무섭게 달려갔다.

그곳에 있던 인물들도 운정을 알아보고 달려왔다.

"운정 오빠!"

가장 먼저 달려온 건 영영이었다.

"영영아!"

운정은 조금 전만 하더라도, 구무현의 장원이 재로 변해 있었던 터라 자룡단과 설 자매가 큰일을 당한 게 아닐지 걱정했었다.

한데, 무림맹 정문에 도착해 보니 그들이 자신을 기다리고 있는 게 아닌가.

운정은 뛰어가 영영을 안아 들었다.

한데 영영의 몸이 예전보다 더욱 가벼워져 있었다.

반가운 마음에 미처 알아보지 못했는데, 얼굴을 비롯한 몸 곳곳이 상처투성이였다.

"영영아, 너 얼굴이 왜 이래?"

운정의 물음에 영영은 아무런 대답도 하지 못하고 얼굴을 운정의 가슴에 묻었다.

"운정아."

운정이 영영의 얼굴을 보며 의아해하고 있는데, 너무도 익숙한 목소리가 들렸다.

운정이 늘 아버지처럼 여기며 따랐던 영호우겸의 목소리였다.

"관주님!"

운정은 영호우겸이 이곳에 있을 것이라곤 상상도 하지 못했다. 운정이 어떨떨해하고 있는데, 영호우겸이 다가와 덥썩 안았다.

"녀석, 왜 이리 말랐느냐?"

영호우겸은 자룡단의 마른 모습을 봤었기에, 운정도 그들처럼 말라 있을 거란 생각은 했지만 막상 만나고 보니 마음이 쓰렸다.

운정이 자신을 아버지처럼 따르듯 자신도 운정을 자식처럼 여겼다. 그런 운정의 변한 모습을 보고 있자니 영호우겸은 말로 표현할 수 없는 쓰린 기분을 느꼈다.

영호우겸을 시작으로 자룡단, 그리고 구무현과도 인사를 나눴다.

구무현과 인사를 나눈 운정이 고개를 들다 깜짝 놀라 소리쳤다.

"예, 예인 아가씨!"

운정은 영호우겸뿐 아니라 영호예인까지 이곳에 있자 깜짝 놀라고 말았다.

"마치 귀신을 본 듯한 표정이구나?"

영호예인은 오랜만에 만난 운정의 모습에 놀랐지만 한편으론 반가운 마음이 컸다.

한데 운정이 자신을 발견하고 놀란 표정을 짓자 왠지 섭섭한 마음이 들었다.

"그게 아니고……. 예인 아씨가 이곳에 있는 게 너무 의외라⋯⋯."

"흥. 내가 이곳에 있는 게 못마땅하다 이거야?"

"아, 아니에요. 못마땅할 리가 있나요? 이곳에서 만나니 더욱 반가워서 그렇죠. 하하."

운정은 영호예인을 만나자 다시 성다관의 하인으로 돌아간 기분을 느꼈다.

'이게 아닌데⋯⋯.'

영호예인은 지금 자신이 왜 이러는지 알 수가 없었다.

마음속에선 운정을 다시 만난 게 너무 기쁜데, 나오는 말은 삐딱하기 그지없었다.

자신의 말이 이렇듯 삐딱하게 나오는 이유는 분명 지금 자신의 옆에 서 있는 영옥 때문일 것이다.

"단 소협, 어서 오세요."

영호예인 옆에 서 있던 영옥이 운정에게 말했다.

운정은 영옥의 어서 오란 말을 듣자, 그동안의 긴장이 모두 사라지고, 마치 긴 여행을 마치고 집으로 돌아온 듯한 기분을 느꼈다.

"설 소저, 오랜만이에요."

영옥에게 마주 인사하는 운정의 목소리가 더없이 편안했다.

영옥과 인사를 나눈 운정은 옆에 있던 이한명을 일행에게 소개했다.

영호예인과 영호우겸은 이한명을 예전부터 알던 사이라

운정의 변한 모습만큼 이한명의 변한 모습에 놀랐다.

"문 앞에서 이럴 게 아니라 안으로 들어가서 천천히 그동안의 이야기를 나눠보세."

이한명의 인사가 끝나자 구무현이 말했다.

구무현의 제안에 일행은 무림맹 안으로 들어갔다.

무림맹 내 숙소를 구한 일행은 그간의 이야기들을 나눴다.

운정은 구무현의 이야기를 통해 장원이 불탄 이유와 영영이 석 달 가까이 홍선문에 납치되어 있었음을 알게 되었다.

"그럼 영영이 등 뒤에 있던 문신이 원상진경 후반부였다는 말입니까?"

"그렇네."

영영의 등 뒤에 있던 문신이 원상진경 후반부란 말에 운정이 놀라긴 했지만, 이한명보다 놀라지는 않았다.

"도대체 어떻게 영영이 등 뒤에 있던 문신이 원상진경 후반부일 수 있는 거죠?"

운정이 물었지만 답해줄 사람은 아무도 없었다. 그저 영영의 등에 문신을 새긴, 영옥의 부친만이 알고 있을 일이었다.

"아무래도 팽탁목이 오설약 방주와 만난 적이 있거나, 원상진경을 전수한 적이 있었던가 보네."

이한명은 팽탁목이 영옥의 부친을 만나 원상진경을 전했다고 생각했다.

"그리고 그 녹색검, 아니, 녹명검이 원상진경을 익힐 때 쓰는 검이라고요?"

"영영이 그렇게 들었다고 했네."

처음 종가휘의 기억이 운정의 기억으로 흡수될 땐 녹명검에 관한 것은 전혀 없었다. 하지만 최근 종가휘의 기억이 대부분 흡수되면서 종가휘가 녹명검을 어떤 경로로 취했는지 알게 되었다.

녹명검은 종가휘가 마교의 지하에서 혈영신교전과 함께 얻었던 것이다. 한데, 혈영신교전과 함께 있던 검이 어떻게 원상진경를 수련할 때 쓰인단 말인가?

운정은 꿈속에서 종가휘를 만나면 반드시 물어봐야겠다고 생각했다.

"한데, 그 얼굴하고 몸의 상처는 어떻게 된 거야?"

운정이 영영의 얼굴에 난 상처를 쓰다듬으며 물었다.

"우리도 상처가 어떻게 된 건지 물었지만 영영이 말하길 꺼려하더군."

관진이 말했다.

"영영아, 그 상처 어떻게 된 거야?"

운정이 묻자 영영은 잠시 운정의 얼굴을 보다 이내 훌쩍이기 시작했다.

"그 아저씨가 오빠가 준 검과 등에 있던 문신을 보더니 갑자기 혈영신이 어디 있냐고 묻잖아. 그래서 모른다고 했더니 당장 말하라면서……."

혈영신교전 267

영영의 말은 정일학이 고문을 가했다는 말이었다.

영영의 말을 듣는 순간 운정의 눈에서 불똥이 튀었다.

아무리 인면수심한 놈이라도 이런 어린애에게 어떻게 고문을 가할 수 있단 말인가.

운정은 영영이 고문을 당했다는 말에 화가 나기도 했지만 정일학이 혈영신을 찾았다는 말에 더욱 놀랐다.

"그런데 정일학이 왜 너에게 혈영신에 대해 물었지?"

영영이 알 리가 없었다.

"자네는 그 혈영신이 무엇인지 알고 있는가?"

관진은 운정의 말투에서 그가 혈영신이란 것을 알고 있음을 느꼈다.

관진의 물음에 잠시 생각을 정리하던 운정이 이내 일행에게 지난 자신의 모든 이야기를 들려주었다.

이한명은 이미 들어 알고 있는 이야기였지만 다른 일행에겐 너무도 괴이한 이야기이지 않을 수 없었다.

"그럼 지금 네 몸속에 마교 교주 종가휘의 영혼이 들어 있단 말이냐?"

영호우겸이 놀란 표정을 지우지 못한 채 물었다.

"네, 삼 년 전 마교가 영호세가를 습격한 이유가 당시 종가휘의 시체에서 제가 찾아낸 동패와 혈영신교전을 뺏기 위해서였어요."

운정은 당시 마교가 영호세가를 습격한 이유가 자신 때문임을 삼 년이 지나서야 밝혔다.

그동안 운정을 믿고 있던 영호가 사람들로선 청천벽력 같은 말이 아닐 수 없었다.

영호우겸과 영호예인은 충격으로 한동안 아무 말도 할 수가 없었다.

"어떻게, 어떻게 그동안 아무것도 모른 척 시침을 떼고 있었던 거야?"

영호예인은 끝내 참지 못하고 방을 뛰쳐나갔다.

영호우겸은 잠시 운정을 바라보다 이내 영호예인을 따라나섰다.

당시엔 피치 못할 사정이라 생각했는데, 돌이켜 보니 믿었던 사람을 속인 경우가 되고 말았다. 그뿐 아니라 자신이 종가휘의 시체를 뒤져 동패와 혈영신교전을 취하면서 세가 사람 모두가 죽고 말았다.

운정은 자신이 원해서 이렇게 된 건 아니었지만, 자신으로 인해 그런 일이 일어났기에 용서를 구하기도 힘들었다.

영호예인과 영호우겸이 방을 나선 후 방 안엔 정적이 감돌았다.

오랜 정적 끝에 구무현이 입을 열었다.

"자네가 당시 바로 사실에 대해 말하지 않은 건 잘못했지만 그 심정은 충분히 이해가 가네. 쉽게 믿기 힘든 일일뿐더러 어린 나이에 감당하기 힘들었겠지. 하지만 한편으론 자네가 그때 살아남고, 영호세가가 멸문을 맞게 됨으로써 아직까지 중원에 평화가 지속되는 것이라 생각하네."

운정이 그날 종가휘의 시체를 뒤져 동패와 혈영신교전을 취하지 않았다면, 옥능소가 종가휘의 시체에서 혈영신교전과 동패를 찾아냈을 것이다.

그때 옥능소가 그 두 물건을 취했다면 지금쯤 강호는 마교의 것이 됐을 것이다.

결과만 놓고 본다면 영호세가의 희생으로 지금껏 강호의 평화가 유지되고 있는 것이라 해도 과언이 아니었다.

"너무 걱정 말게. 지금은 충격이 커 자네에게 배신감을 느끼고 있겠지만, 며칠 시간이 지나면 마음의 안정을 찾을 것이네."

구무현은 영호가 사람들이 곧 운정의 입장을 이해하게 될 것이라 위로했다.

"그런데 정일학이 그 혈영신이란 것을 찾는 이유가 무엇인 것 같은가?"

관진이 물었다.

하지만 운정도 정일학이 노리는 바가 무엇인진 알 수가 없었다.

가장 먼저 드는 생각은 정일학이 혈영신을 이용해 중원을 정복하려 하지 않을 까인데, 혈영신은 제어가 되지 않기 때문에 그렇게 생각할 수만도 없었다. 그리고 현재 혈영신은 마교

지하에 있고, 그 지하의 문을 여는 동패를 자신이 가지고 있기에 정일학이 얻으려 해도 쉽지 않을 거라 생각했다.

"오늘은 날이 늦었으니 이야기는 내일 계속하도록 하세."

운정에게 안겨 있던 영영의 조는 모습을 보고 구무현이 말했다.

일행은 다음날 이야기를 이어가기로 하고 각자의 숙소로 향했다.

그날 밤 운정은 꿈속에서 종가휘를 만날 수 있었다.

"어떻게 된 거야?"

운정은 종가휘를 만난 지 아직 사 일이 지나지 않았는데 꿈속에서 그를 만나게 되자 의아해하며 물었다.

"언제부턴가 내가 꿈속으로 널 불러들이는 일이 가능하게 되더구나. 그뿐 아니라 예전처럼 너에게 말도 걸 수 있게 됐다."

"그럼 이제부턴 언제든지 꿈속에서 수련이 가능하단 말이야?"

"그렇다고 할 수 있지."

운정은 최근 혈마장과 혈화기를 한창 수련 중이었기에 잘 됐다고 생각했다.

"그런데 오늘 나를 부른 이유는 뭐야?"

"좀 전 네가 하는 이야기를 들었다. 원상진경과 녹명검, 그리고 혈영신에 대해."

"아, 나도 그 부분이 궁금했는데 어떻게 정일학이 혈영신과 녹명검을 알고 있는 거지?"

운정의 물음에 잠시 뜸을 들이던 종가휘가 이내 말했다.

"웬만하면 내가 알게 된 사실을 너에게 알리고 싶지 않았는데, 어쩔 수 없구나."

"무슨 말이야?"

"지금부터 내가 하는 말을 잘 듣거라."

종가휘는 운정이 궁금해하는 사항에 대해 천천히 이야기하기 시작했다.

종가휘도 처음부터 알았던 건 아니다.

운정의 몸속에서 혈영신교전을 해독하면서 알게 된 사실이다.

종가휘는 혈영신교전을 해독하는 과정에 원상진경을 알게 되었다. 아니, 혈영신교전 자체가 원상진경을 위해 존재한다고 말할 수 있었다.

태초에 누가 어떤 이유로 원상진경을 만들었는지는 아무도 알지 못한다.

혈영신교전에도 그 부분에 대해선 기록되어 있지 않았다.

그저 원상진경을 대성하는 순간 하늘이 갈라지고 땅이 뒤집히며, 칠흑 같은 어둠 속에 악신이 강림한다고만 적혀 있었다.

혈영신교전은 그 같은 악신을 불러내기 위한 하나의 도구에 지나지 않았다.

혈영신교전의 전반부엔 혼원영신대법과 역청의 수법. 그리고 혈마장과 혈화기가 수록되어 있고, 후반부에는 혈청(血請)이란 기괴한 무공 하나가 수록되어 있었다.

종가휘는 이 혈청이란 무공을 해독하기 위해 마교를 견제하며 팔 년, 운정의 몸속에서 삼 년, 총 십일 년 동안을 노력했다.

한데 십일 년간의 노력 끝에 알아낸 이 혈청이란 무공은 너무도 기괴해, 과연 무공이 맞는지조차 알 수가 없었다. 혈청이란 무공은 한순간에 사람의 몸속에 들어 있는 피를 뽑아내 죽이는 괴이한 무공이었다.

사람의 몸속에서 한순간에 피가 사라진다면 그 사람은 이미 죽은 사람이니, 살상만을 목적으로 본다면 대단한 무공이라 할 수 있었다.

제아무리 고수라도 단 한순간 틈을 보이면 온몸의 피가 빠져 죽게 되니 천하에 다시없을 사악한 마공이었다.

한데 문제는 이 혈청을 혈마장과 혈화기를 사용한 이후에만 사용할 수 있다는 것이었다.

혈마장과 혈화기 또한 대단한 무공이니 연환식이라 생각할 수도 있다. 하지만 이 세 무공이 동시에 모두 시전된 후 벌어지는 일이 문제였다.

처음에도 말했다시피 혈영신교전은 원상진경을 위해 존재하는 무공서이다.

"이 세 가지 무공을 동시에 받은 인간이 어떻게 되는지 아느냐?"

한참 혈영신교전에 대해 이야기하던 종가휘가 운정에게 물었다.

"어떻게 되는데?"

"혈마장과 혈화기는 극양(極陽)의 기운을 가지고 있고, 혈청은 극음(極陰)의 기운을 가지고 있다. 극양의 기운을 받아 쪼그라들던 신체가 극음의 기운을 받으면 그대로 굳어버리는데, 이와 같이 변형된 인간이 혈영신이다."

"어? 혈영신……?"

종가휘는 황당하게도 혈영신교전에 수록된 무공에 당한 인간이 혈영신이 된다고 말하고 있었다.

즉, 혈영신교전은 혈영신을 제조하는 방법이 수록된 무공서란 말이었다.

"나는 혈영신교전을 모두 해독한 후에야 천마성 지하에서 발견한 혈영신이 이전에 사람이었다는 걸 알게 되었다."

운정은 종가휘가 하는 모든 말이 너무도 터무니없이 들렸다.

"내가 너에게 혈마장과 혈화기를 가르쳐 놓고도 마지막 무공을 가르치지 않은 이유가 이 때문이다."

"지금, 농담 아니고 진짜야?"

운정이 농담이냐고 물었지만, 종가휘의 표정은 심각하기만 했다.

"내가 너에게 혈청을 가르치지만 않으면 모든 게 괜찮을 거라 생각했다. 한데, 그 정일학이란 놈이 원상진경을 모두 익히게 된 데다가 녹명검까지 지니게 됐으니 큰일이 아닐 수 없다."

"도대체 녹명검이 뭔데 그래?"

"녹명검은 원상진경을 익히는데 필요한 피를 흡수하기 위한 하나의 도구이다. 도대체 이런 괴이한 무공이 어디서 나타났는지 정말 알 수가 없구나."

종가휘는 녹명검을 가지게 된 정일학이 혈영신을 만나게 되면 어떤 일이 일어나는지를 말해주었다.

"좀 전 이야기를 들어보니 정일학이 수하들을 데리고 잠적했다고 하더구나. 필시 정일학은 혈영신을 찾아 천마성으로 향했을 것이다. 그가 혈영신을 만나게 되면 진정 책 속에 서술된 대로 악신이 강림할지도 모른다. 너는 지금 당장 천마성으로 향해 정일학보다 먼저 혈영신을 찾아 없애든지, 정일학을 찾아 죽여야 한다."

운정은 종가휘의 이야기가 마치 이야기책 속에서나 나옴직한 허황된 이야기로 들렸지만, 한편으론 사실일지도 모른단 생각이 들었다.

종가휘가 혼원영신대법을 사용해 자신의 몸속에 들어와 있는 것만 보더라도 혈영신교전에 수록된 무공과 기록이 모두 사실임을 증명했다.

"지금 당장 천산으로 떠나거라!"

천산으로 떠나라는 종가휘의 말과 함께 운정은 잠에서 깨어났다.

잠에서 깨어난 운정은 일행들을 불러 꿈속에서 종가휘와 나눈 이야기를 들려주고 이한명과 함께 즉시 천마성으로 향했다.

구무현은 날이 새면 무림맹에 사실을 전하고 같이 움직일 것을 제안했지만, 운정은 날이 샐 때까지 기다릴 시간이 없었다. 그리고 혈영신을 파괴하는 일엔 많은 병력이 필요치도 않았다.

운정이 천마성으로 떠난 다음날 마교의 동태를 살피던 정찰조에서 홍선문과 화선지교의 움직임을 포착했다는 연락이 왔다.

"정일학이 천산으로 향하고 있다고 합니다."

진무황은 수하의 보고를 듣고 일도회와 무림맹의 긴급회의를 소집했다.

"정일학이 홍선문과 화선지교를 데리고 천산으로 향하고 있다고 하는데, 그들이 천산으로 향하는 이유가 무엇일 것 같은가?"

이전까지 일도회에 참여하지 않았던 개방의 장로 장흥이
진무황에게 말했다.

"본 방의 정보에 의하면 최근 마교는 혈교와의 전투로 상
당한 피해를 입은 것으로 알고 있습니다. 이만이 넘던 병력
중 현재 남아 있는 수가 사천이 넘지 않는다고 하니 정일학이
마교를 치고 그곳에 정착하려는 속셈이 아니겠습니까?"

장흥은 그동안 모은 정보를 토대로 중원에 더 이상 머물 수
없게 된 정일학이 마교를 친 후 그곳에 정착하려 한다고 생각
했다.

장흥의 말에 무각 대사가 말했다.

"마교와 혈교가 어떻게 됐는지 좀 더 구체적으로 말해주시
오."

무각 대사의 말에 장흥은 그간 마교와 혈교 사이에 일어난
일들을 이야기하기 시작했다.

"이전 마교가 중원을 침공했을 때 겉으로 들어나지 않았지
만 혈교와 연합을 한 상태였습니다. 한데 얼마 전 혈교의 교
주가 바뀌면서 마교와 혈교 사이에 큰 전투가 일어났습니다.
아니, 혈교가 마교의 뒤통수를 쳤다는 게 맞는 말일 겁니다.
갑작스런 혈교의 배신에 마교는 속수무책으로 당할 수밖에
없었고, 이만이 넘던 병력 중 살아남은 마인의 수가 오천이
넘지 않았습니다. 그 후 마교 교주 옥능소는 중원 곳곳에 숨

어 있던 비밀분교원들을 모아 혈교와 전쟁을 치렀고, 혈교는 마교의 공격에 멸문에 가까운 피해를 입었습니다. 현재 마교는 당시의 후유증을 치료하느라 강호 활동을 전혀 하지 못하고 있는 상태입니다."

장홍의 설명으로 긴급회의에 참석하고 있던 인물들은 그간 마교와 혈교 사이에 무슨 일이 있었는지 알게 되었다.

"마교가 혈교에 배신을 당해 상당한 타격을 입었다고 했는데, 어떻게 그 상태에서 혈교를 멸문지경에까지 몰아붙였단 말이오?"

진무황이 물었다.

"그 부분은 자세히 조사되지 않았지만 강시를 사용했다는 보고가 있었습니다."

장홍의 입에서 강시란 말이 나오자 곳곳에서 웅성거리는 소리가 들렸다.

"강시라……. 마교라면 충분히 하고도 남을 짓이긴 하지요."

무당파의 장로 원허가 한마디 거들었다.

"그렇다면 잘된 일이지 않습니까? 정일학이 중원무림에 하려 했던 일을 우리가 할 수 있게 된 것이지 않습니까?"

장홍의 말을 듣고 있던 만천일이 말했다.

만천일의 말은 정일학과 마교 간의 전쟁이 벌어지면, 둘의 전쟁이 끝나길 기다렸다가 무림맹과 일도회가 그들의 뒤를 치자는 말이었다.

만천일의 말을 듣고 무각 대사가 말했다.

"쉽게 생각할 문제가 아닌 것 같습니다. 정일학이 마교를 치려 한다면, 저희 무림맹과 일도회의 공격받을 것을 충분히 예상했을 터인데, 그럼에도 불구하고 마교로 향했다는 것은 그 둘이 연합했을 가능성도 있다는 말이 되잖겠습니까?"

중인들은 그럴 수도 있다고 생각했다.

그때 한쪽에 조용히 앉아 있던 구무현이 나서 말했다.

"제가 한 말씀드리겠습니다."

중인들의 시선이 집중된 가운데, 구무현은 지난밤 운정이 천산으로 떠나며 했던 이야기를 들려주었다.

구무현의 이야기가 이어질수록 중인들은 믿을 수 없다는 표정을 지었다.

"그게 가당키나 한 말이요? 벌써 삼 년 전에 죽은 전대 마교 교주의 혼이 그 단운정이란 청년의 몸속에 들어 있다니. 농담도 가려가며 하시구려."

원허가 구무현에게 나무라듯 말했다.

"삼 년 전 이차 정마대전이 일어나기 전 마교와 정일학이 한 명의 소년을 찾던 일이 있었습니다. 모두 기억하십니까?"

구무현이 물었다.

중인들은 그제야 단운정이란 청년의 이름이 왜 귀에 익은지 기억해 냈다.

"구 대인. 혹, 대인이 말하시는 청년이 영운이란 청년 아니오?"

진무황이 물었다.

"맞습니다. 삼 년 전 마교와 정일학이 찾아다니던 청년도 그 청년이고, 이번 여동에서 무림맹과 사도련의 충돌을 막고 원정대를 구해낸 청년도 그 청년입니다. 이차 정마대전 당시엔 청풍대를 구해내며 일권일사란 별호까지 얻었다고 들었습니다."

구무현의 말에 회의에 참석했던 인물들이 웅성거렸다.

진무황이나 만천일은 구무현이 단운정이란 청년의 이야기를 하기에 처음엔 못 알아들었는데, 알고 보니 자신들을 이곳에 오게 만든 그 영운이란 청년의 이야기였다.

"그 모두가 사실이라 하면, 그자는 몸속에 마교 교주의 영혼을 지니고 있으니 마인이 되는 셈이 아니오? 어찌 그런 자의 말을 믿을 수 있겠소? 오히려 정일학의 공격으로부터 마교를 지켜내기 위해 우리 무림맹을 끌어들이려는 속셈 아니오?"

종남파의 호법장로인 모종기가 말했다.

모종기는 남가장을 찾아 나섰던 운정과 태원에서 시비를 일으켰던 석양일의 스승이었다.

"마인이라……. 마인의 기준이 어떤지는 모르겠지만 그와 겨뤄본 적이 있는데 마공을 사용했던 기억은 없는 듯하오."

만천일이 모종기에게 말했다.

"그는 검왕 남도명의 진전을 이은 걸로 알고 있습니다."

"그랬군. 어쩐지 그 백색 검강의 기운이 어딘지 익숙하다 싶더니 검왕의 제자였구려."

만천일은 자신과 대결을 펼칠 때 운정이 쏘아보냈던 음양 종선검을 생각하며 말했다.

"소승도 일권일사란 별호를 가진 청년이 남가장에 실전된 백운심공을 전했다는 소문을 들은 듯합니다."

무각 대사도 한마디 거들었다.

무각 대사의 말을 들은 중인들도 당시의 소문이 기억났는지 여기저기서 소문을 들었다는 말을 했다.

"그러고 보니, 모 대협의 제자 분이 그 청년과 태원에서 잠시 다툼이 있었다지요?"

화산파의 장로 장석영이 말했다.

"큼, 그 정도 일로 앙심을 품을 정도로 속 좁은 사람이 아니올시다. 그저 마교 교주의 영혼을 몸속에 지니고 있다니 혹, 마인이 아닐까 생각한 것뿐이오."

모종기의 이야기가 일단락되자 곳곳에서 앞으로 어떻게 할 것인지 의견을 나눴다.

"정일학이 천산으로 향하는 척하며 우리를 유인해 다시 중원으로 들어오려는 속셈일 수도 있습니다. 그러니 무림맹은 이곳을 지키고, 일도회는 지난번 화선지교를 공격했던 것처럼 천산으로 향해 정일학과 마교를 견제하는 게 좋을 것 같습니다."

무각 대사의 의견이 최종적으로 결정되었다.

일도회는 무림맹과 중원 각지에서 몰려온 중소문파 제자들을 좀 더 보충해 총 육천 명의 병력을 구성해 천산으로 향했다.

第九章
천마성으로

탁탁탁탁.

조용하던 천마성 안에 다급한 발자국 소리가 울렸다.

"교주님!"

교주전으로 들어선 마인 한 명이 급히 옥능소를 찾았다.

"무슨 일인데 이리 호들갑이냐?"

옥능소를 호위하고 있던 수호전대 대주인 일기검(日氣劍) 곽태후가 교주전으로 들어서던 마인을 나무랐다.

"죄, 죄송합니다."

"그런데 무슨 일로 이리 소란을 피운 것이냐?"

옥능소가 마인에게 물었다.

"지금 정체를 알 수 없는 무인들이 천산을 오르고 있습니다!"

"무인들? 규모는 얼마나 되더냐?"

"그게… 어림잡아 칠천 명은 넘어 보였습니다!"

"칠천 명? 무림맹이더냐?"

"확인은 못했지만 무림맹은 아닌 것 같았습니다."

"무림맹이 아닌데 칠천 명의 병력이란 말이냐? 혹, 사도련이냐?"

"사도련인지 아닌지는 알 수 없지만 무림맹은 분명 아니었습니다!"

마인의 보고를 받은 옥능소가 곽태후에게 말했다.

"수하들을 시켜 놈들의 정체를 알아보도록 하게."

옥능소가 곽태후에게 명하자, 곽태후는 자신이 이끄는 수호전대 무인 두 명을 보내 적의 정체를 파악해 오라고 명하고 자신도 밖으로 나섰다.

옥능소는 천산을 오르고 있는 무인들의 정체가 무엇인지 궁금해 자신도 밖으로 나섰다.

천마성 외성 벽에 올라보니 수하의 보고대로 천산 입구 쪽으로 상당수의 사람들이 모여 있는 게 보였다.

그들은 빠른 속도로 천산을 오르고 있었다.

이미 적이 천산을 오르고 있다는 소식이 퍼졌는지 마인들은 이미 전투준비를 마친 후였다.

적의 모습이 육안으로 식별이 될 정도로 가까워졌을 무렵 곽태후가 옥능소에게 다가와 말했다.

"교주님, 놈들의 정체를 알아냈습니다. 놈들은 화선지교란 종교 단체입니다."

"화선지교? 화선지교라면 종교 단체로 가장해 무인들을 양성한다던 그놈들이 아닌가?"

"맞습니다."

옥능소는 적 선생이 자신을 돕던 시절 중원에 화선지교란 괴이한 집단이 종교단체로 가장하고 무인들을 양성하고 있다는 보고를 받은 적이 있었다.

사이비 종교 단체가 천산을 오르는 이유는 알 수 없지만 자신들의 구역에 무단으로 침입한 자들을 그냥 놔둘 수는 없었다.

"놈들이 무슨 생각으로 천산에 발을 들였는지는 알 수 없지만 이곳은 아무나 발을 들일 수 있는 곳이 아님을 철저히 가르쳐 주거라."

"존명!"

마인들은 멀리서 먼지 구름을 만들며 달려오는 적들을 바라보며 전의를 다졌다.

운정과 이한명은 두 달간 다섯 마리의 말을 갈아타며 쉬지 않고 달려 겨우 천산에 도착했다.

자는 시간도 아껴가며 달려왔지만 정일학보다 한발 늦어 자신들이 천산에 도착했을 땐 이미 화선지교와 마교 간의 전투가 한창 벌어지고 있는 시점이었다.

"아무래도 우리가 한발 늦은 것 같네."

이한명이 멀리서도 들리는 병장기 소리와 고함 소리를 듣고 운정에게 말했다.

"아직 전투 중이니 늦지 않았을 수도 있어요. 서둘러 가보죠."

운정과 이한명은 정일학이 아직 혈영신을 흡수하지 않았길 바라며 서둘러 천마성으로 향했다.

운정과 이한명이 천마성 앞에 도착해 보니 정일학과 화선지교는 외성을 집중적으로 공격하고 있었다.

화선지교가 아직 외성을 뚫지 못한 걸 보니 다행히 자신들이 늦진 않은 것 같았다.

하지만 이대로 얼마간의 시간이 더 지난다면 외성도 무너질 것 같았다.

'외성이 무너지면 모든 게 끝이다! 그전에 혈영신을 파괴해야 돼!'

운정은 이한명을 데리고 협곡 아래로 내려가 삼 년 전 천마성에 잠입할 때 사용했던 통로로 움직였다.

예전엔 협곡과 통로를 빠져나오는데 세 시진이 걸렸는데, 그동안 무공이 늘어서인지 한 시진 만에 빠져나올 수 있었다.

운정은 통로를 빠져나오는 내내 천마성의 외성이 무너지지 않기만을 빌었다.

마침내 통로를 모두 빠져나온 운정과 이한명은 승천문으로 달렸다.

한창 화선지교와 전투 중이라 평소 감시가 삼엄한 승천문엔 단 한 명의 경비도 없었다.

승천문을 빠져나온 운정과 이한명은 어렵지 않게 내성으로 들어설 수가 있었다.

내성에 들어서고도 마인들의 모습이 보이지 않아, 운정과 이한명은 흑천각까지 아무런 제지를 받지 않고 움직일 수 있었다.

흑천각에 들어서자 곳곳에 분주히 움직이는 마인들이 보였다.

운정과 이한명은 그들과 마주치지 않기 위해 허공으로 몸을 띄워 천장을 통해 이동했다.

거대한 흑천각의 천장은 큰 기둥들로 인해 몸을 감출 곳이 많았고, 현재 화선지교와 전투를 펼치고 있는 중이라 마인들은 천장에까지 신경을 쓸 여유가 없었다.

천장을 통해 중앙 통로에 움직이던 운정이 갑자기 멈춰 섰다.

"왜 그러나?"

갑자기 운정이 멈춰 서자 이한명이 전음으로 물었다.

"환풍구가 막혀 있어요."

예전 비동으로 침입할 때 이용했던 천장의 환풍구가 막혀 있었던 것이다.

"혈영신을 모아놓은 비동으로 가려면 저 환풍구를 통해야 하는데, 저렇게 막아놨으니 조용히 가기는 틀렸네요."

"그럼 이제 어떻게 할 건가?"

"내가 이 형을 데려온 이유가 이 같은 일이 일어날 때를 대비해서예요."

"음?"

이한명이 운정의 말을 못 알아들은 표정을 지었다.

"환풍구가 막혀 있으니 저걸 뚫으려면 소란을 피할 수가 없어요. 이 형이 인근에 있는 마인들을 유인해 주세요."

운정의 말을 듣고서야 이한명은 운정이 자신을 데리고 이곳을 온 이유를 알 수 있었다.

"상황이 그렇다면 어쩔 수 없지."

이한명이 알겠다는 듯 고개를 끄덕이더니 이내 중앙 통로로 내려섰다.

이한명은 중앙 통로로 내려서기 무섭게 한쪽으로 달려가 일부러 마인들 앞에 모습을 드러냈다.

삐이익!

이한명의 등장에 마인들은 뿔피리를 불며 한쪽으로 우르르 몰려가기 시작했다.

'이 형, 부탁해요.'

운정이 속으로 이한명에게 부탁한다는 말을 한 후 중앙 통로의 환풍구를 향해 몸을 날렸다.

콰앙!

두꺼운 돌 벽으로 막혀 있던 환풍구가 거대한 울림과 함께 터져 나갔다.

약간의 소음이 있었지만 운정은 상관하지 않았다. 지금은 최대한 빨리 혈영신을 찾아 없애야 했기 때문이다.

환풍구로 들어선 운정은 마치 익숙한 길을 거닐 듯 거침없이 앞으로 나아갔다.

환풍구로 들어서고 얼마 지나지 않아 운정은 혈영신을 모아놓은 비동 앞에 도착할 수 있었다.

"음?"

한데 비동의 모습이 이상했다.

경비도 없고, 비동 앞을 가로막고 있던 거대한 철문도 사라지고 없었다.

운정은 환풍구에서 내려서 비동 안을 살폈다.

비동 안엔 단 한 구의 혈영신도 보이지 않았다.

"어떻게 된 거지?"

비동의 입구가 파괴되어 있고, 혈영신도 없다면 어딘가로 옮겼단 뜻이었다.

아직 옥능소가 혈교와의 전투에서 혈영신을 사용했다는

사실을 모르는 운정은 혈영신이 보이지 않자 심히 당황스러웠다.

'이렇게 되면 옥능소를 직접 만나야 하나?'

옥능소가 자신을 본다면 만사를 제치고 죽이려 들 것이다. 하지만 혈영신을 찾아 파괴하고, 정일학과 화선지교를 상대하려면 그를 만나야 했다.

옥능소가 자신에게 달려드는 건 전혀 두렵지 않다. 그를 충분히 감당할 자신이 있었고, 수하들과 함께 덤벼도 감당할 자신이 있었다. 다만 걱정되는 건 자신의 등장으로 마인들의 집중력이 흐트러져 외성을 공격하는 정일학에게 밀리지 않을까 그게 우려됐다.

'이렇게 시간을 보내면 보낼수록 상황은 어려워진다. 상황이 복잡할 땐 정면으로 부딪치는 게 최선의 방법이지!'

운정은 옥능소를 만나 담판을 짓기로 하고 다시 내성으로 향했다.

운정이 비동과 흑천각을 연결하는 계단을 막 빠져나왔을 때였다.

"단운정!"

운정은 계단을 빠져나오기 무섭게 누군가 뒤에서 자신의 이름을 부르자 화들짝 놀라 돌아봤다.

그곳엔 이십대 초반으로 보이는 여인이 자신을 보고 놀란 표정으로 서 있었다.

"당신은······?"

운정은 어떻게 천마성에 자신의 이름을 아는 사람이 있는지 궁금했다.

한데 자세히 보니 여인의 모습이 왠지 눈에 익었다.

운정을 불러 세운 여인은 다름 아닌 염휘란이었다.

염휘란은 운정의 변한 모습에 처음엔 알아보지 못했지만 그가 사용하는 마영신보를 보고 운정임을 알아봤다.

"맞다! 당신은 녹혈단의 부단주인 편주혜!"

운정은 삼 년 전 아진평에서 만난 편주혜를 기억해 냈다.

운정의 외침에 여인은 살짝 고개를 저으며 말했다.

"지금은 흑풍혈검대 대주인 염휘란이다!"

염휘란의 대답에 운정이 고개를 갸웃거렸다.

"녹혈단 부단주에서 흑풍혈검대 대주가 된 것은 알겠는데, 어떻게 이름까지 바뀌었지?"

"내 본명이 염휘란이다."

"그렇군. 본명이 염휘란이었군."

운정은 왠지 염휘란이란 이름이 낯설지가 않다고 생각했다. 하지만 지금은 여자 이름에 신경 쓰고 있을 때가 아니었다. 그보단 혈영신이 어디 있는지가 더욱 중요했다.

"혈영신은 어디 있지?"

운정은 그녀가 자신의 본명을 밝힌 걸 대수롭지 않게 생각했지만 염휘란은 달랐다.

그녀는 지난 이 년 동안 아안문에서 운정이 오기만을 기다렸던 것이다.

"지난 이 년 동안 왜 나를 찾아오지 않은 거지?"

염휘란의 사정을 모르는 운정은 그녀의 질문이 생뚱맞게 들렸다.

"그게 무슨 말이지? 나와 언제 만나기로 약속을 했었나?"

운정은 아무리 생각해도 자신이 염휘란과 만나기로 한 적이 없었다.

그녀의 본명도 오늘에서야 알게 됐지 않은가.

"아니, 질문이 잘못됐군. 왜 종가휘는 나를 만나러 오지 않은 거지?"

염휘란은 자신의 질문을 정정했다.

"종가휘?"

운정은 염휘란의 입에서 종가휘의 이름이 나오자 깜짝 놀랐다. 자신에게 종가휘에 대해 묻는다는 것은 종가휘가 자신의 몸속에 들어 있음을 알고 있다는 뜻이었다.

그 순간 운정은 아진평에서 그녀가 떠날 때 전음으로 자신에게 종가휘라고 했던 걸 기억해 냈다.

"맞아, 그날도 종가휘란 말을 남기고 사라졌었지. 나에게 종가휘라고 한 이유가 뭐지?"

운정의 물음에 염휘란은 피식 웃었다.

"종가휘에게 직접 물어봐."

염휘란의 말이 끝나기 무섭게 종가휘의 목소리가 들렸다.

[염휘란이라면 나의 막역지우인 비도 염무극의 딸이다. 죽었다고 들었는데……. 살아 있을 줄이야.]

운정은 그제야 눈앞의 염휘란이 누군지 알 수 있었다. 운정도 종가휘와 기억을 공유하고 있기 때문에 염휘란에 대한 기억이 있었다.

하지만 이미 어린 시절 죽은 걸로 기억되어 있는데다가, 현재 상황이 혈영신에 모든 정신이 팔려 있어 미처 기억해 내지 못한 것이었다.

"당신은 비도 염무극의 딸이군?"

운정의 말에 염휘란은 싸늘한 눈빛으로 말했다.

"왜 나의 아버지와 어머니를 죽였지?"

염휘란은 냉기가 도는 목소리로 물었다.

"뭐?"

"너에게 묻는 게 아니라 종가휘에게 묻는 거다."

"무슨 헛소리야? 종가휘가 언제 네 아버지와 어머니를 죽였다는 거야? 종가휘와 가장 가까웠던 친구가 네 아버지인 비도 염무극인데. 그뿐 아니라 종가휘가 죽게 된 이유도 네 어머니인 모혜란이 살아 있다는 옥능소의 유인책에 걸려서였단 말이다!"

운정이 황당하다는 듯 소리쳤다.

"헛소리! 종가휘는 자신의 교주 자리를 지키기 위해 정통성을 부정하는 나의 아버지와 어머니를 죽였다!"

운정은 염휘란의 말을 듣고 있자니 기가 막혔다.

"정통성은 개뿔! 종가휘가 왜 마교에 들어와 교주가 되었는지도 모르면서!"

"그딴 건 중요치 않아. 종가휘가 내 아버지와 어머니를 죽였다는 사실이 중요할 뿐이지."

"이런 꽉 막힌 여자가 있나!"

운정은 염휘란이 혈영신이 어디 있는지 가르쳐 줄 것 같지도 않고, 그녀와 더 이상 입씨름하고 싶은 생각도 없었기에 자리를 피하기로 했다.

"나는 바빠서 이만 갈 테니 오해는 다음에 만나서 풀도록 하자고!"

운정이 막 떠나려는데 염휘란이 신법을 펼쳐 운정의 앞을 가로막았다.

"어딜 도망가려고? 오늘을 위해 지난 십 년 동안 살아왔다!"

염휘란이 여덟 자루의 비도를 꺼내 들곤 말했다.

"정말 미안한데, 꼭 나중에 시간을 내줄 테니 오늘은 이만 하자구."

운정은 환뇌신법을 극성으로 전개해 흑천각을 빠져나갔다.

운정이 신법을 펼쳐 달아나자 염휘란도 지지 않고 신법을 펼쳐 따라붙었다.

운정과 염휘란이 앞서거니 뒤서거니 하며 달리는데 내성

한가운데에서 전투가 펼쳐지고 있었다.

'외성이 뚫렸구나.'

운정은 자신이 한발 늦은 게 아닐까 생각했다.

한데 내성 가운데서 마인들과 전투를 펼치고 있는 사람은 다름 아닌 이한명이었다.

"이 형!"

운정이 이한명을 부르자 그는 마인의 검을 튕겨내곤 신형을 띄워 운정에게 소리쳤다.

"옥능소는 내성문에 있네!"

운정은 이한명의 말을 듣기 무섭게 내성문으로 향했다.

염휘란은 운정과 이한명 단둘이 천마성에 들어올 정도면 보통 일이 아니라 생각했는지 더 이상 운정을 잡지 않았다.

대신 말없이 운정을 따라다녔다.

운정이 내성문에 도착해 보니 화선지교가 어느새 외성을 뚫고 내성으로 들어서려 하고 있었다.

"옥 교주!"

운정은 옥능소라 부르려다, 혈영신을 처리해야 할 문제가 있었기에 나름의 예의를 차려 옥 교주라 불렀다.

운정의 외침에 옥능소가 돌아봤지만 처음 보는 인물이었다.

"교주님 이자가 종가휘를 품고 있는 단운정입니다."

옥능소는 염휘란의 전음을 받고서야 눈앞의 청년인 운정임을 알 수 있었다.

"이놈!"

염휘란을 통해 운정의 정체를 알게 된 옥능소가 느닷없이 달려들어 검을 휘둘렀다.

캉캉!

운정은 옥능소의 검을 피하고 막아내며 다급히 말했다.

"지금 천마성을 공격하고 있는 놈들은 무림맹의 맹주였던 정일학과 그가 양성해 낸 화선지교란 종교 집단이오. 놈들이 노리는 건 천마성이 아니라 혈영신이오."

"무슨 헛소리냐?"

"헛소리가 아니오. 옥 교주도 원상진경을 알고 있소?"

혈교의 교주였던 무소가 원상진경을 익히고 있었으니 당연히 옥능소도 원상진경에 대해 알고 있었다.

"당연히 알고 있다."

"내가 가지고 있는 혈영신교전도 알고 있지 않소?"

"당연하지 않느냐? 네놈이 혈영신교전과 동패를 훔쳐 가는 바람에 대천마신교가 이 지경이 됐지 않느냐!"

"그거야 당신이 저 빌어먹을 정일학처럼 중원 정복을 꿈꾸다 그렇게 된 거지, 어찌 나 때문이오?! 아니, 지금 그게 중요한 게 아니지."

옥능소는 내성문이 뚫리기 직전인데, 느닷없이 운정이 나타나자 어느 한쪽에도 집중하지 못하고 있었다.

"잘 들으시오. 혈영신교전은 원상진경을 익히는 사람을 위해 만들어진 무공서요. 그리고 혈영신은 원상진경을 익히는 자의 빠른 진전을 위해 마련된 일종의 제물이오. 지금 저기 녹색검을 들고 있는 놈이 정일학이란 빌어먹을 개자식인데, 저 검으로 혈영신을 한번 찌르기만 하면 피를 흡수해 천하에 적수가 없는 괴물이 된단 말이오. 하니, 지금 당장 혈영신을 모두 파괴시켜서 저놈이 괴물이 되는 걸 막아야 한다 이 말이오."

운정이 원상진경과 혈영신교전, 그리고 혈영신에 대해 설명했는데, 너무 급한 마음에 두서없이 말한 터라 옥능소는 알아들을 수가 없었다.

"네놈의 헛소리는 천하제일이로구나. 저놈과 같은 원상진경을 익힌 혈교의 교주도 혈영신 오십 구를 감당하지 못해 죽음을 맞았다. 그런데 저깟 놈이 무서워서 혈영신을 모두 파괴하라고? 크하하핫! 내가 그런 헛소리에 속을 것 같으냐? 보나마나 네놈이나 저놈이나 한통속이겠지! 혈교가 이곳 천마성을 노리는데 혈영신이 가장 걸림돌이 되니 이런 감언이설로 나를 속이려 드는구나! 뭣들 하느냐, 이놈을 당장 죽여 없애라!"

옥능소의 명에 주위에 있던 마인들이 일제히 달려들었다.

운정은 옥능소가 자신의 말을 믿어주지 않자 답답함을 금할 수가 없었다.

"어떻게 하면 내 말을 믿겠소? 시간이 없단 말이오. 놈이 이곳으로 들어오면 모든 게 끝이란 말이오!"

운정은 자세한 내막을 들려주고 싶었지만 그럴 시간적인 여유가 없었다. 그래서 짧은 설명이나마 진심을 담아 전했는데 옥능소는 전혀 믿어주지 않았다.

운정은 자신의 말을 믿지 않는 옥능소가 답답하면서도 한편으론 이해가 됐다.

그동안 적이었던 자가 느닷없이 찾아와 교의 최대 보물이라 할 수 있는 혈영신을 모두 파괴해야 한다니 누군들 그 말을 쉽게 믿을 수 있겠는가.

운정은 이대론 안 되겠단 생각에 품속에 숨겨 뒀던 혈영신교전과 동패를 꺼냈다.

"혈영신교전과 동패요. 이걸 교주에게 드리겠소. 갑자기 나타나 혈영신을 파괴해야 한다니 기가 차기도 할 것이오. 그러니 나의 진정을 알아달라는 의미로 교주가 그토록 찾아다녔던 이 혈영신교전과 동패를 드리겠소."

어린애를 어르는 듯한 유치한 방법이었지만 시간이 없는 운정은 이렇게라도 해야 했다.

한데 이 방법이 의외로 먹혀들었다.

운정이 혈영신교전과 동패를 꺼내 들자 공격하던 마인들과 옥능소가 공격을 멈췄다.

"정말 혈영신교전과 동패가 확실하냐?"

"지금껏 찾아다니던 것이니 직접 확인해 보면 진짜인지 가짜인지 바로 알 수 있을 것이오."

운정이 옥능소에게 혈영신교전과 동패를 내밀었다.

옥능소는 운정이 내민 혈영신교전과 동패를 받기 위해 손을 내밀었다.

한데 옥능소가 혈영신교전과 동패를 받으려 하자 운정이 도로 거둬들였다.

"이 두 물건을 받기 전에 한 가지 약속을 해줘야겠소."

"약속?"

"혈영신이 어디 있는지 알려준다는 약속 말이오. 천마신교의 교주 명예를 걸고 약속해 주시오."

잠시 운정과 두 물건을 번갈아 보던 옥능소는 이내 고개를 끄덕이며 천마신교 교주의 이름을 걸고 약속한다고 말했다.

옥능소는 운정이 내민 혈영신교전과 동패를 받아 확인한 후 크게 웃었다.

"크하하하핫! 진짜구나! 이런 멍청한 놈이 있나! 자신의 모든 것이라 할 수 있는 보물을 이렇게 쉽게 내놓다니!"

운정은 혈영신교전과 동패를 옥능소에게 넘긴 게 전혀 안타깝지 않았다.

옥능소의 능력으론 백 년이 걸려도 혈영신교전의 내용을 해독할 수 없을 것이기 때문이다.

동패 또한 비동의 입구가 파괴된 지금은 더 이상 필요없는 물건이었다.

그보다 이 모든 걸 주고서라도 정일학이 혈영신을 흡수하는 걸 막아야 했다.

"내 진정을 보였으니 혈영신이 어디 있는지 알려주시오."

옥능소는 운정을 보며 한참을 웃다가 이내 말했다.

"좋다. 명예를 건 약속이었으니 말해주도록 하지."

운정은 옥능소가 혈영신이 있는 위치만 말한다면 음양종선검을 이용해 모두 한 줌 가루로 만들어 버리겠다고 생각했다.

"바로 저곳에 있다."

옥능소가 한쪽을 가리키며 말했다.

운정이 그곳을 바라보니 마인들이 오십여 구의 혈영신을 화선지교 뒤쪽 외성으로 옮겨 와 피를 뿌리고 있었다.

[놈들이 혈영신을 깨우려 하고 있다! 서둘러라!]

"이런 미친!"

운정은 혈영신이 깨어나면 모든 게 수포로 돌아가기에 전력을 다해 혈영신에게로 뛰었다.

"누가 가도 된다고 하더냐!"

순간 옥능소가 운정의 앞을 가로막았다.

"이 미친 새끼야! 비켜!"

운정은 화가 머리끝까지 뻗쳐 그대로 음양종선검을 소환해 옥능소에게로 날렸다.

운정을 비웃으며 앞을 가로막고 있던 옥능소는 본능적으로 위험을 감지하고 바닥을 굴렀다.

쿠화아아앙!

운정이 분노를 담아 날린 음양종선검은, 필사적으로 피하는 옥능소를 스치고 지나가 내성을 받치고 있던 기둥 세 개를 순식간에 먼지로 만들곤 사라졌다.

그 같은 엄청난 폭발에 화선지교와 마인들의 전투가 한순간 멈췄을 정도였다.

운정이 환뇌신법을 극성으로 전개해 혈영신을 모아둔 외성벽으로 달려갔지만 이미 혈영신은 각성을 마친 후였다.

옥능소의 명으로 수호전대는 혈교와 전투를 치렀을 때처럼 자신들의 피를 혈영신에 흘려 넣었다.

혈영신들은 순식간에 인간의 형상으로 변하며 목각 인형에서 강시로 탈바꿈됐다.

수호전대는 혈영신이 자신들을 보고 쫓아오자 화선지교 무인들이 모여 있는 곳으로 그들을 유인했다.

혈교와의 전투 때처럼 적진 한복판으로 혈영신을 유인한 후 자신들은 은신술을 이용해 전장을 빠져나가려는 것이다.

당시엔 천마성 안에 혈영신을 풀어 자신들에게도 피해가 있었지만, 현재는 자신들이 천마성을 차지한 채 적들을 맞이하고 있는 중이다.

내성의 방비만 튼튼히 한다면 자신들은 한 명의 부상자도 없이 적을 괴멸시킬 수 있을 거라 생각했다. 수호전대는 계획대로 내성문을 두드리고 있는 화선지교인들 사이로 혈영신을 유인해 갔다.

수호전대가 혈영신을 적진 가운데로 유인한 후 은신술을 펼쳤을 때였다.

어디선가 녹색검을 든 사내 한 명이 뛰쳐나와 순식간에 혈영신 앞으로 떨어져 내렸다.

그리곤 그대로 녹색검을 혈영신의 가슴에 틀어박았다.

화선지교인을 공격하려던 혈영신은 녹색검이 날아오자 마치 다시 목각 인형으로 되돌아간 것처럼 움직임을 멈췄다.

퍽! 피쉬우우욱!

검끝이 혈영신의 몸을 뚫고 들어가는 소리와 함께 무언가 바람 빠지는 소리가 들렸다.

정일학이 혈영신의 피를 흡수하기 시작한 것이다.

"정일학!"

운정이 정일학의 모습을 알아보고 소리쳤다.

운정의 외침에 정일학이 운정을 돌아봤다. 하지만 정일학은 운정의 얼굴을 알지 못했기에 이내 신경을 끊고 피를 흡수하는 일에 집중했다.

운정은 혈영신이 각성하는 최악의 사태가 발생했지만 포기하지 않았다.

자신에겐 혈영신을 다시금 목각 인형으로 되돌리는 역청의 수법이 있었기 때문이다.

운정은 가장 가까이에 있는 혈영신에게로 몸을 날렸다.

운정이 혈영신 앞으로 다가가자 곳곳에서 화선지교인들이 공격을 해댔다.

운정은 역청의 수법으로 혈영신을 원래의 목각 인형으로 되돌리려 했지만, 화선지교인들의 방해로 도저히 역청의 수법을 사용할 여유가 없었다.

[이한명을 부르거라.]

종가휘의 말대로 운정은 이한명 불렀다.

"이 형!"

운정이 마인들과 전투를 펼치고 있는 이한명을 불렀다.

자신이 역청의 수법을 사용하는 동안 이한명이 화선지교인들을 막아주길 바란 것이다.

운정이 이한명을 부르고 얼마 지나지 않아 이한명이 운정 옆으로 달려왔다.

"이 형, 이들을 막아줘요. 나는 그동안 혈영신을 본래의 목각 인형으로 만들 테니까요."

운정의 말을 알아들은 이한명은 운정에게로 달려드는 화선지교인들을 막아섰다.

운정은 이한명이 자신의 등을 지키는 사이 역청의 수법으로 혈영신을 목각 인형으로 되돌리기 시작했다.

운정이 역청의 수법으로 혈영신의 머리를 잡자 거칠게 반항하던 혈영신의 움직임이 멈췄다.

운정은 역청의 수법을 사용하는 것이 처음이었지만 그동

안 꾸준히 수련했기에 사용하는데 어려움은 없었다.

혈영신의 머리를 잡은 채 역청의 수법을 사용하던 운정의 표정이 굳어졌다.

'너무 시간이 오래 걸린다!'

역청의 수법으로 혈영신을 목각 인형으로 되돌릴 수는 있지만 그 시간이 너무 오래 걸렸다.

혈영신 한 구당 목각 인형으로 되돌리는 시간이 반 각 가까이 걸렸던 것이다.

운정이 한 구의 혈영신을 목각 인형으로 만든 후 고개를 돌려 보니 정일학은 이미 혈영신 네 구의 피를 흡수하고 다섯 번째 혈영신의 가슴에 검을 꽂아 넣고 있었다.

자신이 한 구의 혈영신을 목각 인형으로 되돌리는 동안 정일학은 네 구의 혈영신을 흡수하고 있었던 것이다.

운정은 이대론 안 된다고 생각했다.

반 각 동안 역청의 수법을 사용해 목각 인형으로 만들었다 해도, 주변의 누가 조금의 피만 흘려 넣으면 혈영신은 또다시 각성을 시작할 것이다.

'방법을 바꿔야 돼!'

운정은 역청의 수법이 생각보다 시간이 많이 걸리자 그보다 시간을 단축할 방법을 생각해 냈다.

각성한 혈영신을 목각 인형으로 만드는 방법은 역청의 수법 말고도 한 가지가 더 있었기 때문이다.

"이 형, 이대론 안 되겠어요. 내가 혈영신의 목을 칠 테니 이 형은 그동안 화선지교인들이 달려드는 걸 막아주세요."

운정은 역청의 수법에 시간이 너무 오래 걸리자, 직접 혈영신의 목을 잘라 파괴하기로 마음먹었다.

"아우, 그것보다 정일학이 혈영신을 흡수하지 못하도록 우리 둘이 합공을 하는 게 낫지 않은가? 우리가 혈영신의 목을 치더라도 그동안 정일학은 꾸준히 혈영신을 흡수할 것이네. 그렇게 되면 지금보다 훨씬 강해질 것이고, 감당하기 힘들어질 것이네. 그러니 아직 많은 수의 혈영신을 흡수하지 못한 지금 그를 공격해서 더 이상 혈영신을 흡수하지 못하도록 하세."

이한명의 말을 듣고 보니 자신이 혈영신의 목을 치는 것보다 확실히 현명한 방법이었다.

각성한 혈영신을 다 처리하더라도, 정일학이 자신들이 감당할 수 없을 만큼 강해져 버리면 그 모두가 수포로 돌아간다. 하지만 그가 흡수하는 걸 지금 막을 수만 있다면 혈영신이 각성한 건 아무런 문제가 되지 않는다.

오히려 마교의 본래 계획했던 대로 내성문을 뚫지 못한 이곳의 화선지교인들이 혈영신에 의해 전멸당할 가능성도 있었다.

정일학이 현재 다섯 구의 혈영신을 흡수했지만 자신과 이한명이 합공한다면 충분히 그를 막아낼 수 있을 것 같았다.

운이 좋아 그를 죽일 수 있다면 더 이상의 걱정도 없게 될 것이다.

"이 형, 갑시다!"

운정이 이한명에게 말하며 정일학에게로 뛰어갔다.

운정이 정일학에게로 몸을 날리는 순간 화선지교의 무인들이 운정의 앞을 막아섰다.

운정은 자신의 앞을 가로막는 화선지교인들의 어깨와 머리를 발판 삼아 정일학에게로 쇄도해 들어갔다.

그사이 정일학은 다섯 구의 혈영신을 흡수하고, 여섯 구째 혈영신의 가슴에 검을 꽂았다.

운정은 정일학이 시야에 들어오기 무섭게 음양종선검을 소환했다.

"이 형 내가 음양종선검을 날릴 테니 정일학의 시선을 돌려줘요!"

운정은 음양종선검을 정일학에게 명중시킬 수만 있다면 반드시 죽일 수 있을 거라 생각했다.

이한명과 자신이 정일학을 방해하기 시작하면 이렇게 큰 기술은 더 이상 사용하기 힘들게 될 것이다.

아직 정일학이 자신들의 행동을 눈치 채지 못했을 때 한 번에 끝낼 수 있는 무공을 사용해야 했다.

첫 일격에 자신이 가진 모든 걸 쏟아 붓기로 했다.

운정이 음양종선검을 소환한 순간 이한명이 정일학에게

접근해 장법을 쏘아댔다.

정일학은 이한명이 장법을 쏘아대는 대도 혈영신에게 꽂은 검을 뽑지 않고 한 손으로 막아내고 있었다.

"네가 이한명이로구나."

정일학은 자신과 같이 오른손이 검은 비늘로 덮여 있는 이한명을 보고 그가 누구인지 금세 알아봤다.

"그래, 내가 네놈이 멸문시킨 이가장의 마지막 생존자다!"

이한명은 그토록 바라던 기회가 찾아왔기에 정일학을 향해 최선을 다해 장법을 펼쳤다.

하지만 이한명이 익힌 반쪽자리 원상진경으론 정일학에게 큰 타격을 줄 수가 없었다. 그뿐 아니라 다섯 구의 혈영신을 흡수하며 정일학과 이한명의 격차는 더욱 커져 있었다.

정일학은 이한명이 펼치는 장법을 혈영신의 가슴에 검을 꽂은 채 한 손으로 받아내고 있었다.

운정은 이한명의 장법을 한 손으로 받아내는 정일학을 보며 반드시 지금 죽여야겠다고 생각했다.

이 이상 강해지면 아무도 정일학을 막을 수 없을 것 같았기 때문이다.

운정은 정일학이 이한명의 장법을 막는데 집중하고 있는 사이 음양종선공을 소환해 그대로 정일학에게로 날렸다.

쉬이이익!

강기로 이루어진 거대한 백색 검이 허공을 가르며 화살처럼 쏘아져 갔다.

긴 꼬리를 남기며 날아가는 거대한 백색검은 그 자체만으로도 대단한 장관이었다.

정일학은 혈영신의 피를 흡수하는 한편 이한명의 장법을 막아내느라 아직 운정이 쏘아보낸 음양종선검을 발견하지 못하고 있었다.

운정은 자신이 쏘아낸 음양종선검이 정일학의 가슴을 뚫고 지나갈 것을 믿어 의심치 않았다.

한데 음양종선검이 정일학의 가슴을 뚫고 들어가려는 순간, 운정 쪽으론 눈길조차 주지 않았던 정일학이 돌연 신형을 튕겨 허공으로 솟구치는 게 아닌가.

콰아아앙!

음양종선검은 정일학의 다리 사이로 스쳐 지나가 뒤에 서 있던 화선지교인 삼십여 명을 가루로 만든 후 연기처럼 사라져 버렸다.

"네놈이 단운정이로구나!"

정일학은 운정이 쏘아낸 음양종선검을 보고 운정을 알아봤다.

운정은 성공을 믿어 의심치 않던 음양종선검이 실패하자 정신이 멍해졌다.

그뿐 아니라 정일학이 신형을 허공으로 솟구칠 땐 너무 빨라 제대로 보지도 못했다.

[이놈아! 정신 차리거라!]

운정은 종가휘의 호통으로 멍해지는 정신을 수습하며 서둘러 정일학에게로 신형을 날렸다. 음양종선검은 실패했지만 아직 끝난 건 아니었다.

정일학을 죽일 순 없지만 아직까진 혈영신을 흡수할 수 없도록 충분히 방해는 할 수는 있었다.

운정은 이한명이 정일학의 좌측에 붙어 그를 방해하는 사이 자신은 오른쪽으로 달려가 방해하기 시작했다.

"크하하! 그래, 모두 덤비거라! 한꺼번에 죽여주마!"

정일학은 양쪽에서 협공하는 운정과 이한명을 보며 당장 쳐 죽인다고 큰소리 쳤지만, 두 사람의 협공이 생각보다 만만치 않았는지, 혈영신 가슴에 꽂아뒀던 녹명검을 뽑아 운정과 이한명을 상대하기 시작했다.

운정과 이한명이 동시에 공격하자, 정일학도 상당히 힘겨운 모습을 보였다. 아직 다섯 구의 혈영신밖에 흡수하지 못해, 초절정을 넘어선 두 명의 무인을 상대하기엔 버거운 것 같았다.

옥능소는 정일학이 다섯 구의 혈영신을 흡수했을 뿐인데, 운정과 이한명을 동시에 상대할 정도로 강해지자 그제야 사건의 심각성을 깨달았다.

"수호전대는 각성한 혈영신을 제거하라!"

뒤늦게 옥능소가 혈영신을 제거하란 명을 내렸지만 이미

혈영신은 화선지교의 무리 속으로 깊숙이 들어간 후라 파괴하기가 쉽지 않았다.

"옥 교주! 각성시킨 혈영신 말고 남아 있는 백여 구의 혈영신부터 처리하세요!"

운정은 이미 각성시킨 오십여 구의 혈영신은 어쩔 수 없다 쳐도 남아 있는 백여 구의 혈영신 만큼은 반드시 파괴해야 한다고 소리쳤다.

옥능소는 운정의 말뜻을 알아듣고 수호전대를 보내 혈영신을 파괴하도록 했다.

수호전대는 옥능소의 명을 듣고 혈영신을 파괴하기 위해 내성 안으로 달려갔다.

"멍청한 놈들!"

그런데 이제껏 운정과 이한명을 상대로 힘겨운 모습을 보이던 정일학이 돌연 신형을 솟구쳐 수호전대를 따라 내성 안으로 달려가는 게 아닌가.

운정과 이한명은 그제야 정일학이 일부러 힘든 척했다는 걸 알게 되었다.

정일학이 수호전대를 쫓아 내성으로 향하자 운정과 이한명 그리고 옥능소도 내성으로 따라 들어갔다.

수호전대는 혈영신을 찾아가다가 뒤에서 느껴지는 엄청난 기운에 돌아보다 깜짝 놀라고 말았다.

정일학이 악귀와 같은 모습으로 자신들을 쫓아오고 있었

기 때문이다.

수호전대는 정일학이 쫓아오자 혈영신을 찾으러 가지 않고 그 자리에 서서 정일학과 맞서 싸웠다.

운정은 수호전대가 정일학과 싸우는 모습을 보고 옥능소에게 전음을 보냈다.

"옥 교주와 이 형, 그리고 수호전대가 정일학을 막아주세요. 그동안 내가 혈영신를 파괴할게요."

운정의 말뜻을 알아들은 옥능소는 운정에게 혈영신이 있는 장소를 알려주었다.

운정은 종가휘의 기억을 더듬어 정일학이 눈치 채지 못하게 내성 밖을 돌아 혈영신이 보관된 곳으로 향했다.

옥능소는 혈교와의 전투 후 마교의 전력이 떨어지자 예전의 힘을 되찾을 때까지 혈영신을 이용해 천마성을 지킬 셈이었다. 그래서 언제든 적을 상대할 수 있도록, 혈영신을 비동에서 꺼내 내성 한쪽에 모아두고 있었다.

운정은 언제 정일학이 쫓아올지 알 수 없었기에 서둘러 혈영신을 파괴하기 시작했다.

목각 인형일 때의 혈영신은 일반 나무 인형과 큰 차이가 없었기에 운정은 큰 힘들이지 않고 백여 구의 혈영신을 모두 부술 수가 있었다.

운정은 남아 있던 혈영신을 모두 부순 후 좀 전 정일학과 수호전대가 싸우던 곳으로 돌아갔다.

정일학은 옥능소와 이한명, 그리고 수호전대의 맞서 싸우면서도 전혀 밀리지 않고 있었다.

도리어 정일학을 상대하는 이한명과 옥능소, 그리고 수호전대가 힘들어하는 모습을 보였다.

'다섯 구다. 단 다섯 구에 이 정도로 강해진다면 도대체 어디까지 강해진단 말인가?'

운정은 정일학이 혈영신을 추가로 흡수하게 되면 진정 악신이 강림할지도 모르겠다고 생각했다.

운정은 정일학과의 전투에 힘겨워하는 그들을 돕기 위해 서둘러 달려갔다.

정일학은 그동안 보이지 않던 운정이 내성 안쪽에서 나타나자 각성하지 않은 혈영신을 모두 파괴했음을 알 수 있었다.

'쭛, 이놈들과 너무 놀았군.'

정일학은 너무 여유를 부린 자신의 만용에 혀를 차더니 이내 뒤돌아 달아나기 시작했다.

현 상황에선 자신이 약간의 이득을 보고 있지만 운정이 합류하면 자신이 밀릴 수도 있다고 생각한 것이다.

정일학이 달아나자 일행은 그를 뒤쫓았다.

정일학은 아직도 화선지교인들이 뚫지 못한 내성문으로 그대로 돌진했다.

콰아아아앙!

마치 거대한 화살이 문을 뚫고 지나가듯 정일학은 자신의 몸으로 굳게 닫혀 있던 내성문을 뚫어버렸다.

그 순간 내성문 주위에 몰려 있던 화선지교인들이 일제히 함성을 지르며 천마성 안으로 밀려들어 오기 시작했다.

옥능소는 그 순간 자신이 얼마나 큰 실수를 했는지 다시 한 번 깨달았다.

진작 운정의 말을 들어 혈영신을 파괴했다면 내성이 뚫릴 일도 없고, 정일학이란 괴물에게 이토록 시달리지도 않았을 것이다.

한데, 혈영신교전과 동패까지 내어준 운정의 말을 믿지 않은 대가로 지금 천마성은 다시 한 번 적의 수중에 넘어갈 위기에 처했다.

천마성을 방어하고 있던 마인들의 수는 사천 명 남짓이었다. 그중 오백여 명은 이미 화선지교인들의 공격을 받아 죽음을 맞았다. 그나마도 천마성을 방패 삼아 방어에 전념했기에 최대한 희생을 줄인 것이었다.

하지만 외성과 내성의 방어벽이 무너진 지금 마인들은 삼천오백 명의 숫자로 두 배가 넘는 육천 명의 적을 맞아야 했다. 그나마 화선지교의 병력이 외성과 내성을 공략하며 많이 줄었고, 혈영신에게 당한 수가 많아 육천으로 줄었지만 아직까진 정면 승부를 보긴 힘든 숫자였다.

게다가 혈영신을 흡수하면서 끝없이 강해지고 있는 정일학까지 있어 앞으로 천마성을 지키는 일이 더욱 어려워질 것 같았다.

마인들은 내성문을 통해 밀려드는 화선지교인들을 상대로 한 치의 물러섬도 없이 맞서 싸웠다.

그나마 마인들의 전체적인 무공이 화선지교인들보다 높은 터라 수적으로 불리함에도 박빙의 승부를 벌이고 있었다.

마인들과 화선지교인들이 전투를 펼치는 사이 운정과 이한명, 그리고 옥능소는 정일학을 상대했다.

세 명이 합공을 가하자, 혈영신을 흡수했지만 아직 충분한 힘을 키우지 못한 정일학이 밀리기 시작했다.

정일학은 이대로 삼 대 일의 전투를 계속 펼치다간 끝내 자신이 먼저 지칠 것이라 생각했는지 돌연 신형을 날려 화선지교인들에 맞서고 있는 마인들을 공격했다.

세 사람이 그런 정일학의 행동에 놀라 달려가면 정일학은 어느새 혈영신에게로 달려가 피를 흡수하려 했다.

그렇게 한동안 정일학과 운정 일행 사이에 괴이한 술래잡기가 펼쳐졌다.

[운정아, 저놈의 움직임이 수상하다. 이번엔 놈을 따라가지 말고 이곳에서 지켜보거라.]

운정의 몸속에 들어 있지만 그 누구보다도 강호 경험이 풍부한 종가휘는 정일학의 움직임에서 수상한 점을 찾아냈다.

운정도 정일학의 행동이 수상하다 생각하고 있었기에 종가휘의 말대로 지켜보기로 했다.

정일학이 혈영신 주위를 맴돌다 또다시 마인들을 향해 갔을 때였다. 운정은 정일학을 따라가지 않고 종가휘의 말대로 주변을 살폈다.

아나나 다를까, 내성 밖에서 대기 중이던 화선지교인들이 혈영신을 한 구씩 유인해 어디론가 데려가기 시작했다.

운정은 혈영신을 빼돌리는 화선지교인들을 보며 그들을 쫓아야 할지 아니면 이대로 정일학을 상대해야 할지 갈피를 잡을 수 없었다.

한동안 고민하던 운정은 이곳에 남기로 했다.

지금 자신이 빼돌린 혈영신을 파괴하러 간다면 이곳에 남은 이한명과 옥능소의 힘만으론 정일학을 감당하기 어렵다.

만에 하나 잘못돼, 자신이 빠진 사이 이한명과 옥능소가 정일학에게 당하기라도 한다면, 정일학은 사십여 구가 넘는 혈영신을 아무런 방해도 받지 않고 흡수하게 될 것이다.

그렇게 되면 더 이상 인세에 그를 상대할 사람이 없게 된다.

운정은 무슨 일이 있어도 오늘 이 자리에서 정일학을 죽여야 한다고 생각했다.

혈영신을 빼돌리고 있음을 운정이 알고 얼마 지나지 않아 이한명과 옥능소도 알게 됐다.

"아우, 화선지교 놈들이 혈영신을 빼돌리고 있는데 이대로 놔둬도 괜찮겠는가?"

이한명이 운정에게 전음으로 물어왔다.

"처음 놈이 혈영신을 빼돌리는 걸 발견했을 땐 당장 쫓아가려 했는데, 지금 생각해 보니 따라가지 않는 게 현명한 생각 같아요. 우리가 막아야 할 상대는 한두 구씩 사라지는 혈영신이 아니라 그 혈영신을 흡수하는 정일학이니까 말이에요. 우리가 정일학을 잡고만 있다면 혈영신이 오십 구가 아니라 백 구가 강호상으로 퍼져 나가도 아무런 위협이 안 돼요."

운정의 말을 듣고 보니 그랬다.

정일학만 이곳에 묶어둔다면 아무리 화선지교인들이 혈영신을 빼돌려도 아무 상관이 없었다.

"더 이상 정일학에게 끌려가선 안 되겠어요. 이제부턴 마인들의 피해는 생각지 말고 정일학의 체력을 빼는데 최대한 집중하도록 해요."

운정은 이한명에게 정일학의 체력을 빼는데 집중하자고 말했다.

"어떻게 말인가?"

"놈은 혼자고 우린 세 명이에요. 세 명이 돌아가며 연환공격을 해 놈이 쉬지 않고 움직이게 만드는 거예요. 내공과 함께 체력도 같이 뺏는 거죠."

운정이 수적 우위를 바탕으로 정일학의 체력을 뺏자고 하자 이한명은 지금 당장 뚜렷한 방법이 없기에 일단 시도해 보자고 했다.

이한명이 자신의 생각에 찬성하자 운정은 옥능소에게도 말했다.

운정의 의견을 수렴한 세 명은 정일학의 체력을 빼는데 주력하기로 했다.

"생각보다 바보는 아니군."

정일학은 운정이 혈영신을 빼돌리는 화선지교인을 쫓아가지 않자 중얼거렸다.

"네놈들이 쫓아가지 않는다면 내가 쫓아내도록 하겠다."

그 순간 무너진 내성문 밖에서 일단의 무인들이 들이닥쳐, 운정과 이한명, 그리고 옥능소를 포위해 공격하기 시작했다. 그들은 그동안 기회를 노리며 한쪽에서 몸을 숨기고 있던 제갈세가의 무인들이었다.

약 이백 명에 이르는 제갈세가의 무인들이 운정과 이한명, 그리고 옥능소 세 명만을 집중적으로 공격하기 시작했다.

그들의 수가 적은 편은 아니었지만 운정과 일행이 감당하지 못할 정도는 아니었다. 하지만 문제는 이들을 상대하는 동안 정일학이 자유로워진다는 것이었다.

운정과 일행이 제갈세가에 막힌 사이 정일학은 서둘러 남은 혈영신을 흡수하기 시작했다.

그런 정일학의 모습에 운정뿐 아니라 상황을 알게 된 모든 이들의 얼굴이 사색이 되었다.

제갈세가는 자신들의 작전이 먹혀들자 득의양양해져 운정

과 일행을 더욱 거칠게 밀어붙였다.

'더 이상 뒤를 생각할 겨를이 없구나!'

운정은 제갈세가 무인 이백 명 전원을 죽여서라도 정일학의 행동을 막아야겠다고 생각했다.

운정은 또다시 음양종선검을 소환할 준비를 했다.

"이 형, 잠시 공간을 만들어주세요!"

운정의 요청에 이한명은 힘들었지만 장법을 사용해 얼마간의 공간을 확보했다.

그 순간 운정은 음양종선검을 소환해 제갈세가의 무인들에게 쏘아 보냈다.

백색 광휘에 휩싸인 거대한 검은 일말의 자비도 없이 제갈세가 무인들의 목숨을 빼앗았다.

운정은 쏘아 보낸 음양종선검을 이전처럼 터뜨리지 않고, 마치 이기어검을 사용하는 사람처럼 허공에서 조정하며 무인들의 수를 줄여 나갔다.

음양종선검의 힘이 아무리 강해도 단 일 수에 이백 명이나 되는 무인들을 한꺼번에 죽일 수는 없었다.

운정과 이한명, 그리고 옥능소가 제갈세가 무인들의 수를 줄이고 있는 동안 정일학은 더욱 많은 혈영신을 흡수해 갔다.

마음이 급해진 운정은 음양종선검을 제갈세가 무인들이 모인 한복판에 던졌다.

제갈세가의 무인들도 음양종선검의 위력을 눈으로 확인했

던 터라, 검이 날아오기 무섭게 사방으로 흩어졌다.

운정은 길이 생기자 그대로 달려가며 혈마장을 펼쳤다.

콰르르륵!

혈마장의 위력에 운정 앞길을 막아서던 제갈세가의 무인들은 시체도 남기지 못하고 죽음을 맞았다.

운정은 쓰러진 무인들 사이로 정일학에게 달려들었다.

운정과 일행이 제갈세가에 막혀 있는 동안 정일학은 스무 구가 넘는 혈영신을 흡수한 상태였다.

"젠장!"

운정이 욕설을 퍼부으며 정일학에게 혈마장을 날렸다.

콰르르륵!

혈마장이 정일학의 등을 노리고 날아갔지만 정일학의 몸에 닿기도 전에 소멸해 버렸다.

이십여 구가 넘는 혈영신을 흡수한 정일학의 무위는 호신강기만으로 운정의 혈마장을 소멸시킬 정도로 강해져 있었다.

운정은 자신의 혈마장이 정일학의 몸에 닿기도 전에 소멸하는 모습을 보고 더 이상 공격을 하지 않았다.

아무런 대책 없이 공격을 해봤자 내공의 낭비일 뿐이기 때문이다.

第十章
악신

　운정은 자신이 음양종선공 삼단을 이루었다면 정일학을
충분히 막을 수 있을 것이라 생각했다.

　한데 지금 보니 자신이 삼단을 이루더라도 원상진경을 완
전히 익힌 정일학의 상대는 되지 못했을 것이란 생각이 들었
다.

　운정뿐만 아니라 이한명과 옥능소도 혈영신을 흡수하는
정일학을 보면서 아무것도 할 수가 없었다.

　한동안 혈영신을 흡수해 가던 정일학이 돌연 움직임을 멈
췄다. 그 순간 정일학의 몸이 부르르 떨리더니 상태가 괴이하
게 변하기 시작했다.

팔뚝까지 올라왔던 검은 비늘이 삽시간에 온몸을 뒤덮기 시작한 것이다.

"크아아악!"

정일학이 고통에 겨운 괴성을 지르며 양팔을 활짝 폈다.

크드드드득!

정일학의 포효에 대지가 흔들리기 시작했다.

그 소리가 어쩌나 컸던지 한창 전투를 펼치던 마교와 화선지교의 무인 모두가 놀라 바라봤다.

양팔을 활짝 펼친 정일학의 모습은 마치 천지자연 간의 기운을 자신의 몸으로 받아들이는 그런 모습처럼 보였다.

그 모습에 운정이 놀라고 있는데, 하늘에 검은 구름이 몰려오더니 해를 가리기 시작했다.

삽시간에 몰려든 검은 구름은 해를 가리다 못해 주위를 어둠 속으로 몰아갔다.

운정은 사방이 어두워지자 혈영신교전에 기록되어 있던 말이 생각났다.

원상진경을 대성하는 순간 하늘이 갈라지고 땅이 뒤집히며, 칠흑 같은 어둠 속에 악신이 강림한다.

마치 책 속의 내용을 증명하듯 현재 상태는 어둠 그 자체였다. 그리고 정일학의 몸은 흉측한 검은 비늘에 둘러싸여 실제 악신이 강림한 듯한 모습으로 변해갔다.

운정과 이한명, 그리고 옥능소는 정일학의 그 같은 변화를 바라보고만 있어야 했다.

정일학의 변화된 모습에 직감적으로 그가 필요한 양의 혈영신을 모두 흡수했다는 걸 알 수 있었다.

"크아아악!"

정일학이 포효하며 허공으로 신형을 띄웠다.

정일학을 바라보고 있던 세 명은 깜짝 놀라고 말았다.

마치 새가 된 듯 정일학이 허공을 날아다니고 있었기 때문이다.

한동안 허공을 유영하던 정일학이 돌연 양팔을 거칠게 휘저었다.

그 순간 정일학의 양쪽 손끝에서 피처럼 붉은 강기다발 수백 개가 형성되더니 이내 우박처럼 내성 안으로 쏟아져 내렸다.

"모두 피해라!"

놀란 옥능소가 소리쳤지만 정일학이 퍼부은 강기다발은 마인들이 피할 시간을 기다려 주지 않았다.

콰쾅! 콰드드득!

수백 개의 강기다발이 내성 안을 초토화시켰다.

운정과 이한명도 정일학이 쏘아낸 강기다발을 피하느라 미친 듯이 움직여야 했다. 마인들에게 피하라고 소리친 옥능소도 마찬가지였다.

정일학이 쏘아낸 강기다발은 적과 아군을 가리지 않았다. 마인들뿐 아니라 화선지교의 무인들까지 정일학이 쏘아낸 강기다발에 의해 처참한 모습으로 죽어갔다.

. "끄아아아악!"

수백 발의 강기다발을 쏘아낸 정일학은 다시 한 번 비명과 같은 포효를 내지르더니, 이번엔 천마성의 지붕을 향해 장법을 펼쳤다.

콰쾅! 콰콰콰쾅!

정일학의 모습은 완전히 이성을 상실한 모습이었다.

눈에 보이는 모든 것을 적으로 판단하는지, 시야를 가리는 모든 것에 자신의 내력을 쏟아 붇고 있었다.

"지금이다, 피해라!"

정일학이 천마성 지붕을 공격하자, 옥능소가 살아남은 마인들에게 소리쳤다.

옥능소의 외침에 마인들뿐 아니라 화선지교와 제갈세가의 무인들까지 천마성 밖으로 내달리기 시작했다.

운정과 이한명도 그들과 섞여 천마성 밖으로 빠져나갔다.

정일학은 무인들이 천마성을 빠져나가는 것엔 전혀 신경을 쓰지 않았다. 그저 자신의 공력을 쏟아 붇는데만 정신이 팔려 있었다.

[놈이 이성을 상실한 지금이 마지막 기회일지도 모른다!]

천마성을 빠져나가는 운정에게 종가휘가 말했다.

"마지막 기회? 무언가 방법이 있단 말이야?"

운정이 물었지만 종가휘는 아무런 대답도 하지 않았다.

콰르르르룽!

마인들과 화선지교의 무인들이 모두 빠져나오지 못한 상황에 천마성은 그대로 주저앉았다.

제갈세가의 무인들은 자신들의 생각과 달리 정일학이 인성을 상실한 괴물이 되자 얼이 빠져 있었다.

운정은 그들에게 욕을 해주고 싶었지만 자신이 욕을 하지 않아도 이미 놀랄 만큼 놀라 있는 터라 앞으로의 일을 걱정했다.

쿠콰콰쾅!

무너진 천마성의 잔해가 사방으로 비산하며 그 안에서 정일학이 뛰쳐나왔다.

정일학의 등장에 제갈세가의 무인들은 사방으로 흩어져 달아나기 시작했다.

운정은 이곳에서 달아나 봤자 정일학을 죽이지 않는 이상 세상 그 어느 곳에 숨어도 안전하지 않을 것이라 생각했다.

'어떻게든 이 자리에서 저놈을 죽여야 한다.'

운정은 무슨 수를 써서든 정일학이 천산 밖으로 나가지 못하게 만들어야 한다고 생각했다.

그가 천산을 빠져나가 강호로 들어선다면, 그야말로 재앙이었다. 강호의 무인들뿐만 아니라 일반 양민들까지 눈에 띄는 대로 죽이려 들 것이다.

그때 한동안 말이 없던 종가휘가 입을 열었다.

[놈의 몸에 한순간만 접촉을 해라.]

운정은 갑작스런 종가휘의 말이 이해되지 않았다.

"뭐라고?"

운정이 다시 묻자 종가휘는 다시 한 번 정일학의 몸에 접촉하라고만 했다.

"접촉하라고?"

정일학을 공격하라는 것도 아니고, 죽이라는 것도 아니었다. 그저 접촉만 하면 된다고 하니 운정은 이해가 가지 않았다. 한데 조금 더 생각해 보니 종가휘가 무슨 생각을 하고 있는지 알 것 같았다.

바로 혼원영신대법을 이용해 종가휘가 정일학의 혼을 직접 공격하려는 것이다.

"가능할까?"

[확신할 순 없지만 괴물이 된 정일학을 막으려면 그 수밖에 없다.]

종가휘의 말에 운정도 동의했다.

현재 괴물로 변해 버린 정일학은 종가휘가 환생한다 해도 막을 수 없을 것만 같았다.

운정은 한쪽에서 넋을 놓고 있는 이한명과 옥능소에게 다가가 자신이 앞으로 할 일을 설명하고 도움을 청했다.

"그 방법이 가능하겠나?"

왠지 옥능소가 열의를 보였다.

"그렇게 이상한 눈으로 보지 말게."

운정이 의외란 표정을 짓자 옥능소가 말했다.

옥능소는 자신이 운정의 말을 듣지 않고 혈영신을 각성시켜 일을 이 지경으로 만든 것에 대해 책임을 통감하고 있었다. 옥능소는 오늘 자신이 이곳에서 죽더라도, 반드시 자신이 벌려놓은 일을 수습하고 싶었다.

"좋네. 자네 말대로 나와 옥 교주가 놈의 주위를 끌어보겠네. 결과가 어떻게 될지 알 순 없지만 부디 성공하길 바라겠네."

종가휘가 제시한 방법을 사용하기로 결정하고 일행은 마인과 화선지교의 무인들을 학살하고 있는 정일학에게로 향했다.

옥능소는 자신의 애검인 반천검(反天劍)에 다섯 자 길이가 넘는 검강을 뽑아내 성명절기인 옥혈반천검을 시전했다.

이한명도 옥능소를 따라 정일학에게 달려들며 남은 내공 모두를 짜내 장법을 펼쳤다.

콰쾅! 콰콰쾅!

이한명의 장법이 정일학의 등을 노리며 날아가고, 옥능소의 검은 심장을 노렸다.

하지만 그 둘의 공격은 정일학의 호신강기를 뚫지 못했다.

정일학은 이성을 상실한 상태였지만, 이한명과 옥능소가 주위를 돌며 귀찮게 굴자 핏빛 강기다발을 형성해 퍼부어 대기 시작했다.

이한명과 옥능소 모두 뛰어난 신법을 가지고 있었지만, 비처럼 쏟아지는 수백 발의 강기다발은 도저히 피할 수가 없었다.

"크윽!"

극성으로 신법을 전개하며 반천검을 휘둘렀지만 옥능소는 강기다발을 피해내지 못하고, 한쪽 팔과 옆구리에 강기 세례를 맞고 말았다.

다행히 오른쪽 팔은 아니라 검을 휘두르는데 문제는 없지만 옆구리의 출혈로 움직임이 둔해졌다.

이한명은 옥능소가 정면으로 공격을 취하는 동안 뒤쪽에서 장법을 날렸기에 그나마 상처가 가벼웠지만 오른쪽 허벅지에 어린아이 주먹만 한 구멍이 뚫리고 말았다.

옥능소와 이한명의 공격으로 잠시나마 숨을 돌릴 수 있게 된 마인들은, 자신들의 교주가 공격받는 모습에 전의를 다지며 정일학에게 달려들었다.

"안 돼! 모두 달아나라!"

옥능소가 정일학에게 달려드는 마인들에게 소리쳤다.

하지만 마인들은 교주가 나서 싸우는 전장에서 몸을 뺄 만큼 파렴치하지가 못했다. 그들은 늘 자신들의 목숨으로 지존을 지켜야 한다는 생각을 가지고 있었기 때문이다.

"교주님, 몸을 피하십시오!"

수호전대의 대주인 곽태후가 달려와 소리쳤다.

"멍청아! 달아나라고 하지 않더냐!"

옥능소가 욕설을 퍼부었지만, 곽태후는 개의치 않고 달려와 옥능소를 부축했다.

"어찌 수하가 지존을 버리고 달아날 수 있겠습니까?"

"바보 같은 놈!"

옥능소가 곽태후에게 낮은 질책을 할 때였다. 또다시 강기 다발이 옥능소와 마인들을 덮쳤다.

콰콰콰콰쾅!

옥능소가 말리고 자시고 할 틈이 없었다.

강기다발이 날아오는 순간 곽태후는 자신의 몸을 방패 삼아 옥능소의 앞을 가로막았다.

"곽태후!"

옥능소가 자신 앞을 가로막아서며 만신창이가 된 곽태후를 불렀다.

"끄윽… 천… 마신교… 천…천세……."

곽태후는 마교의 천세를 기원하는 말을 남기고 그대로 주저앉아 숨을 거뒀다.

"으아아아아!"

곽태후의 죽음에 옥능소뿐만 아니라 살아남은 모든 마인들이 울분에 차 정일학에게 달려들었다.

오늘 이곳에서 천 년간 이어져 왔던 마교의 역사가 끝날지라도 당당한 무인으로서 그 역사의 마지막을 장식하고 싶었다.

옥능소도 더 이상 마인들에게 달아나라 소리치지 않았다.

"마지막 남은 단 한 명까지 놈을 공격하고 또 공격하라!"

옥능소뿐만 아니라 살아남은 마인들 모두가 자신들이 만든 것이나 진배없는 괴물을 자신들의 손으로 처리할 수 있길 바랐다.

마인들이 우레와 같은 함성을 지르며 정일학에게 달려들자, 한쪽으로 몸을 피하고 있던 화선지교의 무인들도 함께 달려들었다.

그들도 자신들이 얼마나 어처구니없는 짓을 벌였는지 늦게나마 깨달은 것이다.

자신들이 하고자 했던 건 사나이로 태어나 천지를 호령하고 싶은 모든 남자들의 야망에 다름없었다. 하지만 지금 눈앞에 펼쳐진 지옥도와 검은 비늘을 덮고 있는 괴물은 자신들이 바라던 것이 아니었다.

마인들 못지않게, 화선지교와 제갈세가의 무인들도 자신들의 손으로 벌인 일을 자신들 스스로 수습해야 한다고 생각했다.

비록 이곳에서 모두 죽더라도 그것이 자신들의 책임이라 생각했다.

"와아아아아아!"

살아남은 모든 무인들이 정일학을 향해 달려갔다.

만여 명에 이르는 무인들이 한마음으로 달려가는 모습은 그야말로 장관이었다.

정일학은 달려오는 마인들을 향해 또다시 강기다발을 만들어 퍼부어대기 시작했다.

"끄아악!"

"크악!"

무인들은 정일학이 강기 다발을 쏘아대도 멈추지 않고 계속 달렸다.

옆에서 달리던 동료가 쓰러지면 동료의 시체를 밟고 넘어서 내달렸다.

정일학의 시선이 달려드는 무인들에게로 향한 순간 운정은 마영신보를 극성으로 전개해 정일학의 등 뒤로 향했다.

이성을 상실한 정일학은 본능적으로 달려드는 적들에게 모든 신경이 집중되어 있었다.

[지금이다!]

종가휘의 외침과 함께 운정이 정일학의 등을 향해 벼락처럼 손을 떨쳤다.

슛!

그 순간 정일학의 신형이 빙글 돌더니 내뻗는 운정의 손을 피해냈다. 그와 함께 운정의 가슴을 향해 장력을 날렸다.

파곽!

콰쾅!

운정은 계획이 실패하자 그대로 땅을 박차며 신형을 굴렸다.

파파팡!

그 순간 어디서 기다리고 있었는지 이한명의 장력이 정일학의 눈을 향해 날아갔다.

"아우! 지금일세!"

이한명의 외침 소리를 듣기 무섭게 운정은 바닥을 구르던 신형을 튕기며 정일학의 발을 향해 오른손을 쭉 뻗었다.

파악!

운정의 손이 발에 닿으려는 찰나 정일학의 신형이 허공으로 솟아올랐다.

"아우!"

이한명이 정일학의 발을 놓친 운정을 불렀다.

"서, 성공했어요!"

운정은 분명 자신의 손끝이 정일학의 발과 스쳤던 감각을 느꼈다.

"종가휘!"

운정이 혹시나 하는 생각에 자신의 가슴을 향해 종가휘를 불렀다.

운정이 종가휘를 불렀지만 종가휘에게선 아무런 대답도 들리지 않았다.

운정은 종가휘가 정일학의 신체로 옮겨갔음을 확인하고 그의 변화에 집중했다.

옥능소도 미리 운정의 계획을 알고 있었기에 마인들에게 더 이상 공격하지 말란 명령을 내린 상태다.

종가휘는 현실에서 괴물로 변한 정일학에겐 상대가 되지 못하겠지만, 혼원영신대법을 익히고 있는데다가, 삼 년 동안 운정의 몸속에서 살았던 경험이 있기에 혼백끼리의 전투에선 압도적으로 강했다.

종가휘는 운정에게 한번 당했던 경험이 있었기에 최대한 조심스럽게 움직여 정일학의 혼을 찾아갔다.

종가휘는 오랜 탐색 끝에 정일학의 혼을 찾아냈고, 그 즉시 혼원영신대법을 펼쳐 단숨에 혼을 태워 버렸다.

"끄아아아아악!"

혼이 불탄 순간 정일학의 육체는 허공중에서 경련을 일으켰다. 그 순간 종가휘는 혼이 빈 정일학의 육체를 자신이 대신 차지했다.

번쩍!

경련에 떨던 정일학의 눈이 번쩍 떠지며 그곳에서 핏빛 광체가 마치 빛무리처럼 쏟아져 나왔다.

"성공이다!"

종가휘가 운정에게 전음으로 혼을 소멸시키고 육체를 차지했음을 알렸다.

"서, 성공이에요!"

운정의 성공이란 말에 이한명과 옥능소뿐 아니라 그곳에

있던 모든 무인들이 환호성을 질렀다.

천산에 모인 모두가 환호하고 있던 그 순간 허공에 떠 있던 정일학의 육체 주위로 엄청난 기운들이 몰려들기 시작했다. 환호를 지르던 무인들이 그 같은 모습에 의아해하고 있는데, 갑자기 정일학의 육체 주위로 수천 발의 강기다발이 형성됐다.

환호하고 있던 무인들은 정일학이 강기다발을 생성하자 종가휘가 실패한 게 아닌가 싶어 긴장하기 시작했다.

"우, 운정아. 버틸 수가… 없다!"

종가휘는 정일학의 육체를 차지한 순간 자신의 정신이 혼미해짐을 느꼈다. 그와 함께 자신의 의지와 상관없이 정일학의 육체가 강기다발을 생성해 살아 있는 모두를 죽이려 한다는 것도 느낄 수 있었다.

종가휘는 이대로 있다간 자신이 정일학 대신 괴물이 될 것 같아 혼신의 힘을 다해 정일학의 육체를 제어하려 했다.

하지만 시간이 지날수록 자신의 의식만 흐려질 뿐 육체는 전혀 제어가 되지 않았다.

"한… 순간이다! 단 한순간이다. 기회를 노려 내 목을 치거라!"

종가휘는 이대로 모든 사람을 죽이는 괴물이 될 바엔 저주받은 정일학의 육체와 함께 죽는 걸 선택했다.

운정이 종가휘의 말을 알아듣기도 전에 종가휘는 마지막 힘을 쥐어짜 운정이 있는 곳으로 돌진하듯 내려섰다.

그런 정일학의 육체를 바라보는 운정의 머릿속에 종가휘가 했던 목을 치라는 소리만이 울렸다.

운정은 자신이 정에 이끌려 종가휘를 죽이지 못하면, 이곳, 나아가 전 강호가 위험에 처할 수밖에 없음을 잘 알고 있었다.

운정은 부들부들 떨리는 손으로 마지막 내공을 쥐어짜 음양종선검을 소환했다.

'종가휘……. 나의 스승님.'

운정은 자신에게 날듯이 쇄도해 오는 정일학의 목을 향해 음양종선검을 날렸다.

쿠아아아앙!

본능인지, 정일학의 혼이 완전히 소멸되지 않아서인지 운정의 음양종선검이 목으로 날아오는 순간 정일학의 육체가 방향을 바꿨다.

하지만 운정은 정일학의 육체에 모든 신경을 집중하고 있었던 터라, 정일학의 육체가 갑작스레 방향을 바꿨지만 당황하지 않고 검을 조정해 그의 목을 쳐냈다.

쿠콰콰쾅!

목을 잃은 정일학의 육체는 운정과 사 장여 떨어진 곳으로 추락했다.

정일학의 육체가 추락하며 생긴 먼지구름이 걷히자, 하늘을 뒤덮고 있던 검은 구름도 어느 샌가 흔적도 없이 사라졌다.

운정을 비롯한 이곳의 무인들은 현재 시간이 밤인지 낮인지도 모르고 있었는데, 검은 구름이 걷히자 붉게 타는 듯한 노을이 천산 서쪽으로 지고 있는 게 보였다.

마치 모든 세상의 위험을 붉은 노을이 가져가고 있는 듯한 모습으로 보였다.

"와아아아아아!"

정일학의 육체가 시체로 변하자 그제야 모든 무인들이 마음속의 불안을 떨쳐 내고 환호성을 질렀다. 목이 육체에서 떨어져 나갔으니 다시는 일어서지 못하리라.

모두가 환호성을 지르는 가운데 종가휘의 죽음을 알고 있는 운정은, 가슴 한 켠에 큰 구멍이 뚫린 듯한 기분을 느끼고 있었다. 모든 이들이 정일학의 죽음에 환호하는데, 자신은 세상에서 자신을 가장 잘 아는 벗이자 스승인 종가휘를 떠나보낸 슬픔을 곱씹고 있었다.

"아우, 기운 차리게."

이한명이 다가와 운정의 등을 두드리며 위로했다.

이한명도 정일학의 목이 떨어지며 종가휘가 함께 죽었다는 걸 느끼고 있었던 것이다.

운정이 우두커니 서 있는데 옥능소가 다가왔다.

"반드시 내 손으로 죽였어야 했는데! 그놈만은 내 손으로 죽이고 싶었단 말이다!"

이한명이 위로하는데 반해, 옥능소는 일생의 적수가 스스로 목숨을 끊은데 대해 분노하고 있었다.

그때였다.

"네놈 손에 죽을 바엔 접시 물에 코 박고 죽는 게 낫지."

갑자기 들린 소리에 운정을 비롯한 모두가 고개를 돌렸다.

처음 보는 사내가 자신들을 바라보며 인상을 찡그리고 있었다.

"감히, 죽고 싶은 것이냐?"

옥능소는 자신들을 향해 인상을 찡그리고 있는 자가 누구인지 잘 알고 있었다. 그는 사천 비밀분교의 분교주였던 염대총이었다.

"이놈의 몸은 너무 살이 쪘는걸."

자신의 배를 만지며 혼자 투덜거리는 말투가 너무도 익숙했다.

"종가휘……?"

"버르장머리없는 놈! 네놈 몸속에 기생할 땐 어쩔 수 없이 들어줬다만 아직도 사부에게 반말을 지껄이는 것이냐!"

염대총의 입에서 나온 말에 모두가 놀라고 말았다.

정일학의 신체가 마지막에 방향을 튼 건 종가휘의 의지로 움직인 것이었다.

종가휘는 최후의 순간 염휘란을 구하고 대신 강기다발에 맞아 죽어가던 염대총을 봤고, 그의 몸속으로 자신의 혼을 이동시켰던 것이다.

운정은 종가휘가 살아 있다는 사실에 너무 기뻐 그동안 참고 있던 눈물을 쏟아내고 말았다.

"종… 아니, 사부!"

운정이 달려가 염대총의 몸을 차지한 종가휘를 껴안았다.

정일학의 죽음으로 모든 사건은 일단락된 듯 보였지만 강호의 은원에 얽힌 이들은 앞으로도 풀어야 할 숙제가 산보다 많았다.

무림맹을 배신하고 홍선문에 붙었던 제갈세가부터, 동녀의 피로 무공을 높인 화선지교와 강호의 권문세가들.

그리고 두 번이나 강호를 노렸던 마교와 무림맹의 관계까지. 천 년이 지나는 동안 끝없이 이어졌던 강호의 은원은 이후로 천 년이 지나도 끝이 나지 않을 것이다.

하지만, 지금 이곳에 모인 모든 이들은 짧은 시간 같은 적을 상대로 함께 싸웠던 사이였다.

천산에 모인 모든 무인들은 내일이면 서로의 입장에 어떤 변화가 생길지 알 수 없지만, 오늘 하루만큼은 서로에게 등을 맡긴 채 쉬고 싶었다.

『단운정가』5권 終.

Golden Key

박이수 소설

황금열쇠

「달의 아이」, 「붉은 소금성」의 작가 박이수.
그가 또 하나의 기대작 「황금열쇠」로 나타났다.

우연한 만남이란 단어는 그들에겐 존재하지 않았다.
얽혀 있는 사람들… 그리고 피할 수 없는 운명의 굴레!

뒤틀려 버린 운명의 주인공 세이엔 가이스카 리베 폰 라시에…
한순간 인생이 뒤바뀐 불운의 주인공 뮤이 델뢰
그리고… 유일하게 그녀를 기억하는 단 한 사람 이샤무딘!

이제 운명의 주사위는 던져졌다.
엇갈린 운명 속에 모든 사건은 하나로 연결된다!
황금열쇠를 차지하기 위한 그들의 위험한 모험이 지금 시작된다.

유행이 아닌 자유추구 -
WWW.chungeoram.com

Book Publishing CHUNGEORAM

武士 廓優　참마도 新무협 판타지 소설

무사 곽우

『무정지로』, 『십삼월무』, 『화산진도』의
작가 참마도, 그가 돌아왔다!!

새롭게 시작되는 그의 네 번째 강호 이야기!!

"힘이 있는 자가 없는 자를 돕는 것입니다.
또한 힘이 없다면 돕기 위해 노력이라도 하는 것입니다.
그것이 진정한 협 아니겠습니까?"
"호오……"
송완은 다시 봤다는 듯 곽우를 바라보았고 담고위는
무슨 케케묵은 보물단지 보는 듯한 얼굴을 만들었다.
송완은 살짝 킥킥거리며 웃다가 이내 곽우에게 말했다.
"틀렸다. 협이란 무공이 높은 자의 중얼거림일 뿐이야.
무공이 낮은 자는 그저 그 협을 바라만 보고 있어야 하는 것이지.
그래서 세상은 협사가 널렸고 그 협사의 주변엔 구더기들이 들끓고 있는 거야."

강호라는 세상 속에서 지금 한 사람이 그 눈을 뜨려 한다.
한 자루의 부러진 검과 함께 곽우라는 이름을 가지고……

운룡쟁전

조돈형 新무협 판타지 소설

雲龍爭天

팔룡전설을 아는가?

북녘 하늘을 밝히는 별의 정기를 받고 태어난 여덟 명의 기재가
한 시대에 나타나리니, 그들의 눈은 삼라만상(森羅萬象)을 살피고
지혜는 하늘에 닿고 웅심은 천하를 덮을 것이다.
그들이 화합을 한다면 더없이 평온한 세상을 이룰 것이나,
만약 그렇지 않다면 피의 광풍이 온 천하를 휩쓸 것이다.

혼란의 시대!! 모략과 음모가 극에 다다른 혼돈의 강호무림!!

이때 하늘이 안배해 놓은 이가 있었으니, 그의 이름 도극성이라……!!
도극성!! 그가 무림에 다시 모습을 드러내는 날,
팔룡전설은 그로 인해 깨질 것이고 새로운 전설이 탄생할 것이다!!

유행이 아닌 자유추구 -
WWW.chungeoram.com
Book Publishing CHUNGEORAM

임희정 소설

그러던 어느 날, 그에게 그 '능력' 이 찾아왔다.
조금은, 아름답지 않은 모습으로.

신의 뜻, 그것 외엔 없었다.
신의 영역, 시대의 금기를 깨는 그들의 불꽃같은 삶!

막연히 의사가 되기 위한 삶을 살아왔던 세요 폰 어뷔니트.
인간을 살리기 위해 의사가 되어야만 했던 웨인 파예트.

잔혹한 과거, 어긋난 현재.
그리고 우연히 찾아온 신비로운 능력!
보통 사람들과 다른 존재가 아니라는 것에 대한 증명.

유행이 아닌 자유추구 -
WWW.chungeoram.com

Book Publishing CHUNGEORAM